GARDE RAPPROCHÉE

James Patterson, l'auteur de thrillers le plus lu au monde, a imaginé une intrigue parfaitement rythmée pour *Garde rapprochée*, qui a été propulsé dès sa parution au premier rang des ventes aux États-Unis et en Grande-Bretagne.

Paru dans Le Livre de Poche :

LUNE DE MIEL

LA MAISON AU BORD DU LAC

Les enquêtes d'Alex Cross

LE MASQUE DE L'ARAIGNÉE

GRAND MÉCHANT LOUP

Le Women's Murder Club

2e CHANCE

4 FERS AU FEU

TERREUR AU 3e DEGRÉ

JAMES PATTERSON

Garde rapprochée

ROMAN TRADUIT DE L'ANGLAIS (ÉTATS-UNIS) PAR MÉLANIE CARPE

L'ARCHIPEL

Titre original :

LIFEGUARD
par Little, Brown & Company, New York, 2005.

ISBN : 978-2-253-12328-6 – 1re publication LGF

1

— Ne bouge pas ! haletai-je, en sueur. Le moindre battement de tes paupières, le moindre souffle risque de me réveiller. Et, si ça arrive, je suis sûr que je me retrouverai en train d'installer des chaises longues au bord de la piscine, à te dévorer du regard en imaginant toutes les merveilles promises par ta beauté. Je ne veux pas me réveiller.

Tess McAuliffe sourit et, dans la profondeur azurée de son regard, je découvris ce qui la rendait irrésistible à mes yeux. Aucun adjectif ne semblait pouvoir qualifier cette femme dont le corps élancé et athlétique et les épais cheveux auburn coiffés en une longue tresse africaine frisaient la perfection. Sans compter son rire communicatif ! Nous aimions les mêmes films – *Memento, La Famille Tenenbaum, Casablanca* –, nous riions aux mêmes blagues… Depuis que je l'avais rencontrée, je ne pensais plus qu'à elle.

Une lueur d'attendrissement traversa son regard.

— Désolée pour ton rêve, Ned, mais il va falloir prendre le risque. Tu es en train de m'écraser le bras.

Elle me poussa et je roulai sur le dos, au milieu des draps défaits, humides et soyeux de sa luxueuse suite. Mon jean, son sarong en imprimé léopard et son bikini noir gisaient épars sur le sol. Moins d'une demi-heure plus tôt, nous étions attablés dans le très chic Café Boulud de Palm Beach, dégustant des hamburgers à trente dollars pièce garnis de faux-filet haché, de foie gras et de truffes. Lorsque sa jambe avait effleuré la mienne, nous avions aussitôt quitté la table.

— Aahhh, soupira Tess, ça va mieux.

Elle se retourna pour prendre appui sur son coude, faisant cliqueter trois bracelets Cartier en or à son poignet.

— Et regardez qui est encore là !

Je pris une profonde inspiration, tâtai le lit autour de moi, puis mon torse et mes jambes, comme pour m'assurer que je ne rêvais pas.

— Je crois que c'est moi, souris-je.

Le soleil de l'après-midi embrasait la suite Bogart du Brazilian Court, un hôtel où j'aurais à peine pu m'offrir un verre. Tess y occupait, depuis deux mois, deux chambres richement aménagées avec vue sur le patio.

— J'espère que tu n'imagines pas que c'est une habitude chez moi, remarqua Tess, subitement embarrassée, le menton posé sur mon torse.

— De quoi parles-tu ?

Je me perdis dans le bleu de ses yeux.

— De quoi veux-tu que je parle ? Accepter de déjeuner avec un inconnu rencontré sur la plage. Monter avec lui dans ma chambre en plein après-midi.

— Ah, ça ! m'exclamai-je avec un haussement d'épaules. Ça m'arrive toutes les semaines, à moi !

— Ah oui !

Elle enfonça avec malice son menton entre mes côtes.

Alors que nous nous embrassions, je sentis de nouveau un lien charnel se tisser entre Tess et moi. Je goûtai avec délices ses seins humectés d'une chaude sueur alors que ma main voyageait le long de ses longues jambes de velours, jusqu'à ses fesses. Victime d'un charme magique, je ne pouvais m'arrêter de caresser ce corps nu. Et dire que je pensais, quelques heures plus tôt, avoir oublié ces exquises sensations…

Jackpot ! Ce serait le mot que les habitants de ma ville natale, plus précisément Brockton, dans la banlieue sud de Boston, emploieraient pour désigner une aventure aussi incroyable que ma rencontre avec Tess. L'équivalent d'une victoire contre les Yankees, la découverte d'un billet de cent dollars dans la poche d'un vieux jean ou le tirage du bon numéro à la loterie.

Tess me dévisageait, appuyée sur un coude.

— Qu'est-ce qui te fait sourire ?

— Je pensais juste à la providence. Être ici, avec toi… Tu sais, ça fait un bout de temps que la malchance me colle à la peau.

Elle ondula ses hanches avec grâce et, comme si nos corps se connaissaient par cœur, m'accueillit doucement en elle. Je plongeai dans l'innocence de son regard, puis promenai mes yeux sur cette suite de luxe illuminée par les reflets dorés du soleil, avant de retourner à la contemplation de cette femme stupéfiante, dont je n'aurais même pas osé rêver quelques jours plus tôt.

— Eh bien, félicitations, Ned Kelly, répliqua Tess en posant un doigt sur mes lèvres. Je crois que ta chance est en train de tourner.

2

J'avais rencontré Tess quatre jours auparavant, sur une magnifique plage de sable blanc longeant le North Ocean Boulevard de Palm Beach.

— Ned Kelly, comme le hors-la-loi australien !

C'était ma manière de me présenter. Prononcées dans un bar, avec en bruit de fond le tapage d'une bande de petits truands, ces trois syllabes prenaient toujours une résonance particulière, même si personne ne relevait l'allusion hormis, peut-être, une poignée de buveurs de bière océaniens et de Britanniques.

Ce mardi-là, j'étais assis sur le muret bordant la plage. Je venais de finir le nettoyage du gazebo et de la piscine de Sol Roth, Sollie pour les intimes, à qui je servais d'homme à tout faire. Mon employeur possédait l'une de ces immenses propriétés floridiennes bâties au nord du fameux établissement balnéaire du Breakers, le genre de demeure qu'on admire de la plage en pensant : *Woouaah, mais qui peut bien s'offrir ça ?*

Je me chargeais de l'entretien du bassin, faisais briller la carrosserie de ses voitures de collection, m'occupais du nettoyage à sec et, en fin de journée, l'accompagnais parfois dans quelques parties de gin-rami au bord de la piscine. Je logeais sur place, dans une chambre au-dessus du garage. Nous nous étions rencontrés au Ta-Boó, ce restaurant huppé où je travaillais comme serveur les soirs de week-end, en plus de mon mi-temps de maître nageur sauveteur à Midtown Beach. Sollie, comme il aimait le rappeler avec humour, m'avait fait une proposition qui ne se refusait pas.

À une époque, j'avais étudié à la fac et même enseigné quelque temps près de chez moi, dans le Nord. Jusqu'à ce que mon petit monde s'effondre. Mes amis de Floride seraient sans doute restés bouche bée s'ils avaient appris que j'étais sur le point d'obtenir un master d'éducation sociale à l'université de Boston. Je ne leur en avais évidemment jamais parlé.

En cette belle journée, j'étais donc assis face à la mer. Je venais de saluer de la main Miriam, la propriétaire de la villa de style méditerranéen voisine, qui se promenait en compagnie de Nicholas et Alexandria, ses deux yorkshires. Quelques gosses surfaient à une centaine de mètres du rivage. Je songeais à faire un peu d'exercice : courir environ un kilomètre au bord de l'eau, revenir à la nage puis finir par un aller-retour à toute allure sur le sable, dans l'air vivifiant de l'océan.

C'est alors que m'était apparue cette créature de rêve.

Vêtue d'un ravissant bikini turquoise, elle se tenait immobile, les chevilles léchées par l'écume des vagues. Négligemment relevés, ses longs cheveux aux reflets roux retombaient en une cascade de boucles balayées par le vent. Le regard perdu vers le large, elle semblait chasser quelques larmes de ses joues, en proie à une profonde tristesse.

Un affreux pressentiment m'ébranla : la plage, les vagues, la jolie fille en mal d'amour… Elle allait commettre l'irréparable. Sur *ma* plage !

Je courus rejoindre la silhouette au bord de l'eau.

— Hé !

Une main au-dessus des yeux, je fronçai les sourcils pour mieux distinguer son ravissant visage.

— Si vous pensez ce que je pense que vous pensez, je vous le déconseille.

Elle leva les yeux vers moi, surprise.

— Si je pense quoi ?

— Je ne sais pas. Je vois une belle femme qui s'essuie les yeux sur la plage, le regard perdu vers le large… J'ai déjà vu cette scène quelque part.

Son sourire me certifia qu'elle avait pleuré.

— Vous voulez parler de ce film dans lequel l'héroïne se rend à la plage par un après-midi caniculaire pour une petite baignade ?

— Oui, répondis-je, penaud, avec un haussement d'épaules. C'est ça.

Une fine chaîne traçait une ligne dorée autour de son cou, sur son bronzage parfait. Son accent ? Peut-être anglais. Bon sang, cette fille était à tomber !

— Mieux vaut prévenir que guérir. Je ne voudrais pas qu'un accident se produise sur ma plage.

— *Votre* plage ?

Elle leva les yeux vers la villa de Sollie et continua, avec un sourire goguenard :

— Votre maison, aussi, j'imagine ?

— Bien entendu. Vous voyez la fenêtre, au premier étage du garage ? Là, vous pouvez la voir.

D'un geste, je l'attirai légèrement vers moi.

— À travers les branches du palmier, en vous penchant un peu par là.

Mes prières furent exaucées lorsqu'elle éclata de rire.

— Ned Kelly, me présentai-je en lui tendant la main.

— Ned Kelly ? Comme le hors-la-loi ?

Je n'en croyais pas mes oreilles. C'était la première fois qu'on me la faisait. Paralysé, les lèvres figées en un sourire béat, j'en oubliai presque de relâcher sa main.

— Sydney, Nouvelle-Galles du Sud, me précisa-t-elle en exagérant son accent australien.

— Boston, répondis-je gaiement.

Voilà comment tout avait commencé. Nous avions continué à bavarder de tout et de rien, de son séjour à Palm Beach, où elle était arrivée environ deux mois plus tôt, et des longues promenades qu'elle aimait faire sur la plage. Lorsque, sur le point de partir, elle m'informa qu'elle risquait de revenir le lendemain, je déclarai que je me trouverais sans doute dans le coin. Tandis que je la regardais s'éloigner, j'imaginais une lueur moqueuse animer ses yeux derrière ses lunettes de soleil Chanel à quatre cents dollars.

— Au fait, lança-t-elle en se retournant, il y a bien ce film… *Humoresque,* avec Joan Crawford. Vous devriez vérifier.

Je louai *Humoresque* le soir même. Le film se terminait par le suicide de la belle héroïne, qui avançait dans la mer jusqu'à perdre pied.

Le mercredi, je retrouvai Tess sur la plage. Coiffée d'un chapeau de paille et vêtue d'un simple maillot une-pièce noir, elle était encore plus sexy que la veille, sans doute parce que le chagrin n'assombrissait plus ses traits. Nous nageâmes ensemble et j'entrepris de lui apprendre les rudiments du bodysurf. Elle se prit au jeu quelques minutes, puis choisit la meilleure vague pour la surfer comme une pro. Du rivage, elle se moqua de moi :

— Je te rappelle que je suis australienne, Ned Kelly. Nous avons aussi notre Palm Beach, juste après Whale Beach, au nord de Sydney.

Nous convînmes de déjeuner ensemble le surlendemain, au Brazilian Court. C'était là qu'elle était descendue, dans l'un des hôtels les plus élégants de la ville, à quelques rues de Worth Avenue. Ces deux journées me parurent une éternité. Je tremblais à chaque sonnerie de mon téléphone portable, de crainte qu'elle ne décommande. Elle n'en fit rien et nous nous retrouvâmes au Café Boulud, où les réservations se prennent un mois à l'avance, à moins de s'appeler Brad Pitt. Je me sentais aussi nerveux qu'un gosse à son premier rendez-vous amoureux. À peine l'aperçus-je, déjà attablée, dans une robe affriolante qui découvrait ses épaules, qu'il me fut impossible de la quitter des yeux. Nous ne terminâmes pas nos assiettes.

3

— Je crois que c'est l'un des plus beaux après-midi de ma vie.

Les bras croisés derrière la nuque, je m'amusais à chatouiller Tess avec mes orteils. Nous étions tous les deux étendus de tout notre long sur son gigantesque lit.

— Alors, comme ça, tu étais sauveteur sur la plage de Midtown Beach avant de te faire entretenir par un riche propriétaire, récapitula-t-elle. Et que fait un sauveteur à Palm Beach ?

Je lui adressai un large sourire, la remerciant intérieurement d'éviter les sujets plus embarrassants.

— Un bon sauveteur est un véritable homme de la mer, répondis-je, une lueur dans les yeux. Sa principale mission consiste à l'observer. Est-elle d'huile ? Est-elle agitée ? Y a-t-il des brisants ? Il doit pouvoir détecter dans la surface de l'eau les imperceptibles variations qui indiquent la présence de contre-courants. Il doit surveiller les riches retraités assoupis sur le sable pour qu'ils n'oublient pas de griller des deux côtés, apaise les éventuelles brûlures de méduse avec un peu de vinaigre… Bref, un tas de choses.

— Mais tu es un homme entretenu, à présent ? sourit-elle.

— Ah, si ça pouvait être le cas ! rétorquai-je.

Elle se tourna vers moi, les yeux brillant d'honnêteté.

— Tu sais, Ned, ce que j'ai dit à propos de la chance qui tourne… Peut-être que ça vaut aussi pour moi.

J'avais du mal à croire que Tess McAuliffe, la classe et le raffinement personnifiés, m'adresse une telle remarque. Certes, plus d'une femme m'aurait qualifié de « beau mec », mais je ne pouvais m'empêcher, en la prenant dans mes bras, de m'interroger sur la cause de son malheur. Quel pouvait être le sombre mystère caché dans ses grands yeux lorsque je l'avais rencontrée sur la plage ?

Mon regard glissa vers la vieille horloge qui trônait sur le secrétaire en face du lit.

— Oh, bon sang, Tess !

Il était près de 17 heures. L'après-midi avait filé à la vitesse de la lumière.

— Je sais que je vais le regretter, mais je dois partir.

La même tristesse que le jour de notre rencontre étendit son voile sur son doux visage.

— Moi aussi, je vais le regretter, soupira-t-elle.

— Écoute, Tess, continuai-je en enfilant mon jean, je ne pouvais pas prévoir tout ce qui se passerait aujourd'hui et j'ai une petite affaire à régler. Peut-être ne pourrai-je pas te voir pendant quelques jours. Mais lorsque nous nous retrouverons, tout sera différent.

— Différent ? Qu'est-ce qui sera différent ?

— Ma vie. Pour commencer, je n'aurai plus à surveiller les gens à la plage.

— Ça me plaît, à moi, que tu surveilles la plage.

— Ce que je veux dire, c'est que je serai libre. Libre de faire tout ce que tu voudras.

Je boutonnai ma chemise tout en cherchant mes chaussures.

— Nous pourrions partir en voyage. Dans les îles. Ce serait bien, non ?

— Oui, ce serait bien, sourit-elle timidement.

Je lui donnai un long baiser, dans lequel je tentai de faire passer toute ma gratitude pour le merveilleux après-midi qu'elle m'avait offert. J'eus toutes les peines du monde à desserrer mon étreinte. Mais j'étais attendu…

— Souviens-toi de ce que j'ai dit. Ne bouge pas. Pas le moindre battement de paupière. C'est exactement comme ça que je veux te garder en mémoire.

— Que manigances-tu, Ned Kelly ? Un hold-up ?

Je m'immobilisai devant la porte et la contemplai longuement. Cette question inopinée m'avait désarçonné.

— Qui sait ? répondis-je avec un sourire confus. Mais quand faut y aller, faut y aller !

4

Non, pas un hold-up, songeais-je, aux anges, en sautant dans ma vieille Bonneville cabriolet pour filer vers le pont menant à West Palm. Mais Tess n'était pas loin de la vérité. Il s'agissait d'un gros coup, un quitte ou double qui allait changer ma vie.

Originaire de Brockton, comme Marvelous Marvin Hagler ou le fameux Rocky Marciano, j'ai grandi dans le quatrième district, sur Perkins Avenue, juste derrière la voie de chemin de fer. Dans mon enfance, j'entendais souvent raconter qu'outre son quart noir, son quart italien, son quart irlandais et son quart suédois et polonais, Brockton comptait sa portion d'exclus, relégués dans des faubourgs miséreux où s'alignaient maisons délabrées, églises en ruine et usines désaffectées. Comme le disaient les habitants de la ville, il y avait Brockton, et puis il y avait le quartier du Bush.

C'était de loin le quartier le plus difficile de ces faubourgs. Dans ce territoire gouverné par les gangs, il ne se passait pas une journée sans une échauffourée. Et pour nous, une bagarre impliquait au minimum quelques os cassés. La moitié des gosses avec qui j'ai grandi ont fini en maison de redressement ou en centre de détention pour mineurs. Les plus doués ont suivi quelques cours à la fac ou étudié un an à l'université de Northeastern avant de se faire engager dans le restaurant de leur père ou les services municipaux. Des flics et des pompiers, voilà la spécialité de Brockton. Sans compter les champions de boxe. Et, bien sûr, les escrocs.

Les habitants du Bush n'étaient pas des gens foncièrement mauvais. Comme tout Américain moyen, ils payaient leur loyer, se mariaient et sortaient en famille pour célébrer anniversaires et communions. Propriétaires de bar, ils étaient membres du Rotary Club, se retrouvaient autour d'un barbecue le dimanche et s'égosillaient devant les matches des Red Sox de Boston ou des New England Patriots. Il leur arrivait juste, à l'occasion, de passer des paris illégaux, vendre quelques voitures volées ou éclater la tronche d'un pauvre gars.

Mon père, qui ne dérogeait pas à la règle, passait plus de temps en prison qu'à la maison. Tous les dimanches, ma mère nous attifait d'une cravate et nous entassait dans la Dodge pour aller le voir à Shirley, dans sa tenue orange de prisonnier. J'ai connu des centaines de types comme lui, et j'en connais encore.

Mickey, Bobby, Barney et Dee avaient toujours fait partie intégrante de ma vie, d'aussi loin que je me souvienne. Nous habitions à quatre pâtés de maisons les uns des autres, entre les rues Leyden, Edson et Snell, et nous entendions comme larrons en foire. S'il ressemblait à un fil de fer avec une tignasse de boucles rousses, mon cousin Mickey, le fils d'oncle Charlie, se révélait aussi costaud que le pire des caïds de l'histoire de Brockton. Bien qu'ayant six mois seulement de plus que moi, il paraissait de six ans mon aîné. Je n'aurais pu compter le nombre de fois où il m'avait mis dans le pétrin, encore moins à combien de reprises il m'en avait sorti. Bobby, le cousin de Mickey mais pas le mien, s'était toujours comporté comme un grand frère avec moi, surtout depuis que le mien avait rendu l'âme dans une fusillade. Il filait le parfait amour avec Dee depuis des années. Quant à Barney, l'une des personnes les plus drôles qu'il m'ait été donné de rencontrer, il avait veillé sur moi comme un ange gardien tout au long du secondaire. Mes amis formaient ma véritable famille, bien plus que mes propres parents. Ils me l'avaient prouvé à maintes reprises.

Nous passions chaque été sur l'île de Martha's Vineyard, à travailler comme barmen ou serveurs et à collectionner les petits boulots pour arrondir les fins de mois. L'hiver, nous descendions en Floride. Nous y garions les voitures à l'entrée des discothèques, nous improvisions équipage de navires de touristes, occupions des postes de groom dans les hôtels ou de serveur dans les restaurants…

Toute personne menant une vie bien rangée aurait été tentée de nous qualifier de mauvaise graine. À tort… Tout natif de Brockton se trouve confronté à une alternative simple : essayer de s'en sortir en économisant chaque semaine quelques dollars, qui finiront par tomber dans les poches de l'État ou de l'Église, ou rester à l'affût et garder l'œil ouvert pour guetter la chance d'une vie.

Lorsque je quittai la suite de Tess au Brazilian Court, l'heure était venue pour moi de saisir ma chance. Mon cousin Mickey avait flairé le coup du siècle.

Le jackpot.

5

À peine Ned avait-il refermé la porte que Tess s'était laissée retomber sur le lit avec un long soupir de joie mêlée d'incrédulité. *Tu dois être folle, Tess ! Tu es folle, Tess !*

Folle de s'ouvrir à quelqu'un comme Ned, en particulier avec la tournure qu'avait prise sa vie.

Mais Ned semblait avoir le don de lui faire perdre la raison. Peut-être étaient-ce ses yeux, son charme, son air de beau garçon, son innocence… Peut-être le naturel avec lequel il l'avait abordée à la plage, comme s'il volait au secours d'une damoiselle en détresse. Depuis combien de temps ne l'avait-on pas traitée ainsi ? Désirée ? Elle s'était laissé séduire par cette attention, à laquelle aucune femme ne saurait rester insensible. Mais s'il savait…

Elle musardait encore, revivant chaque détail de ce délicieux après-midi, confortablement étendue sur les draps douillets, lorsqu'une voix s'éleva dans la pièce :

— Au suivant !

Appuyé contre le chambranle de la porte, il souriait d'un air narquois.

Tess réfréna un sursaut de terreur. Elle n'avait pas entendu la clé tourner dans la serrure.

— Tu m'as fait peur, lança-t-elle, alors qu'elle couvrait son corps nu avec les draps blancs.

— Ma pauvre Tess ! s'exclama-t-il avec un mouvement dédaigneux de la tête en jetant la clé de la chambre dans un cendrier posé sur le bureau. Tu t'es mise à faire la sortie des lycées pour trouver de la chair *fraîche* ?

— Tu nous as espionnés ? éclata Tess.

Ça ne l'étonnait vraiment pas de cette ordure. Elle le savait capable d'une chose pareille.

— C'est arrivé comme ça, c'est tout, battit-elle en retraite, son malaise accru par l'obligation de se justifier. Il ne me traite pas comme une moins que rien, lui. Pas comme toi…

— « C'est arrivé comme ça », répéta-t-il tandis qu'il pénétrait dans la pièce et se débarrassait de sa veste sport Brioni. Vous vous êtes rencontrés sur la plage, tu y es ensuite retournée, puis vous vous êtes retrouvés pour déjeuner chez Boulud. Tout ça, comme ça ? Tout simplement ? Un sauveteur… M'aurais-tu caché ton côté romantique, Tess ?

Elle se redressa, furieuse.

— Tu as osé me suivre ! Va te faire foutre !

— Tu n'as toujours pas compris que je suis plutôt du genre jaloux ? continua-t-il, ignorant sa colère.

Il déboutonna les premiers boutons de sa chemise polo. Tess sentit ses poils se hérisser, persuadée qu'il devinait son angoisse tandis qu'elle le regardait déboucler sa ceinture.

— Quant à aller me faire foutre, c'est justement pour ça que je te paye, conclut-il, sarcastique, en laissant glisser son pantalon jusqu'au sol.

— Attends, balbutia Tess, s'enroulant un peu plus dans les draps. Pas aujourd'hui. Parlons un peu…

— Très bonne idée, Tess ! rétorqua-t-il avec un haussement d'épaules, occupé à plier soigneusement sa chemise sur le bord du lit. Je n'y vois aucun inconvénient. Parlons de la vie de château que tu mènes, grâce à moi, des bagues que tu portes aux doigts, des bracelets à ton poignet, du sautoir en diamant à ton cou, tous achetés avec mon argent. Tu sais, je connais toutes les vendeuses de chez Tiffany par leur prénom : Carla, Janet, Katy…

— Arrête, l'interrompit Tess, levant nerveusement les yeux vers lui. C'est arrivé comme ça, c'est quelqu'un de bien.

— Je n'en doute pas une seconde, sourit-il. Vois-tu, c'est plutôt toi que j'ai du mal à cerner. Je t'offre des bijoux, une Mercedes, et te voilà comme une petite chienne en rut, à te faire sauter dans le parking par le voiturier.

La peur la gagnait. Elle savait de quoi il était capable dans cet état. Il s'approcha et s'assit sur le bord du lit. La vue de son sexe en érection la rendait malade. Alors qu'elle tentait de s'éloigner, il attrapa son bras avec force et saisit doucement le sautoir de diamant dans le creux de sa main. L'ombre d'un instant, elle crut qu'il allait le lui arracher du cou.

— À mon tour, poupée…

Il tira sur les draps et la renversa sur le lit avant de l'attraper par les chevilles pour lui écarter les jambes. Puis il la retourna et la pénétra. Elle ne lui résista pas, désarmée. Le sentir en elle lui donnait la nausée. Il croyait la posséder. Peut-être était-ce le cas, d'ailleurs. Il la prit avec hargne, comme à son habitude. Alors qu'elle subissait les assauts de ce corps étranger, écœurant, un sentiment de honte l'envahissait.

— Je suis désolée, Ned, murmura-t-elle tout bas en le regardant grogner et transpirer au-dessus d'elle, comme un animal immonde.

Il l'obligea à faire tout ce qu'il aimait, tout ce qu'elle détestait. Lorsqu'il eut fini, il l'abandonna tremblante sur le lit, dans cette pièce qui avait perdu toute sa chaleur. Souillée, elle sentit des larmes lui piquer les yeux. Elle devait en finir, et le plus tôt serait le mieux.

— Il faut que je te parle.

Debout, il glissait sa ceinture dans les passants de son pantalon de golf hors de prix acheté en Italie.

— Désolé, chérie. Je n'ai plus le temps pour les confidences sur l'oreiller. Je dois rentrer.

— Alors je te verrai plus tard. Au gala de bienfaisance ?

— Peut-être…

Il lissa ses rares cheveux face au miroir.

— Peut-être ? répéta-t-elle, étonnée.

Il la gratifia d'un sourire navré.

— Ta situation est devenue très confortable, n'est-ce pas, Tess ? Tu dois te sentir comme chez toi… On dirait que ça devient une habitude de foutre la merde partout où tu passes. Tu es très mignonne, chérie, mais tu sais ce que je pense ? Les bijoux, la voiture de luxe… J'ai comme l'impression que tout ça t'a entretenue dans l'illusion que tu appartenais à ce monde.

Ses lèvres se tendirent en un nouveau rictus.

— J'espère que tu as pris autant de plaisir que moi.

Il se retourna, faisant rebondir la clé de la chambre dans la paume de sa main.

— Au fait, tu devrais vraiment fermer la porte à clé. On ne sait jamais qui peut entrer pour tirer un coup.

6

C'est fini ! criait en elle une voix révoltée.

De rage, Tess donna des coups de pied dans les draps. Honte, fureur, impuissance, tous ces sentiments l'oppressaient. Mais tout cela n'allait plus se reproduire.

Elle marcha sur des pièces de monnaie et un tee de golf, probablement tombés de sa poche. Dans un spasme de colère, elle les envoya valser contre le mur. Tout cela n'en valait plus la peine. Pour rien au monde.

Elle enfila un peignoir et se fit couler un bain pour se débarrasser de la sensation d'impureté sur sa peau. Plus jamais il ne reposerait les mains sur elle ! Peu lui importait s'il fallait, pour cela, abandonner tout ce faste. C'était plus qu'elle n'en pouvait supporter. Comme l'avait suggéré Ned, ils pouvaient aller n'importe où, se volatiliser. Ses paroles résonnaient en elle comme une prophétie. Prendre un nouveau départ. Oui, elle le méritait bien.

Tess se dirigea vers le dressing, où elle choisit une longue robe de soirée dos nu Dolce & Gabbana et une paire de talons aiguilles marron Manolo Blahnik. Plus magnifique que jamais, elle lui donnerait conscience, ce soir, de ce qu'il allait perdre pour l'avoir ainsi traitée.

Après avoir remonté ses cheveux en chignon, elle plongea nue dans l'immense baignoire, se laissant enivrer par les fragrances purifiantes de l'huile de bain à la lavande. Immergée dans l'eau jusqu'aux épaules, elle posa sa tête sur le rebord de porcelaine immaculé et ferma les yeux.

Le visage de Ned apparut dans son esprit et son rire emplit la pièce. L'humiliation qui la rongeait ne suffisait pas à ternir cette belle journée. Ned Kelly. Comme le hors-la-loi. Un sourire se dessina sur ses lèvres. *Tu parles d'un gangster ! Plutôt un amour !* L'heure était venue de se lancer dans une aventure avec un homme plein d'égards, d'écrire une belle histoire. Elle avait lu une telle admiration dans ses yeux !

Soudain, la ventilation de la salle de bains se mit à bourdonner. Pendant une seconde, Tess resta ainsi, les yeux clos, comme assoupie dans la baignoire. Puis elle entendit un fredonnement.

Ouvrant aussitôt les paupières, elle découvrit une silhouette massive au-dessus d'elle. Son cœur bondit dans sa poitrine.

— Que faites-vous ici ?

Ce regard sombre et froid, ces cheveux bruns noués en queue de cheval… Elle connaissait cet individu.

— Quel gâchis, soupira-t-il avec un mouvement de regret.

Attrapant soudain la gorge de Tess de ses mains puissantes, il lui enfonça la tête sous l'eau. Médusée, la jeune femme retint sa respiration aussi longtemps que possible. Lorsqu'elle ouvrit la bouche, au bord de l'asphyxie, l'eau s'engouffra dans ses poumons. Elle toussait et s'étouffait, inspirant toujours plus de liquide savonneux. Après s'être vainement débattue, avoir donné maints coups de pied contre la cuve, elle essaya de se relever malgré la poigne de son assaillant. Mais l'homme, qui devait peser le double de son poids, lui bloquait les épaules et la tête avec une force inimaginable.

La panique s'empara de la jeune femme, dont les poumons s'emplissaient d'eau. Elle chercha à agripper le visage de cette silhouette floue, à le griffer, prête à tout pour sortir vivante de cette tombe de porcelaine. Chaque seconde lui dérobait un peu de vie. Il était trop tard maintenant. Elle cessa d'agiter les jambes, puis les bras. Elle ne toussait plus.

Non, pas maintenant ! s'insurgea au fond d'elle une voix faible. Mais une autre voix, dont les accents apeurés trahissaient une résignation que Tess n'aurait jamais imaginée, décréta : *Si, maintenant. Tu fais connaissance avec la mort*.

7

— Hé, le hors-la-loi ! s'exclama Bobby lorsque j'apparus dans l'encadrement de la porte de la cuisine.

Mes amis vivaient à Lake Worth, dans une maison jaune canari miteuse, située dans un quartier tout aussi miteux, à la sortie de l'Interstate 95.

— Neddie !

Dee se leva dans un tourbillon de longs cheveux miel pour venir me coller une bise sur la joue. Même vêtue d'un simple jean, elle resplendissait. Chaque fois qu'elle me prenait dans ses bras, un raz-de-marée de souvenirs de jeunesse me submergeait. Comme tous les gars du quartier, j'avais eu le béguin pour elle dès que j'avais été en âge de m'intéresser aux filles. Mais, à quinze ans, Dee avait craqué pour Bobby et ses airs de Jon Bon Jovi.

— Où étais-tu passé ?

Mon cousin Mickey me dévisageait avec des yeux interrogateurs. Il portait un tee-shirt noir barré d'une inscription : « Nul n'est vraiment malhonnête tant qu'il n'est pas passé par Brockton. »

— Où veux-tu qu'il ait été ? intervint Barney.

Il s'adossa nonchalamment à sa chaise et esquissa un sourire en coin sous ses lunettes noires à la Elvis Costello.

— Regarde sa tête ! C'est le jour le plus important de sa vie et Don Juan s'amuse à courtiser les grandes dames.

— Oh, ça va, le rabroua Dee, le sourcil réprobateur.

Puis elle haussa les épaules et demanda, les yeux pétillant de curiosité :

— Alors ?

— Alors… repris-je, promenant mon regard autour de la table. Elle est venue !

Une clameur jubilatoire traversa la cuisine.

— Merci, mon Dieu ! lança Bobby. Je me demandais comment nous allions boucler l'affaire avec p'tit Neddie, pris de panique à la moindre sonnerie de téléphone. Tiens, tu l'as bien méritée.

Il fit glisser une bière sur la table dans ma direction.

— Étant donné l'heure et ton sourire béat, constata Mickey après avoir jeté un regard à sa montre, je dirais que tu viens de déguster le meilleur déjeuner de ta vie.

— Tu ne peux même pas imaginer, opinai-je.

— Après tout, nous avons tout notre temps, continua Mickey d'un ton chargé d'ironie. C'est vrai que nous n'avons rien de plus important au programme, aujourd'hui… Juste un petit rencard avec cinq millions de dollars…

— Relax ! le coupa Barney en m'adressant un clin d'œil. Il est furieux parce que le seul être vivant qui acceptait de partager son lit vient de se faire piquer par la SPA.

Tandis que des rires joyeux fusaient autour de la table, Mickey s'empara d'un sac de toile noir, dont il sortit cinq grandes enveloppes en papier kraft.

— Et comment s'appelle l'heureuse élue ?

— Tess.

— Tess, répéta Mickey en pinçant les lèvres avant de les détendre en un sourire malicieux. Penses-tu que Tess voudra encore de toi si tu reviens avec un million de dollars en poche ?

Le cercle se resserra autour de la table. Ce soir marquait le début d'une nouvelle vie, pour chacun d'entre nous. Une douce euphorie flottait dans l'air, même s'il s'agissait avant tout de business.

Le visage grave, mon cousin nous distribua les enveloppes.

8

Mickey avait conçu tout le plan, dans le moindre détail, et il était le seul d'entre nous à en connaître les tenants et aboutissants.

Une fabuleuse résidence s'élevait sur le South Ocean Boulevard de Palm Beach, dans Billionaire's Row, le quartier des milliardaires. Casa De Mare, ce simple nom éveillait désormais en nous les rêves les plus fous.

La maison de l'océan.

À l'intérieur nous attendaient trois chefs-d'œuvre de la peinture : un Picasso, un Cézanne et un Jackson Pollock. Il y en avait facilement pour cinquante à soixante millions de dollars, sans compter les autres objets de valeur que devait receler un tel palace. Mais Mickey s'était montré très clair : seuls ces trois tableaux nous intéressaient.

Nous savions qu'un cerveau commanditait l'opération, un certain Dr Gachet, dont Mickey refusait de nous révéler l'identité. Cette affaire se présentait toutefois comme une véritable aubaine car, cerise sur le gâteau, nous n'aurions pas à refourguer la marchandise. Il nous suffisait d'effectuer un simple cambriolage et une livraison, le b.a.-ba du bon truand. Cinq millions, soit dix pour cent de la valeur totale des biens, nous seraient remis en liquide le lendemain. Comme au bon vieux temps, nous nous partagerions le magot. Je risquais gros sur ce coup-là : un casier judiciaire vierge, la vie paisible que je m'étais construite en Floride, même si certains n'auraient pas appelé cela une vie…

— Bobby, Barney et moi nous chargerons de la maison, expliqua Mickey. Dee, tu nous attendras dehors avec le talkie-walkie. Ned, je t'ai réservé le boulot le plus peinard.

Ma mission était simple : je devais faire le tour de Palm Beach et déclencher les alarmes de plusieurs maisons cossues. Ce soir-là, tous les riches propriétaires se rendaient à un gala de charité au Breakers. Dans mon enveloppe, je trouvai les photographies et les adresses de mes cibles. La police locale comptait peu d'agents et, alertées par ce concert d'alarmes aux quatre coins de la ville, les patrouilles parcourraient Palm Beach telles des fourmis affolées. Mickey savait comment entrer dans Casa De Mare et désactiver le système de sécurité. Nous avions envisagé la présence d'une ou deux gouvernantes, rien de bien méchant. La tâche la plus ardue consisterait finalement à extirper les toiles de leur cadre sans les abîmer.

— Tu es certain ? demandai-je à Mickey après avoir feuilleté les photos des maisons. Je peux très bien venir avec vous à l'intérieur, tu sais.

— Tu n'as rien à nous prouver, rétorqua-t-il avec un mouvement catégorique de la tête. Tu n'as jamais eu affaire avec la police depuis ta majorité, alors qu'une petite condamnation pour cambriolage et recel ne changera pas grand-chose pour nous. Si jamais tu te fais prendre, quelles charges auront-ils contre toi ? Petit vandalisme ?

— Si tu te fais prendre, ne t'avise pas de revenir ici, rit Barney en avalant une gorgée de bière. Nous retiendrons la moitié de ta part.

— Nous avons voté, intervint Dee. Inutile de discuter. Nous voulons te garder sain et sauf. Pour ta petite Tess, railla-t-elle.

Je reportai mon attention sur la situation géographique des propriétés photographiées. El Bravo, Clarke, Wells Road, toutes ces rues figuraient parmi les plus belles de Palm Beach, là où habitaient les gens importants, la vieille garde.

— Nous nous retrouverons ici à 21 h 30, continua Mickey. Si tout se passe comme prévu, nous aurons l'argent demain. Des questions ?

Il promena son regard autour de cette table où étaient réunis tous mes amis d'enfance et termina sa canette de bière.

— C'est la chance de notre vie, le coup dont nous rêvions. Après ça, c'est fini. Dee, Bobby et toi pourrez vous offrir ce restaurant que vous désirez tant. Barney aura sa concession de voitures, avec son nom sur l'enseigne, à Natick. Neddie, tu seras libre d'écrire LE grand roman américain ou de te payer une équipe de hockey ou tout ce qui te plaira. Je vous ai toujours dit que je vous offrirais cette occasion unique. La voilà. Cinq millions. Je suis content que nous soyons tous là pour les partager. Alors… Mains sur la table… Depuis que nous avons treize ans, nous attendons ce moment.

Il nous observa attentivement, l'un après l'autre.

— Dernière chance d'abandonner. Les gars, Neddie, partants ?

Je sentais des nœuds se former dans mon estomac. C'était le plus gros coup auquel je participais. À dire vrai, j'appréciais plutôt ma paisible existence floridienne. Mais une opportunité comme celle-ci ne se présentait pas tous les jours. La vie m'avait quelque peu malmené dans le Massachusetts, peut-être était-ce là l'occasion de prendre ma revanche.

— Partants, répondirent Bobby, Barney et Dee.

Je pris une profonde inspiration. Cinq millions. Je savais que je passais les bornes, mais le jeu en valait la chandelle. Comme me l'avait fait remarquer Tess, ma chance était peut-être en train de tourner. J'avais de nouveau des rêves, et un million de dollars transformerait nombre de ces fantasmes en réalité.

Je posai ma main sur celles des autres.

— Partant.

9

Il ne pleut pas à Palm Beach, il tombe du Perrier. Si je tenais ce slogan d'un snob insignifiant, je devais reconnaître qu'il comportait une part de vérité. Palm Beach était l'endroit idéal pour décrocher le jackpot.

Une heure et demie après la réunion de Lake Worth, je garai ma vieille Bonneville dans Wells Road, à une centaine de mètres d'une impressionnante villa contemporaine tout en stuc et verre, nichée derrière une immense haie d'arbustes. Je portais une casquette de base-ball, un jean et un tee-shirt sombre qui se fondaient dans les ombres crépusculaires.

Reidenover ? Le Reidenover impliqué dans la faillite d'une grande entreprise médicale floridienne ? me demandai-je à la vue du nom sur la boîte aux lettres. Si tel était le cas, ma tâche devenait un peu plus réjouissante.

Je longeai discrètement une allée circulaire dallée où était stationné un coupé Mercedes et soulevai le loquet du portail métallique donnant sur l'arrière de la propriété, le cœur battant, priant pour que la maison soit vide et l'alarme activée. De l'intérieur filtrait une lueur blafarde, lointaine. La cuisine peut-être… Les Reidenover devaient se trouver à la soirée du Breakers et tout se déroulait, pour l'instant, à la perfection. Tout sauf, peut-être, les milliers de papillons qui semblaient virevolter dans mon ventre.

À l'arrière, le jardin abritait une superbe piscine d'exercice et un *pool house* du même style que l'habitation principale, dont la masse obscure s'élevait dans l'ombre protectrice de gigantesques palmiers. Je jetai un regard à ma montre : 19 h 40. Les autres se préparaient à passer à l'action, et Dee surveillait les fréquences radio de la police.

Prends une profonde inspiration, Neddie… m'encourageai-je. Je jouais tout sur ce coup-là : toutes ces années passées à fuir les embrouilles, à éviter de moisir en prison, une éventuelle histoire d'amour avec Tess… Mais, cette fois, le risque était justifié. D'autant que je ne m'aventurais pas en terre inconnue.

Je contournai furtivement la piscine et m'approchai des portes coulissantes, fermées par un verrou des plus classiques. Derrière les vitres, je distinguais des tableaux accrochés aux murs. Il n'en fallait pas plus pour me persuader que la porte était équipée d'un détecteur.

Je sortis un petit pied-de-biche de ma poche arrière, le bloquai entre l'encadrement de la porte et le panneau de verre et exerçai une forte pression sur le levier. La vitre imprima un léger mouvement mais la serrure refusa de céder. Peu surpris de la résistance des matériaux, je calai de nouveau l'instrument métallique dans l'interstice. Cette fois, je sentis la porte-fenêtre glisser imperceptiblement. *Allez, Neddie ! Plus fort !*

Le panneau de verre s'ouvrit brusquement et plusieurs bips percèrent le silence religieux de l'immense maison. Puis un feu d'artifice de lumières me pétrifia.

Je jetai des regards paniqués autour de moi. Personne n'était apparu dans le salon. Il était grand temps de prendre la poudre d'escampette. J'avais accompli ma mission.

Je me précipitai vers la sortie du jardin, masqué par l'ombre sécurisante des buissons, puis sautai dans ma Bonneville. Personne aux alentours, aucune lumière suspecte. J'entendais à peine l'alarme résonner dans le lointain. Toutefois, je savais que la police ne tarderait pas.

Une poussée d'adrénaline parcourut tout mon corps.

Et d'une !

Mon rythme cardiaque ralentit à mesure que je passais les virages de County Road et constatais que les flics ne m'y attendaient pas en embuscade. Jusque-là, tout se déroulait selon le plan.

Je me dirigeai vers le sud de l'île, longeant Cocoanut Row et le Royal Poinciana Plaza avant de tourner à droite en direction du lac, dans une rue bordée d'arbustes : Seabreeze. Je devais maintenant déclencher l'alarme d'un vieux ranch bâti dans le style des plantations des années trente. Après avoir laissé la voiture à distance raisonnable, je m'efforçai, malgré un emploi du temps serré, de flâner sur le chemin pour éviter d'éveiller l'attention du voisinage.

Un autocollant collé sur la porte d'entrée signalait la présence d'une alarme. Et dire que ce stratagème était censé éloigner les cambrioleurs ! Soudain, je m'immobilisai près de la masse obscure de la haie, aux aguets. Une passante promenait son chien. Je consultai nerveusement ma montre : 19 h 58. Lorsqu'elle eut enfin disparu au coin de la rue, je ramassai une pierre et la lançai de toutes mes forces contre une des fenêtres de la maison. Une sonnerie stridente retentit dans la propriété, dont l'allée fut subitement baignée de l'irréelle clarté d'un projecteur automatique. J'entendis la rauque protestation d'un chien.

Lorsque je regagnai ma voiture, toujours protégé par la végétation, mon cœur battait à cent à l'heure. *Et de deux !*

Située dans El Bravo Way, au sud de County Road et de Worth Avenue, ma dernière cible était l'une de ces majestueuses maisons de maître de style espagnol conçues par Addison Mizner au début du siècle dernier. J'arrivai sur les lieux à 20 h 05. Juste à l'heure.

Entourée d'une imposante clôture de buis taillée en arc et d'un lourd portail de fer, la propriété hébergeait sans aucun doute une armée de domestiques. Je laissai la voiture une rue plus loin et revins sur mes pas pour me glisser entre les épais massifs. Cette vénérable demeure de milliardaire appartenait certainement à une grande dynastie, les Lauder ou les Tisch, ou à un gros bonnet des nouvelles technologies. Équipées de double vitrage, les portes-fenêtres donnant sur la mer semblaient inviolables.

Je longeai le mur latéral de la bâtisse pour découvrir une porte d'aspect moins solide ouvrant probablement sur la cuisine. Je regardai furtivement à l'intérieur : aucune lumière.

J'avais apporté avec moi un morceau de tissu, dont je m'enroulai la main avant de donner un coup de poing dans la petite lucarne de la porte. Aucun hurlement électrique.

Mes yeux tombèrent de nouveau sur ma montre. Mickey et les gars se tenaient maintenant prêts à agir.

Je passai le bras dans le trou béant de la fenêtre, tournai la poignée et m'introduisis à l'aveuglette dans la pièce. Mon cœur battait à tout rompre tandis que je découvrais l'office à l'arrière de la maison puis une véranda donnant sur la pelouse. La salle à manger attenante regorgeait de somptuosités, avec ses murs décorés de tapisseries, ses hauts plafonds et ses candélabres dignes de la famille Romanov.

C'est du suicide, Ned ! Je savais pertinemment qu'une alarme protégeait la maison. Cet angoissant silence ne s'expliquait que trop facilement : le propriétaire ou le personnel n'avait pas branché le système de sécurité. Je devais à tout prix trouver un déclencheur au niveau des fenêtres. 20 h 10. Ils allaient pénétrer dans Casa De Mare d'une minute à l'autre. Rien ne devait m'empêcher d'accomplir ma mission, pas même les battements de mon cœur, de plus en plus violents.

Soudain, je distinguai un bruit feutré. Des pas. Tétanisé, je vis une domestique noire en robe de chambre blanche se diriger vers la cuisine. Lorsqu'elle leva la tête et posa ses yeux sur moi, son visage se figea en une moue terrifiée. Plus paniquée encore que je ne l'étais, elle ouvrit la bouche sans réussir à produire le moindre son. Rassuré par la pensée que ma casquette couvrait parfaitement mes traits et qu'elle ne pourrait jamais m'identifier, je retrouvai mes moyens.

— Excusez-moi, m'dame, murmurai-je avant de me précipiter vers la porte.

À peine avais-je le dos tourné que je l'imaginais bondissant sur le téléphone pour prévenir la police, donnant aussi efficacement l'alerte que le plus performant des systèmes d'alarme.

Je courus jusqu'à la haie et rejoignis Ocean Boulevard et ma Bonneville sous le bouclier des ombres végétales, avant de m'éloigner à une vitesse raisonnable. Le rétroviseur me renvoyait l'image d'une rue endormie. Personne n'avait surgi pour noter mon numéro d'immatriculation. 20 h 15. Les flics devaient déjà arpenter la ville, désorientés par cette animation inhabituelle.

— Tu es complètement barjo, Ned Kelly ! hurlai-je à pleins poumons. Trois alarmes déclenchées en un temps record !

J'appuyai sur l'accélérateur ; la brise marine vint jouer dans mes cheveux. Sous cette lune, qui enveloppait l'océan d'une aura magique, je sentis mon sang battre d'excitation dans mes veines. Puis le souvenir de Tess réapparut. Je songeai à l'existence que je pourrais mener avec elle et à la triste vie que j'avais vécue jusqu'ici, attendant mon heure pour remporter le jackpot.

10

Quelque chose ne tournait pas rond, et Mickey le sut dès qu'il passa le portail. Il était doté d'un sixième sens pour ces choses-là.

Dressée devant eux dans toute sa splendeur, Casa De Mare, illuminée à la manière d'un palais italien, affichait avec arrogance ses arcs vénitiens en ogive, ses fenêtres avec balcon de pierre et sa loggia fleurie de bougainvillées menant jusqu'à l'océan.

Les galets de l'allée, longue d'une centaine de mètres et bordée de buissons et d'arbres parfaitement éclairés, crépitaient sous leurs talons. Camouflés dans des uniformes de police volés, ils n'éveilleraient aucun soupçon, même si un témoin inattendu surgissait. Tout s'annonçait aussi bien qu'on le lui avait laissé espérer. Pourtant, il ne parvenait pas à se débarrasser de ce pressentiment qui lui tordait les entrailles.

Un seul regard à Bobby et Barney lui permit de sentir leur fébrilité. Il les connaissait assez bien pour deviner leurs pensées.

C'était la première fois qu'ils approchaient d'aussi près une demeure de cette classe.

Casa De Mare. La maison de l'océan.

Cet endroit n'avait aucun secret pour Mickey, qui avait passé des heures à étudier l'histoire de ce palace construit en 1923 par Addison Mizner, la disposition de ses pièces, ses dispositifs de sécurité, le parcours qu'ils effectueraient et la localisation des tableaux.

Alors, comment expliquer cette nervosité ? *Du calme,* se rasséréna-t-il. *Cinq millions de dollars t'attendent là-dedans.*

— Mais qu'est-ce que c'est que ce foutu truc ? grogna Barney en lui enfonçant dans les côtes la sacoche d'outils noire qu'il portait à la main.

Au bout du chemin de pierres s'élevait une imposante soucoupe de marbre entourée d'une luminescence magique.

— Une vasque pour les oiseaux, répondit Mickey, incapable de réprimer un sourire.

— Une vasque pour les oiseaux, répéta Barney, déconcerté, en ajustant sa casquette d'agent de police. Plutôt pour un putain de ptérodactyle !

Mickey consulta sa montre. 20 h 15. Dee les avait prévenus que Ned avait, comme ils s'y attendaient, rempli sa part du contrat. Des voitures de police fusaient sans doute de part et d'autre de la ville à l'heure qu'il était. Les trois hommes, qui savaient que des caméras suspendues dans les arbres suivaient chacun de leurs mouvements, gardaient leur visage caché sous leur casquette. Devant les grandes portes en chêne, Mickey adressa un dernier regard à ses compagnons. Ils étaient prêts. Prêts à saisir l'occasion qu'ils guettaient depuis des années.

Il appuya sur la sonnette. Près d'une minute plus tard, une gouvernante hispanique leur ouvrit la porte. Tout se passait comme prévu, elle semblait être seule dans l'immense maison. Mickey lui expliqua qu'une alarme s'était déclenchée dans la résidence et que, compte tenu des troubles signalés dans toute l'île, son équipe avait été dépêchée pour s'assurer que tout était rentré dans l'ordre.

Sans lui laisser le temps de tiquer à la vue du sac de Barney, de remarquer l'absence de véhicule ou de s'attarder sur leurs visages, Bobby asséna à la domestique un bon coup de Maglite sur la tête et l'enferma dans un placard. Lorsqu'il rejoignit ses acolytes, il arborait un large sourire. Un sourire à un million de dollars.

C'était à eux de jouer maintenant !

11

Leur première tâche consista à désactiver le système d'alarme interne. Connectés à des capteurs, les tableaux et les sculptures ne pouvaient être déplacés sans déclencher une cacophonie de sirènes. La maison était également truffée de détecteurs de mouvement. Mickey fouilla dans la poche de son uniforme, d'où il sortit un petit bout de papier.

Il composa avec fébrilité le code qui y figurait sur un petit clavier : 10-02-85. Toute l'opération ne tenait qu'à l'exactitude de ces six chiffres.

Une lumière verte clignota. Alarme déconnectée ! Mickey sentit enfin la poigne de fer qui lui compressait l'estomac se relâcher et ses lèvres se fendirent en un timide sourire de victoire. Ils y étaient presque ! Il lança un clin d'œil à Bobby et Barney.

— OK, les gars, la voie est libre !

Mickey alluma alors les lumières de la pièce.

Devant eux, un corridor surmonté d'arcs en acajou sculpté menait à un vaste salon voûté. La pièce regorgeait d'objets spectaculaires. Une kyrielle de tableaux couvrait les murs, et pas n'importe lesquels. Au-dessus de l'imposante cheminée de pierre trônait une vue vénitienne de Canaletto. Mickey, qui avait reçu l'ordre de ne pas toucher à cette œuvre, posa son regard sur les vases chinois bleu et blanc, les bronzes de Brancusi, un lustre de palais royal... Six portes-fenêtres s'ouvraient sur le patio dominant la mer.

— J'sais pas à quoi ce mec pensait quand il a dit que les riches étaient différents, lança Barney, les yeux écarquillés devant tant de trésors. Mais, merde alors... Il avait fichtrement raison !

— Oublie ça, sourit Mickey, les yeux brillant d'excitation. Ce sont des broutilles comparées à ce que l'on cherche.

Il savait exactement où aller. Le Cézanne se trouvait dans la salle à manger, à droite. Barney sortit un marteau et une lime de son sac noir. Seules les toiles les intéressaient ; les lourds cadres antiques dont elles étaient flanquées n'avaient aucune valeur pour leur commissionnaire.

La salle à manger, aux murs de tontisse rouge, hébergeait une longue table polie décorée d'un gigantesque candélabre. La moitié du monde libre aurait pu y festoyer !

Mickey entendait presque les battements sourds de son cœur. *Cherche le Cézanne*, se répétait-il. *Des pommes et des poires, sur le mur de droite*.

Mais, alors qu'il s'apprêtait à se laisser transporter d'enthousiasme devant le symbole de sa future fortune, il suffoqua, la poitrine transpercée par une pointe glaciale.

Le mur était nu. Pas de nature morte. Pas de Cézanne.

Le tableau ne se trouvait pas à sa place !

Il fut secoué d'un haut-le-cœur. Un instant, les trois amis restèrent figés, les yeux rivés au mur. Puis, comme rappelé à la réalité, Mickey se précipita à l'autre bout de la maison, vers la bibliothèque.

Le Picasso devait être suspendu au-dessus de la cheminée de cette pièce. Malgré la fureur qui déversait dans ses veines des bouillons de sang, il n'eut aucun mal à trouver son chemin dans la vaste demeure et courut jusqu'à la pièce meublée de grandes étagères.

Un nouveau frisson lui parcourut l'échine, comme si un souffle glacé le congelait sur place.

Pas de Picasso. Les murs de cette pièce étaient tout aussi vides que ceux de la salle à manger. Mickey sentit son estomac remonter dans sa gorge.

— Qu'est-ce que c'est que ce bordel ?

Pris de frénésie, il retourna sur ses pas à grande vitesse et bondit dans le grand escalier. L'étage supérieur était sa dernière chance. La chambre à coucher devait contenir le Jackson Pollock. Ce tableau ne pouvait pas lui échapper, il avait travaillé trop dur pour y arriver. Cette œuvre représentait son dernier espoir. Mais que diable se passait-il ?

Bobby et Barney sur les talons, Mickey pila devant le mur. Le visage des trois hommes prit une couleur livide.

— Fils de pute ! hurla Mickey.

De rage, il écrasa son poing sur un cadre accroché au mur, se meurtrissant les articulations.

Le Pollock avait disparu, tout comme le Picasso et le Cézanne. Il n'avait plus qu'une idée en tête : faire la peau au responsable de cette supercherie, à celui qui lui avait volé ses rêves.

Celui qui les avait doublés !

12

Tout cela semble tellement stupide maintenant. Un Martini orange... Un voilier voguant sur l'azur des Caraïbes... Arrêté sur le bas-côté de South County Road, en face de la caserne de pompiers de Palm Beach, je suivais du regard les voitures de police qui filaient devant moi dans des hurlements de sirènes et des éclairs de gyrophares. J'avais vraiment fait du très bon boulot.

J'imaginais Tess, étendue à mon côté sur le pont, ravissante dans un petit bikini cachant à peine sa peau bronzée. Nous sirotions tranquillement ces fameux Martini. Je ne saurais dire qui nous les préparait. Pourquoi ne pas compléter le tableau par un skipper et un équipage ? Une chose est sûre, nous nous trouvions au beau milieu de la mer des Caraïbes et la boisson me transmettait sa délicieuse fraîcheur. Je me laissais bercer par ces doux rêves éveillés lorsque j'appris que l'opération ne se passait pas comme prévu.

La voix de Dee émergea du talkie-walkie dans un grésillement.

— Ned, où es-tu ? Neddie !

Tout mon corps se crispa à cet appel. Je n'étais pas censé entendre parler d'elle avant notre rendez-vous de 21 h 30 à Lake Worth. Ses accents paniqués sonnèrent le glas de mes belles visions. Je sus, à cet instant précis, que la scène sur le voilier resterait à jamais une chimère.

— Ned, ça a mal tourné, brailla Dee. Reviens ici tout de suite !

Je saisis l'appareil et appuyai sur le bouton.

— Dee ! Comment ça, « mal tourné » ?

— C'est foutu, Ned. Tout est fini.

D'aussi loin que je me souvienne, je n'avais jamais vu Dee s'énerver. Mais sa voix trahissait une déception rageuse.

— Foutu ? demandai-je. Mais… Bobby et Mickey, ils vont bien, au moins ?

— Rapplique au plus vite, continua-t-elle. Le contact de Mickey… Gachet… Ce salaud nous a doublés !

13

Je crus que mon cœur s'arrêtait de battre. Que s'était-il passé ?

Je posai lourdement ma tête sur le volant. Le seul indice que j'avais en ma possession était un nom : Gachet. Mickey n'avait rien voulu révéler de plus. Mais, pas de doute, mon million de dollars était perdu. Je me dis cependant que le scénario aurait pu encore plus mal tourner. Mickey, Bobby et Barney auraient pu y rester.

Le moteur vrombissait avant que j'aie choisi ma destination. Devais-je rejoindre mes amis dans leur planque ou regagner ma chambre chez Sollie et y rester en sécurité ? Dans un éclair de lucidité, je pris conscience de tous les risques encourus. J'avais tout joué dans l'espoir de décrocher le jackpot : mon emploi, mon toit chez Sollie, ma vie. Le visage de Tess se grava dans mon esprit. Tout !

Je me mis en route, tournai à droite sur Royal Palm Way et me dirigeai vers le pont menant à West Palm.

Soudain, je fus assourdi par le hurlement de sirènes. Paralysé de terreur, je jetai un regard dans le rétroviseur : des voitures de police gagnaient du terrain derrière moi. Mon cœur bondit dans ma poitrine, comme si j'avais reçu une décharge électrique. Ils me poursuivaient. Je ralentis, prêt à me ranger sur le bas-côté.

Surpris, je vis les deux voitures pie me doubler à plein régime. Elles ne me poursuivaient pas du tout, pas plus qu'elles ne se dirigeaient vers Casa De Mare ou l'une des propriétés dont j'avais déclenché l'alarme. *Bizarre…*

Soudain, elles virèrent à gauche dans Cocoanut Row, dernier axe majeur avant le pont, coupant la circulation dans un concert de sirènes et de flashes bleus et rouges. Je n'y comprenais plus rien.

Où se rendaient ces voitures alors que la ville était, selon toute vraisemblance, plongée dans le chaos ? Je décidai de les suivre, au moins sur quelques centaines de mètres. Elles tournèrent dans Australian Avenue et s'immobilisèrent un peu plus loin.

Stationnés à leur côté se trouvaient d'autres voitures de police et un fourgon de la morgue. Juste devant le Brazilian Court, où résidait Tess. Tous mes muscles se tendirent.

Je roulai jusqu'à l'intersection suivante, garai la Bonneville et me dirigeai d'un pas qui se voulait nonchalant vers l'hôtel. Une foule était attroupée sur le trottoir en face de l'établissement. Je n'avais jamais vu autant de voitures de police dans Palm Beach. Incroyable ! Tous ces flics auraient dû être à nos trousses, pas stationnés devant un hôtel de luxe. Je savais que la meilleure chose à faire était de filer à Lake Worth au plus vite. Les mots de Dee résonnaient encore dans ma tête. *Ce salaud nous a doublés*. Qui ? Et comment ?

Un cercle de badauds masquait l'entrée du palace. Je me faufilai entre les curieux et m'approchai d'une femme en robe de plage et pull-over blanc tenant un enfant par la main.

— Qu'y a-t-il ?

— Il y a eu un meurtre, me répondit-elle d'une voix anxieuse. C'est pour ça qu'il y a toutes ces sirènes.

— Oh, murmurai-je avec un semblant de détachement.

Mais j'étais toujours aussi inquiet. Où se trouvait Tess ? Je jouai des coudes dans la foule, peu soucieux de ce qui pouvait m'arriver. Des agents conduisaient vers la porte les employés de l'hôtel, reconnaissables à leur uniforme noir. Je m'avançai vers une réceptionniste blonde que j'avais croisée plus tôt dans la journée.

— Que se passe-t-il ici ?

— Quelqu'un a été assassiné, répondit-elle en secouant la tête. Une femme. Dans l'hôtel.

— Une femme ! Vous voulez dire une cliente ? demandai-je, les yeux cloués aux siens, gagné par la panique.

— Oui.

Elle me lança alors un étrange regard. Peut-être m'avait-elle reconnu.

— Chambre 121.

Tout se mit à tourner à une vitesse vertigineuse autour de moi. Immobile, tétanisé, je tentai de prononcer un mot mais aucun son ne franchit mes lèvres tremblantes.

La chambre 121 était la suite Bogart.

Tess était morte.

14

Je restai sur place juste assez longtemps pour voir la civière avalée par le sinistre fourgon. Avant que les portes se referment lourdement, je reconnus la main de Tess qui pendait de la bâche dissimulant son corps, ses trois bracelets en or tombant sur son poignet.

Je m'éloignai de la foule, la poitrine prête à exploser. La pensée que je l'avais quittée à peine quelques heures auparavant, vivante, me hantait.

Je devais partir. Tous les flics de Palm Beach semblaient s'être donné rendez-vous dans la rue et ils seraient bientôt sur mes talons.

Je réussis à contenir mes spasmes jusqu'à ma voiture. Puis l'horrible nœud qui compressait mon estomac remonta dans ma gorge et je vomis, souillant l'impeccable pelouse de l'une des maisons cossues du quartier.

Tess était morte.

Comment était-ce possible ? Quelques heures plus tôt, j'avais passé en sa compagnie le plus merveilleux moment de ma vie. Assassinée, avait précisé la réceptionniste. Comment ? Pourquoi ? Qui aurait pu vouloir du mal à Tess ?

Je vis défiler devant mes yeux les jours écoulés depuis notre rencontre, des images troublées par ma confusion.

Je repensai au rendez-vous implicite que nous nous étions fixé sur la plage, à l'échec du cambriolage de Casa De Mare.

Non, il n'existait aucun lien entre ces deux événements. Tout cela n'était qu'une coïncidence. Une horrible coïncidence. Les yeux brûlants, je tentai de refouler les sentiments qui me dévastaient. Mais, incapable de résister plus longtemps, je fondis en sanglots.

Immobile, je croulais sous le poids du chagrin, le visage baigné de larmes. Lorsque je repris conscience de la réalité, je sus que je devais fuir. La police découvrirait tôt ou tard ma relation avec Tess. Je songeai avec inquiétude au regard soupçonneux de la réceptionniste. Impossible de chercher à plaider mon innocence, pas après ce qui s'était passé cette nuit. Je tournai la clé de contact. Pour aller où ? Je n'en avais pas la moindre idée. Je savais seulement que ce devait être loin d'ici.

15

Je pris deux fois à gauche, vers Royal Palm Way. La confusion régnait dans mon esprit et mes vêtements étaient trempés de sueur. Sans même m'en apercevoir, je me retrouvai à Lake Worth. Quelques minutes avaient suffi à changer la donne, à bouleverser mon existence. J'avais déjà connu une telle situation, à Boston. Mais, cette fois, je ne pourrais jamais reconstruire ma vie.

Je sortis de l'Interstate 95 pour m'engager dans Sixth Avenue. L'image cauchemardesque de la main inerte de Tess me harcelait, tout comme les accents de terreur de la voix de Dee.

Mickey vivait à proximité de l'autoroute, loin du snobisme du Breakers, de Bice ou de Mar-A-Lago. Son quartier n'était qu'un enchevêtrement de rues glauques où s'alignaient des maisons rectangulaires et des caravanes, devant lesquelles les habitants buvaient des bières, calés dans des chaises de jardin, leur porte de garage ouverte sur une camionnette ou une Harley.

Je me raidis de nouveau en voyant une voiture de police me dépasser comme une flèche. Puis une autre. Quelqu'un avait-il repéré ma voiture ? Peut-être à Palm Beach…

Je coupai le moteur sur West Road, à quelques centaines de mètres de la bicoque jaune louée par Mickey et Bobby. Et mon estomac se souleva de nouveau.

Les gyrophares des voitures de police donnaient aux lieux des teintes surréelles. Je crus devenir fou lorsque je me retrouvai devant la même scène qu'au Brazilian Court. En débardeur ou maillot de corps, les voisins s'étaient attroupés sur leur pelouse pour observer tout ce remue-ménage. Que pouvait-il bien se passer à Lake Worth ?

Un barrage de police coupait la circulation juste avant la maison de Mickey. Illuminée par d'aveuglants éclairs électriques, prise d'assaut par les flics, la rue prenait des airs de zone de guerre.

L'incompréhension laissa rapidement place à la peur. Ils nous avaient trouvés. Une vague amère de regret accompagna cette certitude. Nous étions faits comme des rats ! Je n'aurais que ce que je méritais pour m'être lancé dans une aventure si risquée.

Puis mon sentiment s'intensifia, se transformant en une irrépressible épouvante. Parmi tous ces véhicules se trouvaient des ambulances. Stationnées devant la porte de Mickey.

16

Sans réfléchir, je bondis hors de la voiture et me glissai parmi tous ces gens, terrifié à l'idée d'assister à une nouvelle tragédie. C'était impossible. *Impossible*.

Je me dirigeai vers un Noir en uniforme de concierge. Sans que je prononce aucun mot, ce dont j'étais de toute façon incapable, le vieil homme répondit aux questions que je me posais :

— Un massacre, juste dans cette maison, commenta-t-il avec un accent prononcé, en balançant la tête. Plusieurs Blancs. Une femme, aussi.

Tous les spectateurs avaient le regard rivé sur la maison de Mickey.

Mon cœur se contracta, comme écrasé par un étau. La poitrine comprimée, je n'arrivais plus à respirer. J'espérais que la semi-obscurité masquerait le tremblement de mes lèvres et le ruissellement de mes larmes. Mickey, Barney, Bobby et Dee, tous morts ? Non, j'allais me réveiller, échapper à cet affreux cauchemar, retourner à la réalité.

Mais celle-ci m'écorchait les yeux tandis que je regardais tous ces agents et ambulanciers s'affairer devant la maison canari de mes amis. *Dites-moi que ce n'est pas vrai !*

Je fis quelques pas de plus, juste assez pour voir des techniciens de laboratoire franchir la porte. Un murmure s'éleva de la foule lorsque commença le défilé de brancards.

L'un des sacs mortuaires était entrouvert.

— Un Blanc, commenta un curieux.

Je distinguai des boucles rousses. *Mickey*.

De vieux souvenirs m'assaillirent à la vue de ce corps transporté vers le fourgon de la morgue. Je nous revis vingt ans plus tôt, à l'époque où Mickey avait la fâcheuse habitude de m'asséner un coup de poing quotidien dans le dos. Cet abruti avait une manière particulière de me dire bonjour, et je ne le voyais jamais venir. Je marchais tranquillement dans les couloirs du collège quand un choc violent m'abrutissait. *Bam !* Mon cousin avait ensuite expérimenté sur moi les effets du racket : j'avais le choix entre débourser vingt-cinq cents ou encaisser un coup. Les yeux pleins de malice, il levait le poing et fredonnait, comme une litanie : « Poule mouillée, poule mouillée. » Un jour, excédé, j'avais oublié toute précaution et l'avais chargé dans un élan sauvage. Il était allé valdinguer contre un radiateur, dont il avait gardé la marque dans le dos jusqu'à la fin du lycée. Puis il s'était relevé, avait ramassé ses livres et avait tendu vers moi son poing serré. Il renfermait environ quatre dollars, uniquement en pièces de vingt-cinq cents : le butin qu'il avait amassé à mes dépens.

— Ça fait longtemps que j'attendais ça, p'tit Neddie.

Cette scène de jeunesse avait surgi dans mon esprit, me faisant oublier, l'ombre d'un instant, l'horreur du présent. Mais le passage des brancards me ramena à la réalité. Quatre housses, c'était tout ce qu'il restait de mes meilleurs amis.

Je tentai de m'éloigner de cette sinistre scène, traversant en sens inverse la marée humaine qui affluait pour se gorger de détails macabres.

17

Je ne garde qu'un vague souvenir de la suite des événements. Je crois avoir rejoint ma voiture d'une démarche peu assurée et m'être lancé sur l'asphalte à une allure étourdissante.

Dans le vrombissement du moteur, j'inventoriais les solutions envisageables. Quelles possibilités s'offraient à moi ? Me rendre ? *Voyons, Neddie, tu as participé à un cambriolage. Tes amis ont été assassinés. Quelqu'un va finir par établir ta relation avec Tess. Une accusation de meurtre, voilà tout ce que tu récolteras*. Si je n'étais pas en mesure d'envisager avec lucidité la marche à suivre, une certitude s'imposait à moi, brillant comme un phare dans la nébuleuse de mon esprit : je devais quitter à jamais la Floride.

J'allumai la radio et la réglai sur une station d'information locale. Les reporters commentaient les événements depuis les lieux des crimes. « Une jeune beauté assassinée dans le cadre luxueux du Brazilian Court de Palm Beach. » « Quatre personnes non identifiées victimes d'un règlement de comptes à Lake Worth… » Et d'autres scoops : « Cambriolage audacieux au bord de l'eau : la valeur des toiles volées atteint les soixante millions de dollars ! » Le vol avait donc bien eu lieu !

Toutefois, aucun journaliste ne mentionnait de relation quelconque entre ces différentes affaires. Dieu merci, car cette piste guiderait la police tout droit jusqu'à moi.

Il était 23 heures passées lorsque j'osai me risquer sur Flagler Bridge, en direction de Palm Beach. Au loin, je reconnus l'éclat bleuté et rouge qui n'en finissait plus d'éclairer cette nuit. Stationnées en plein milieu de Royal Poinciana Way, deux voitures de police filtraient les automobiles, certainement à la recherche d'une Bonneville.

C'est fini pour toi, Ned ! songeai-je avec résignation. Mais, à mon grand étonnement, les agents me laissèrent passer sans sourciller.

Le quartier semblait relativement paisible compte tenu du chaos qui régnait dans la ville. Le Palm Beach Grill affichait encore complet et la Cucina égrenait ses notes de musique dans la nuit. Une atmosphère tranquille enveloppait les rues. Je tournai à droite, dans County Road, puis suivis Seaspray avant de prendre à gauche, vers la plage. Arrivé au numéro cent cinquante, je guettai avec anxiété l'ouverture du portail automatique, priant pour ne pas en voir surgir une armée d'uniformes. Mais la maison de Sollie était plongée dans l'obscurité, sa cour vide. Pour une fois, mes prières avaient été exaucées.

Mon employeur devait regarder la télévision, s'il ne dormait pas déjà, tout comme Winnie, la gouvernante. Je me garai dans la cour et grimpai quatre à quatre les marches menant à ma chambre, au-dessus du garage, pour préparer ma fuite.

Mes années à Palm Beach m'avaient enseigné une précieuse leçon. Il existe plusieurs sortes de gens riches : les faux, qui prétendent qu'ils le sont mais ne possèdent que quelques milliers de dollars, les anciens et les nouveaux. Habitués à diriger du personnel, les anciens cultivent généralement de meilleures manières que les nouveaux riches, qui peuvent se révéler de véritables cauchemars. Exigeants et méprisants, ils exorcisent les incertitudes engendrées par leur subit enrichissement par une attitude tyrannique envers leurs employés. Sollie, lui, appartenait encore à une autre catégorie : celle des princes. Le jour où il décréta qu'il avait besoin de moi pour entretenir sa piscine, le conduire à d'occasionnels rendez-vous, faire briller ses bijoux motorisés et emmener son gros labrador caramel chez le vétérinaire reste l'un des plus importants de ma vie. Sollie achetait et revendait des voitures de collection chez Ragtops comme je louais des DVD chez Blockbuster. Sous ma chambre dormaient une limousine ayant appartenu au prince Rainier, une Mercedes Pullman six portes de 1970, une Mustang décapotable de 1965, une Porsche Carrera pour les petites promenades et une Bentley chocolat pour les grandes occasions. En bref, les indispensables de tout garage de Palm Beach digne de ce nom.

Je sortis deux sacs marins en toile épaisse de sous mon lit et entassai à l'intérieur tous les vêtements qui me tombaient sous la main. Des tee-shirts, des jeans, quelques pulls, la crosse de hockey dédicacée par Ray Borque que je gardais comme un trésor depuis l'âge de seize ans et mes livres de prédilection : *Gatsby le magnifique, Le soleil se lève aussi, Les Grandes Espérances*… À croire que j'avais toujours eu un faible pour les parias révoltés contre la classe dirigeante.

Je gribouillai rapidement un message à Sollie, dans lequel je lui expliquais les raisons de mon départ précipité. Je n'étais pas fier de mon attitude. Sol s'était comporté comme un oncle à mon égard. En échange d'un toit, je n'avais qu'à lui rendre quelques services. La honte me rongeait tandis que je m'apprêtais à partir comme un voleur. Mais n'était-ce pas ce que j'étais devenu, aux yeux de la loi ?

Me saisissant des sacs, je dévalai l'escalier et fourrai le tout dans le coffre de la Bonneville. Je jetai un dernier regard sur la villa, adieu silencieux aux trois dernières années de ma vie, lorsque la porte s'ouvrit, éclairant l'obscurité. Un verre de lait à la main, Sollie apparut, en robe de chambre et pantoufles.

— Bon Dieu, Sol, tu m'as fait une de ces frousses !

Il observa sans un mot le coffre ouvert et les sacs. Je pouvais lire la déception sur son visage.

— J'imagine que tu n'as pas le temps de faire une dernière partie de gin-rami.

— Je t'ai laissé un mot, répondis-je, gêné.

J'aurais préféré qu'il ne me surprenne pas en train de filer en douce, surtout avec ce qu'il allait entendre sur mon compte dès le lever du jour.

— Écoute, Sol. Des choses terribles sont arrivées ce soir. Tu vas sûrement entendre parler de moi… Je veux juste que tu saches que tout ce que l'on te dira est faux. Je suis innocent. Je n'ai rien fait. Rien.

— Rien que ça ! s'exclama-t-il, les lèvres retroussées. Dans quoi as-tu bien pu te fourrer ? Entre, petit. Je peux sans doute t'aider. Un homme ne fuit pas ainsi, au beau milieu de la nuit.

— Tu ne peux rien faire pour moi, affirmai-je, les yeux rivés au sol. Personne ne peut plus rien faire, à présent.

Je voulais le serrer dans mes bras, mais ma nervosité et ma confusion ne me le permettaient pas. Je devais fuir la ville.

— Je tiens à te remercier, ajoutai-je en grimpant dans la Bonneville. Pour ta confiance. Pour tout.

— Neddie ! lança-t-il, la voix couverte par le ronflement du moteur. Je ne sais pas de quoi il s'agit, mais ce ne doit pas être aussi grave que tu le penses. Chaque problème a sa solution. Et ce n'est pas quand on a besoin d'amis qu'il faut fuir…

Je franchis le portail avant qu'il ait terminé sa phrase, regardant une dernière fois sa silhouette dans le rétroviseur avant de m'engager sur la route.

Les larmes m'embuaient les yeux lorsque j'arrivai sur Flagler Bridge. Je laissais tout derrière moi : Mickey, mes amis, Tess… Pauvre Tess. La pensée que nous étions dans les bras l'un de l'autre quelques heures avant sa mort, lorsque je recommençais à croire à ma bonne étoile, me torturait. La fille de mes rêves et un million de dollars ! Comment avais-je pu croire un instant que le vent tournait ?

La chance te sourit de nouveau, Neddie… C'en était presque risible ! C'était plutôt la malchance qui se jouait de moi.

De la route, je distinguais les tours du Breakers étendant leur silhouette lumineuse dans le ciel nocturne. J'avais sans doute à peine une journée devant moi avant de voir ma photo s'étaler dans tous les journaux du pays. Où pouvais-je aller ?

Mes meilleurs amis s'étaient fait assassiner. J'ignorais qui se cachait derrière ce putain de Dr Gachet, mais il pouvait être sûr que je le retrouverais.

— Jackpot, murmurai-je entre mes dents en traversant le pont.

Le chatoiement électrique de Palm Beach se perdait derrière moi.

Jackpot…

Quelle ironie du sort !

18

Agenouillée devant la centrale d'alarme, dans le sous-sol de Casa De Mare, Ellie Shurtleff éclairait d'une lampe de poche le câble qu'elle tenait dans sa main gantée.

Quelque chose clochait sur cette scène de crime.

Agent spécial responsable de la nouvelle division créée par le FBI pour couvrir les affaires de vol et de trafic d'art dans le sud de la Floride, elle attendait un tel moment depuis plusieurs mois. La valeur totale des tableaux disparus la nuit précédente s'élevait à soixante millions de dollars et l'affaire relevait entièrement de sa compétence. Car, pour être précis, Ellie constituait à elle seule tout le service.

Depuis qu'elle avait quitté New York et son emploi d'assistante conservatrice chez Sotheby's pour entrer au FBI, le quotidien d'Ellie se résumait à d'ennuyeuses journées dans le bureau de Miami, la surveillance de quelques ventes aux enchères et la lecture de fax d'Interpol, alors que les autres agents partaient à la poursuite de trafiquants de drogue et autres escrocs de haut vol. Comme son entourage, elle en arrivait à se demander si ce qu'elle avait accueilli comme une évolution dans sa carrière ne se révélait pas plutôt une rétrogradation. Force était de constater que son poste n'était pas le plus palpitant du FBI. Mais elle était aussi le seul agent fédéral à avoir étudié les beaux-arts et pas le droit.

Elle s'efforçait toutefois de ne pas négliger les avantages associés à ses nouvelles fonctions : le petit bungalow sur la plage de Delray ou encore les sorties quotidiennes sur son kayak de mer, même en hiver. Enfin, elle avait sans doute été la seule invitée du rassemblement décennal des anciens élèves de la promotion 1996 des Beaux-Arts de Columbia à venir à la fête munie d'un Glock.

Ellie se releva. De petite stature, un mètre cinquante-huit pour quarante-huit kilos, le visage encadré de cheveux châtains mi-longs et barré de lunettes à monture d'écaille, la jeune femme ne ressemblait en rien à un agent du FBI. Du moins pas à un agent de terrain. Pour plaisanter, ses collègues prétendaient qu'elle avait acheté sa parka de travail au rayon enfants du grand magasin local. Toutefois, Ellie avait terminé deuxième de sa promotion à Quantico, obtenant les meilleurs résultats en gestion de scène de crime et psychologie criminelle. Excellente tireuse, elle était en outre capable de désarmer un adversaire mesurant une tête de plus qu'elle.

Le hasard avait juste voulu qu'elle s'y connaisse un peu plus que la moyenne en mouvements artistiques. Et en électricité.

Elle gardait les yeux rivés sur le câble sectionné. *OK, Ellie, pourquoi ?* La gouvernante se montrait catégorique : elle avait bien entendu les six notes brèves du digicode lorsque les cambrioleurs avaient pénétré dans la maison. Pourtant, le câble était coupé, et les alarmes intérieure et extérieure neutralisées. S'ils connaissaient le code, pourquoi les intrus se seraient-ils fatigués à cisailler le fil électrique alors que la voie était libre et la maison vide ? Comme à son habitude, la police de Palm Beach semblait s'être déjà forgé une opinion sur l'affaire. Ses hommes avaient relevé toutes les empreintes trouvées sur le lieu et visionné les vidéos de surveillance du parc. Les voleurs, qui n'étaient restés que quelques minutes dans la maison, savaient exactement ce qu'ils cherchaient. Selon eux, l'audace des trois individus en uniforme de police attestait de leur expérience en la matière. Il s'agissait d'un travail de pros.

Mais peu lui importait ce que pensait la police locale, ou ce prétentieux de Dennis Stratton, pestant sur l'irréparable perte de ses trésors. Deux mots s'insinuaient dans l'esprit d'Ellie : coup monté.

19

Confortablement installé dans une chaise en osier bien rembourrée, au milieu d'une luxueuse véranda offrant une vue imprenable sur l'océan, Dennis Stratton se tenait jambes croisées, un téléphone portable collé à l'oreille. Devant lui, un autre téléphone ne cessait de clignoter pour signaler de multiples appels. Vern Lawson, le chef de la police de Palm Beach, attendait debout non loin de l'épouse de Stratton, Liz, une grande blonde séduisante vêtue d'un pantalon crème, un chandail en cachemire bleu pâle noué autour des épaules. Une domestique hispanique allait et venait dans la pièce avec un plateau chargé de verres de thé glacé.

Le majordome accompagna Ellie jusqu'à la véranda sans que Stratton daigne relever leur présence. Le comportement des riches laissait le jeune agent perplexe. Il lui semblait que plus ils alignaient les billets verts, plus ces gens se retranchaient dans un cocon de soie, loin du commun des mortels, derrière des murs bien isolés, épais remparts dignes de forteresses.

— Soixante millions ! aboya Dennis Stratton dans le téléphone. Je veux qu'on m'envoie quelqu'un ici aujourd'hui ! Et pas un bon à rien du bureau local muni d'un diplôme des Beaux-Arts !

Il raccrocha d'un air exaspéré. Petit et bien bâti, Stratton présentait un début de calvitie et portait des vêtements confectionnés sur mesure : un tee-shirt vert sauge sur un pantalon de lin blanc. Il finit par poser ses yeux d'acier sur Ellie.

— Avez-vous trouvé tout ce que vous cherchiez en bas, inspecteur ? demanda-t-il d'un ton agacé, comme s'il s'adressait à un petit comptable qui l'importunait avec des questions fiscales.

— Agent spécial, corrigea Ellie.

— Agent spécial, répéta Stratton avec un hochement de tête avant de se tourner vers Lawson. Vern, veux-tu t'assurer que l'*agent spécial* a vu tout ce qu'elle désirait dans la maison ?

— Inutile, repartit aussitôt Ellie en arrêtant le policier de Palm Beach d'un mouvement de la main. En revanche, j'aimerais examiner la liste avec vous, si ça ne vous ennuie pas.

— La liste ? soupira Stratton avec irritation, comme si c'était la énième fois qu'elle la lui réclamait.

Il fit glisser une feuille de papier sur une table rectangulaire, un meuble laqué chinois qu'Ellie datait du début du XVIIIe siècle.

— Cézanne. *Nature morte avec des pommes et des poires…*

— Aix-en-Provence, l'interrompit Ellie. 1881.

— Vous connaissez ? s'étonna Stratton. Bien, peut-être pourrez-vous convaincre ces imbéciles d'assureurs de sa véritable valeur. Ensuite, il y a ce flûtiste de Picasso et le grand Pollock, qui était dans la chambre. Ces fils de pute savaient exactement ce qu'ils faisaient. J'ai déboursé onze millions rien que pour ce tableau.

Une belle arnaque, songea Ellie en se retenant de glousser. Dans ce fief de nouveaux riches, certains utilisaient l'art comme un ascenseur social, une entrée dans le beau monde.

— Et il y a aussi le Gaume, ajouta Stratton, en feuilletant des documents posés sur ses genoux.

— Henri Gaume ? demanda Ellie, sourcils froncés.

Elle consulta la liste, incapable d'y expliquer la présence de cette toile. Certes, les peintures postimpressionnistes de Gaume présentaient une certaine qualité et suscitaient l'intérêt des collectionneurs. Mais le vol d'un tableau d'une valeur de trente à quarante mille dollars ne cadrait pas avec celui de toiles ayant coûté des millions.

— Oui, le préféré de ma femme. N'est-ce pas, chérie ? C'est comme si ces malfrats cherchaient à nous briser le cœur. Il faut le retrouver. Écoutez…

Stratton chaussa une paire de lunettes et fouilla dans ses papiers à la recherche du nom d'Ellie.

— Agent spécial Shurtleff, continua Ellie.

— Agent Shurtleff, c'est ça, reprit Stratton. Je veux que les choses soient bien claires. Vous m'avez l'air d'une personne sensée, et je suis sûr que votre boulot consiste à fureter un peu ici, prendre quelques notes, puis retourner à votre bureau et classer le dossier pour rentrer chez vous bien à l'heure…

Ellie sentit son sang bouillir dans ses veines.

— Mais je ne veux pas que ce dossier se perde dans les dédales de votre administration et atterrisse sur le bureau d'un quelconque responsable régional. Pas question ! Je veux que l'on retrouve mes toiles. Toutes. Je veux que les directeurs du service s'occupent en personne de cette affaire. L'argent n'a aucune valeur pour moi. Ces tableaux étaient assurés pour soixante millions de dollars…

Soixante millions ? Ellie réprima un sourire moqueur. Plutôt quarante, grand maximum. La jeune femme était bien placée pour savoir que, consciemment ou non, les propriétaires tendaient toujours à exagérer la valeur de leurs biens. La nature morte de Cézanne avait été mise aux enchères à plusieurs reprises, et jamais elle ne l'avait vue se vendre au-dessus du prix de réserve. Quant au Picasso, il datait de la période bleue, lorsque l'artiste peignait à la chaîne dans le seul but de s'offrir les services de prostituées. Le Pollock… D'accord, Ellie était forcée de reconnaître la valeur du Pollock. Le millionnaire avait dû recevoir des conseils avisés pour cette acquisition.

— Mais ce que j'ai perdu cette nuit n'a pas de prix, continua Stratton sans la lâcher du regard. Y compris le Gaume. Si le FBI n'est pas capable de régler cette affaire, j'en chargerai mes propres hommes. Je peux très bien le faire, vous savez. Informez-en vos supérieurs. Je compte sur vous pour que cette affaire soit traitée par des gens compétents. Puis-je vous faire confiance, agent Shurtleff ?

— Je crois que j'ai tout ce dont j'ai besoin, conclut Ellie en pliant l'inventaire pour le ranger dans son bloc. Une dernière question : pouvez-vous me dire qui a activé l'alarme à votre départ, hier soir ?

— L'alarme ? répéta Stratton d'un ton indifférent en se tournant vers sa femme. Je ne crois pas que nous l'ayons fait. Lila restait là. De toute façon, l'alarme intérieure fonctionne jour et nuit. Ces tableaux étaient tous reliés au central de la police locale. La maison est équipée d'un détecteur de mouvement et il y a des caméras de surveillance dans le parc. Vous avez bien vu l'installation au sous-sol, non ?

Ellie acquiesça de la tête et rangea son bloc dans son porte-documents.

— Et qui connaît le code ?

— Liz, moi, Miguel, l'intendant, Lila et notre fille, Rachel, qui est à Princeton.

Ellie planta ses yeux dans les siens.

— Je parlais de l'alarme intérieure, monsieur Stratton.

La jeune femme vit un sillon creuser le front du millionnaire, qui baissa le regard sur ses papiers.

— Que suggérez-vous par là ? Qu'il s'agit de quelqu'un qui avait connaissance du code ? Que c'est ainsi que tout s'est passé ?

Le visage empourpré, il s'adressa à Lawson :

— Qu'est-ce que c'est que ça, Vern ? Je veux que des gens qualifiés travaillent sur cette affaire. Des professionnels, pas un bleu qui profère des accusations inacceptables... Je sais que les policiers de Palm Beach se tournent les pouces. Quelqu'un ne peut-il pas s'occuper de ça ?

— C'est-à-dire que... répondit l'inspecteur de Palm Beach, embarrassé. Voyez-vous, monsieur Stratton, ce n'est pas la seule affaire en cours. Cinq personnes ont été assassinées la nuit dernière.

— Monsieur Stratton, intervint Ellie, pourriez-vous me donner le code de l'alarme intérieure, s'il vous plaît ?

— Le code de l'alarme, répéta Stratton entre ses lèvres pincées.

Ses traits reflétaient une vive contrariété. D'habitude, il lui suffisait de claquer des doigts pour obtenir ce qu'il voulait.

— 10-02-85, récita-t-il lentement.

— La date de naissance de votre fille, crut deviner Ellie.

Dennis Stratton réfuta de la tête.

— Ma première introduction en Bourse.

20

Un bleu ! Lorsque le majordome referma la porte derrière elle, Ellie laissa libre cours à sa colère en parcourant d'un pas vif l'allée de galets.

Des belles maisons, la jeune femme en avait vu au cours de sa vie. Le problème, c'est qu'elles étaient généralement remplies de beaux connards. Comme ce clown plein aux as. C'était d'ailleurs ce qui l'avait poussée à démissionner de chez Sotheby's, ces starlettes couvertes de diamants et ces guignols de la trempe de Dennis Stratton.

Après avoir rejoint sa Crown Victoria de fonction, elle téléphona à l'agent spécial Moretti, son supérieur au C-6, la division Vol et trafic d'art, et lui indiqua dans un message qu'elle allait jeter un coup d'œil à une affaire d'homicides. Comme l'avait rappelé Lawson, cinq personnes avaient perdu la vie la nuit même où des tableaux d'une valeur de soixante millions – enfin, quarante – avaient disparu.

Le Brazilian Court ne se trouvait qu'à quelques minutes de chez Stratton. Ellie connaissait déjà les lieux car sa vieille tante de quatre-vingts ans, Ruthie, l'avait invitée à bruncher au Café Boulud à son arrivée en Floride.

À l'hôtel, elle brandit son badge pour se frayer un chemin à travers les hordes de policiers et les camionnettes de télévision rassemblées devant la porte et monta au premier étage, vers la chambre 121 : la suite Bogart, dont le nom rappelait que la star avait séjourné dans le palace, tout comme Bacall, Cary Grant, Clark Gable et Garbo.

La police de Palm Beach avait placé un homme à l'entrée. Présentant sa carte du FBI, elle se livra avec ennui à la vérification habituelle : un long examen de la photo puis un regard inquisiteur à son visage. Elle avait toujours l'impression de se retrouver devant un videur méfiant chargé de vérifier qu'elle était bien majeure et n'utilisait pas une fausse pièce d'identité pour entrer en discothèque.

— C'est une vraie, s'impatienta Ellie en dévisageant l'homme en face d'elle. Et moi aussi je suis réelle.

Elle finit par entrer dans un vaste salon décoré avec élégance. Les vieux meubles de style colonial britannique, les reproductions d'estampes d'amaryllis et les branches de palmier qui caressaient les fenêtres plongeaient la pièce dans une ambiance tropicale.

Lorsque son regard se posa sur un agent passant au spray une table basse dans le but de découvrir quelque empreinte, son estomac se noua. Elle avait rarement travaillé sur des homicides. Même jamais, à dire vrai, hormis les cas d'étude lors de sa formation à Quantico.

La jeune femme pénétra dans la chambre. Elle avait beau arborer un badge du FBI, elle n'en ressentait pas moins des frissons glacials en découvrant cette pièce, laissée intacte depuis l'effroyable meurtre qui y avait été perpétré la veille. *Allez, Ellie, n'oublie pas que tu es du FBI.*

Elle parcourut la pièce du regard sans avoir la moindre idée de ce qu'elle y recherchait. Une robe dos nu très sexy était étendue sur les draps froissés. Dolce & Gabbana. Une paire de talons aiguilles traînait sur le sol. Manolo. Eh bien, cette fille avait de l'argent. Et du goût !

Soudain, son regard se posa sur un sachet en plastique transparent étiqueté. Il contenait des objets trouvés sur les lieux : des pièces de monnaie et un tee de golf noir portant une inscription dorée.

Ellie approcha le sachet de ses yeux pour lire les lettres brillantes gravées sur le petit cône : « Trump International ».

— La visite guidée du FBI n'est pas prévue avant quarante bonnes minutes, déclara quelqu'un dans son dos.

Ellie se retourna dans un sursaut, découvrant un bel homme au teint hâlé, vêtu d'une veste sport. Les mains dans les poches, il se tenait appuyé sur le chambranle de la porte.

— Carl Breen, reprit-il. Police de Palm Beach, brigade criminelle. Pas de panique, sourit-il, c'est un compliment. La plupart des fédéraux qui passent ici semblent tout droit sortis de l'armée.

— Merci, répondit Ellie en arrangeant les plis de son pantalon et en ajustant son holster, qui s'enfonçait entre ses côtes.

— Alors, qu'est-ce qui nous vaut la visite du FBI ? L'homicide relève encore des compétences de l'État de Floride, si je ne me trompe…

— En fait, j'enquête sur un cambriolage. Un vol de tableaux, qui a eu lieu dans l'une des grandes propriétés en bas de la rue. Enfin, en haut, devrais-je dire…

— Spécialiste de l'art, hein ? remarqua Breen avec un sourire en coin. Vous vérifiez donc que les fainéants du cru ne marchent pas sur vos plates-bandes ?

— En fait, je cherchais à savoir si l'un de ces meurtres avait un quelconque rapport avec le cambriolage.

Breen sortit les mains de ses poches, puis regarda autour de lui.

— Un rapport avec un vol de tableaux. Voyons… Il y a bien une estampe, là, sur le mur. Est-ce le genre d'élément que vous recherchez ?

Les joues de la jeune femme s'empourprèrent sous l'effet d'une gifle invisible.

— Pas vraiment, mais je suis heureuse de constater que vous avez l'œil pour détecter les chefs-d'œuvre, inspecteur.

Le policier lui signala qu'il plaisantait avec un sourire. Fort charmant, d'ailleurs.

— Maintenant, si vous aviez dit crime sexuel, on se rapprocherait un peu plus de notre cas. Une poupée mondaine de Palm Beach. Ça fait deux mois qu'elle est installée ici et reçoit de la visite tous les jours. Je suis sûr qu'on n'aura aucun mal à trouver qui règle la note, probablement une organisation caritative ou quelque chose de ce goût.

Il conduisit Ellie dans le couloir, jusqu'à la salle de bains.

— Peut-être devriez-vous retenir votre souffle. Je ne crois pas que Van Gogh ait jamais peint quelque chose comme ça.

Une série de photos de la scène du crime était collée sur le mur carrelé à l'aide de ruban adhésif. Des images épouvantables, sur lesquelles apparaissait la victime, les yeux grands ouverts et les joues gonflées comme des ballons. Elle était nue. Ellie réprima un frisson. Elle était très belle, même sublime.

— A-t-elle été violée ?

— On ne le sait pas encore, répondit l'inspecteur. Mais vous voyez les draps, là ? Ça n'a pas l'air d'être des taches de compote de pommes. Et les experts dépêchés sur place ont déjà pu déterminer qu'elle était dilatée, comme si elle venait d'avoir un rapport sexuel. Mon petit doigt me dit que la personne qui a fait ça entretenait une relation avec elle.

Ellie déglutit avec difficulté. Breen avait raison, elle perdait son temps ici.

— Les techniciens ont estimé que le crime a été commis hier entre 17 et 19 heures. À quelle heure votre cambriolage a-t-il eu lieu ?

— 20 h 15.

— 20 h 15, mmm…

Ses lèvres esquissèrent un sourire alors qu'il donnait un coup de coude amical à Ellie.

— Je suis loin d'être expert en art, agent spécial, continua-t-il d'un ton affable. Mais j'ai l'impression que vous cherchez des liens qui n'existent pas.

21

Alors qu'elle s'installait au volant de sa voiture, Ellie sentit ses joues brûlantes prendre une teinte écarlate. Cela crevait-il tellement les yeux qu'elle n'était pas dans son élément sur le théâtre d'un meurtre ?

Quelle idiote ! se reprocha-t-elle, irritée de s'être mise dans une situation aussi embarrassante. Elle devait toutefois reconnaître que l'inspecteur de Palm Beach s'était montré très coopératif.

Elle mit le cap sur la bicoque de Lake Worth, à la sortie de l'Interstate, où quatre personnes proches de la trentaine avaient été assassinées, probablement lors d'un règlement de comptes. Un quadruple homicide attirait toujours l'attention et, comme elle s'y attendait, elle trouva une nuée de camionnettes de télévision et de voitures de police bloquant le quartier. Tous les flics et les techniciens de scène de crime du sud de la Floride semblaient réunis derrière ces murs jaunes.

Dès qu'elle posa un pied dans la maison à bardeaux, Ellie suffoqua devant l'horrible spectacle qui s'offrait à ses yeux. Les contours de deux victimes étaient dessinés à la craie sur le sol d'un salon presque vide et de la cuisine. Des taches de sang et d'autres substances dont la jeune femme préférait ne pas imaginer la provenance maculaient le plancher et les murs peints. Son estomac se tordit dans un élan nauséeux. Elle avala sa salive et reprit son souffle. *On est vraiment très loin des Beaux-Arts, là.*

Elle remarqua alors la présence de Ralph Woodward, du bureau local, et traversa la pièce pour aller à sa rencontre, heureuse de voir un visage familier.

— Qu'en pensez-vous, agent spécial ? demanda-t-il, toutefois un peu surpris de la trouver à cet endroit. Quelques cadres sur les murs, une plante verte par-ci, par-là, et rien n'y paraîtra, continua-t-il en promenant son regard sur la pièce désolée.

Fatiguée d'entendre ce genre de foutaises, Ellie ignora la remarque de son collègue, qui n'était pourtant pas un mauvais bougre.

— Pour moi, c'est une affaire de trafiquants de drogue, trancha-t-il avec un haussement d'épaules. Qui d'autre tue comme ça ?

Originaires de la région de Boston, les victimes possédaient toutes, sans exception, un casier judiciaire. Des petits larcins, des cambriolages ou des vols de voitures, rien de bien terrible. L'une d'entre elles travaillait à mi-temps comme barman chez Bardley's, un petit troquet près du canal de West Palm, et une autre était employée comme voiturier dans un *country club* des alentours. Ellie eut un tressaillement lorsqu'elle lut qu'une femme se trouvait parmi les victimes.

Lorsqu'elle releva la tête, le chef de la police de Palm Beach, Vern Lawson, passait la porte de la maison. Après avoir échangé quelques mots avec des officiers, il croisa son regard.

— Ce n'est pas vraiment votre domaine, ne croyez-vous pas, agent spécial Shurtleff ?

Il se faufila jusqu'à Woodward.

— Aurais-tu une petite minute, Ralphie ? lui demanda-t-il comme s'ils étaient de vieux amis.

Ellie regarda les deux hommes tenir leur petit conciliabule près de la cuisine. Peut-être parlaient-ils d'elle. Qu'ils aillent se faire foutre ! C'était son affaire et personne ne pourrait l'évincer. Soixante millions dans la nature, ou même quarante, ce n'était pas vraiment une broutille.

Ellie se dirigea vers les photos prises par les officiers. Si la vue des images de Tess McAuliffe inerte dans sa baignoire lui avait soulevé l'estomac, elle crut qu'elle allait rendre son petit déjeuner devant ces clichés. L'une des victimes s'était écroulée juste devant la porte d'entrée en recevant une balle en plein visage. L'homme roux avait été abattu d'un coup de revolver alors qu'il était assis à la table de la cuisine. Les deux derniers locataires de la maison avaient été retrouvés dans la chambre. Le plus charpenté des trois hommes avait reçu une balle dans le dos, probablement alors qu'il essayait de fuir. Quant à la femme, elle était acculée dans un coin de la pièce. Sans doute implorait-elle son assassin lorsqu'un tir bien placé l'avait réduite au silence. Les murs de la maison portaient de nombreux impacts de balles.

Des trafiquants de drogue ? repensa Ellie en prenant une profonde inspiration. *Qui d'autre tue comme ça ?*

Constatant qu'elle n'avait plus rien à faire dans cet endroit lugubre, elle rebroussa chemin vers la porte. Ils avaient raison, ce n'était pas son domaine. En outre, elle avait besoin d'une bonne bouffée d'air frais.

Elle était sur le point de quitter la maison lorsque des objets posés sur le plan de travail de la cuisine retinrent son attention.

Des outils.

Un marteau, une lime plate et un cutter.

Ce n'était pas de simples outils. Pour quelqu'un d'autre, peut-être, mais pas pour Ellie. L'agent spécial y reconnaissait les instruments indispensables à une opération à laquelle elle avait assisté des centaines de fois : l'ouverture d'un cadre.

Il n'en fallut pas plus pour éveiller ses soupçons.

Alors qu'elle consultait de nouveau les photographies du crime, un déclic se produisit dans son esprit. Il y avait trois victimes de sexe masculin, tout comme il y avait eu trois cambrioleurs de sexe masculin chez Stratton. Elle se pencha sur les clichés pour examiner un détail qu'elle n'avait pas remarqué plus tôt. Peut-être n'aurait-elle d'ailleurs pas fait le rapprochement si elle ne s'était pas rendue sur les lieux en personne. Les hommes assassinés portaient tous des chaussures noires à lacets identiques.

Ellie se remémora la vidéo de sécurité en noir et blanc qu'elle avait visionnée à Casa De Mare avant de balayer la pièce du regard.

Une douzaine de flics surveillaient la maison. Elle baissa les yeux tandis que son cœur s'emballait.

Des chaussures de policier.

22

Les cambrioleurs n'étaient-ils pas déguisés en flics ? Et un point pour la diplômée des Beaux-Arts !

Ellie jeta un regard autour d'elle. Woodward discutait toujours avec Lawson près de la cuisine. Elle se fraya un chemin entre les officiers.

— Ralph, je crois que je tiens quelque chose…

Né dans un État du Sud, Ralph Woodward savait user avec une élégante nonchalance de son sourire pour chasser les importuns.

— Ellie, donne-moi une seconde, veux-tu ?

La jeune femme savait pertinemment qu'il ne la prenait pas au sérieux. Très bien ! S'il voulait la laisser se débrouiller seule, elle se ferait un plaisir de mener elle-même l'enquête.

Elle brandit son badge sous le nez de l'inspecteur qui était arrivé le premier sur les lieux.

— Je me demandais si vous aviez trouvé quelque chose d'intéressant, ici. Dans les placards, ou dans la voiture, par exemple ? Des uniformes de police, peut-être une torche Maglite ?

— La voiture a été envoyée au labo, répondit le flic local. Mais, autant que je sache, il n'y avait rien qui sortait de l'ordinaire.

Bien sûr, pensa Ellie. *Ils n'ont pas vraiment cherché. Ou peut-être les malfaiteurs les ont-ils fait disparaître.* Toutefois, plus elle y pensait, plus son pressentiment lui semblait légitime.

Elle contempla de nouveau les dessins tracés à la craie, à l'intérieur desquels se trouvaient des pancartes identifiant les victimes et les sachets en plastique renfermant le contenu de leurs poches.

Elle commença par la chambre. Victime numéro trois : Robert O'Reilly. Tué d'une balle dans le dos. Elle souleva le sachet en plastique : quelques dollars, un portefeuille, rien de plus. Elle passa à la silhouette représentant la femme, Diane Lynch. Elle portait la même alliance que Robert O'Reilly. L'agent vida le contenu de son sac à main dans la poche transparente : des clés, un ticket de supermarché, rien de bien intéressant.

Merde.

Quelque chose la poussait pourtant à poursuivre ses recherches, même si elle n'avait aucune idée de ce qu'elle pourrait découvrir. L'homme abattu dans la cuisine se nommait Michael Kelly. Le choc l'avait propulsé contre le mur, lui et sa chaise. Elle ramassa le sachet près des lignes de craie. Des clés de voiture, un porte-monnaie et environ cinquante dollars en billets.

Elle aperçut alors un minuscule bout de papier froissé, qu'elle déplaça à travers le plastique. Elle croyait y distinguer des chiffres.

L'agent passa une paire de gants en latex et attrapa le morceau de papier pour le déplier.

Une vague de satisfaction l'envahit lorsque ses espoirs se confirmèrent.

10-02-85.

Elle tenait sous ses yeux le code de l'alarme de Dennis Stratton.

23

Mes phares perçaient la nuit sur la route me menant vers le nord. Concentré, je m'efforçais de maintenir l'allure maximale de ma vieille Bonneville sur l'Interstate 95, impatient d'avaler les kilomètres qui m'éloigneraient de Palm Beach. Je ne crois pas avoir cillé d'un œil avant d'atteindre la frontière entre la Georgie et la Caroline du Sud.

Je m'accordai une pause à Hardeeville, une petite commune qui accueillait les routiers par un immense panneau : « Bienvenue au royaume des meilleurs pancakes du Sud. »

Épuisé, je trouvai un box dans le restaurant de la station-service après avoir fait le plein d'essence. Une fois installé, je jetai un regard méfiant sur les quelques routiers aux yeux collés qui avalaient du café ou lisaient le journal. Une décharge d'adrénaline circula dans mes veines. Peut-être étais-je déjà recherché...

Une serveuse rousse du nom de Dollie, comme l'indiquait l'inscription sur son badge, vint me servir la tasse de café tant réclamée par mon organisme.

— Vous allez loin ? me questionna-t-elle avec un sympathique accent lancinant du Sud.

— Oui, du moins je l'espère.

J'ignorais si ma photographie avait été publiée dans les journaux ou diffusée à la télévision et si quelqu'un croisant mon regard reconnaîtrait le fugitif que j'étais devenu, mais je me laissai séduire par l'odeur de sirop d'érable et de biscuit qui me chatouillait les narines.

— Mais pas avant d'avoir goûté ces pancakes.

Je commandai un autre café pour les accompagner et me rendis aux toilettes. Un gros camionneur qui en sortait s'écrasa contre le mur pour me céder le passage. Seul dans la pièce, je sursautai devant le reflet que me renvoya le miroir : un visage défait et des yeux injectés de sang, effarés. Je réalisai que je portais toujours le tee-shirt et le jean troué que j'avais enfilés pour ma petite excursion de la veille au soir. Je m'aspergeai la figure d'eau froide.

Un bruit sordide s'échappait de mon estomac, tenaillé par la faim. Je n'avais rien avalé depuis le déjeuner avec Tess.

Tess… Des larmes gonflèrent de nouveau mes yeux. Mickey, Bobby, Barney et Dee, je ne les verrais plus jamais. Comme j'aurais voulu pouvoir reculer les aiguilles du temps pour les retrouver tous vivants. Une nuit de cauchemar avait suffi à tout bouleverser. Les personnes en qui j'avais le plus confiance n'étaient plus de ce monde. Au cours des six dernières heures, j'avais revécu des centaines de fois l'horreur de la veille et chacune de ces images revisitées accentuait ma souffrance.

J'attrapai l'exemplaire de *USA Today* posé sur le comptoir avant de retourner m'asseoir dans mon box. J'eus du mal à contrôler le tremblement de mes mains en ouvrant grand le journal sur la table. Je feuilletai les premières pages, sans trop savoir si j'espérais y trouver quelque chose ou pas. La plupart des articles traitaient de la situation en Irak, de l'économie nationale et de la nouvelle diminution des taux d'intérêt.

Je tournai une autre page.

Mon rythme cardiaque s'accéléra.

« VOL D'ART AUDACIEUX ET RIBAMBELLE DE MEURTRES À PALM BEACH. »

Je pliai le journal et l'approchai de mes yeux.

« Hier soir, la très huppée ville balnéaire de Palm Beach est devenue le théâtre d'une série d'effroyables crimes. Quelques heures après un audacieux cambriolage et le vol d'œuvres d'art d'une valeur inestimable dans l'une des plus respectables demeures de la ville, une jeune beauté a été retrouvée noyée dans la baignoire de sa suite d'hôtel et quatre personnes ont perdu la vie au cours d'un règlement de comptes dans une banlieue voisine.

« De sources officielles, la police ne suit encore aucune piste précise concernant cette série de crimes et n'a, pour l'instant, établi aucun lien entre ces différentes affaires. »

Je n'y comprenais rien. « … vol d'œuvres d'art d'une valeur inestimable… » Selon Dee, le cambriolage avait pourtant été un fiasco.

Mes yeux parcouraient les lignes. L'identification des victimes. Des noms, des portraits… Ces détails, tellement abstraits en temps normal, prenaient une dimension si réelle et personnelle que leur lecture m'en était insupportable. Il s'agissait de Mickey, Bobby, Barney et Dee… Et, bien sûr, de Tess.

Le journaliste détaillait ensuite le vol de trois chefs-d'œuvre à Casa De Mare, la propriété de quarante pièces de l'homme d'affaires Dennis Stratton :

« Si les noms des toiles volées ne sont pas connus de la presse, on sait que leur valeur totale est estimée à environ soixante millions de dollars. Palm Beach a ainsi été le cadre du vol d'art le plus audacieux de l'histoire des États-Unis. »

Je n'en croyais pas mes yeux. Dee avait raison, quelqu'un nous avait doublés ! Nous avions été victimes d'un coup monté.

Dolly m'apporta mes pancakes qui, comme promis à l'entrée de la ville, paraissaient succulents. Mais la lecture du journal m'avait coupé l'appétit.

— Tout va bien, mon chou ? demanda la serveuse après m'avoir resservi un peu de café.

Je lui grimaçai un sourire de circonstance en hochant la tête, incapable de prononcer un seul mot. L'article avait semé une nouvelle graine de terreur dans mon esprit.

Les enquêteurs allaient faire le lien avec moi. Tôt ou tard, ils découvriraient tout. Malgré la confusion qui régnait dans mes pensées, j'étais assez lucide pour réaliser que les flics se lanceraient à ma poursuite dès qu'ils sortiraient de chez Sollie.

24

Je devais à tout prix me séparer de ma Bonneville, et ce le plus tôt possible.

Je payai l'addition et repris le volant jusqu'au parking vide d'un centre commercial, où je jetai les plaques d'immatriculation dans les fourrés avoisinants et me débarrassai de tout ce qui aurait pu conduire les flics jusqu'à moi. Puis je retournai à pied dans le centre-ville, jusqu'au minuscule abri de tôle ondulée qui servait de gare routière à la commune. Présente à chacun de mes pas, la paranoïa était désormais ma compagne de voyage.

Une heure plus tard, j'étais assis dans le car pour Fayetteville, en Caroline du Nord.

Ce n'était sûrement pas par hasard que mes pas me guidaient vers le nord. Au fond de moi, je connaissais ma destination finale. Tandis que j'avalais des frites et un hamburger dans un fast-food de la gare de Fayetteville, je fuyais le regard de tous les passants. Il me semblait qu'ils me dévisageaient, gravant mes traits dans leur mémoire.

Je montai ensuite dans un car Greyhound à destination des grandes agglomérations du Nord : Washington, New York. Et, bien sûr, Boston. C'était ma seule option.

C'était là que tout avait commencé.

Les heures que je ne passai pas à dormir, je les employai à définir la marche à suivre une fois arrivé à destination. Quatre longues années s'étaient écoulées depuis que j'avais quitté la région. Depuis ma disgrâce. J'avais appris que mon père souffrait de problèmes de santé. Malade ou pas, il n'avait jamais représenté à mes yeux la force et la stabilité de la figure paternelle traditionnelle. Un sentiment en grande partie justifié par sa collection de condamnations pour toutes sortes de délits, du recel aux paris illégaux, et ses trois séjours à la prison de Shirley.

Maman… Disons que je pouvais toujours compter sur elle, ma plus fervente admiratrice. Depuis la mort de mon frère aîné, John Michael, au cours du braquage d'une boutique de spiritueux, il ne lui restait plus que mon cadet, Dave, et moi.

« Tu ne suivras pas le même chemin, n'est-ce pas, Ned ? m'avait-elle fait promettre après le drame. N'essaie surtout pas de ressembler à ton père, ou même à ton grand frère. » Combien de fois s'était-elle portée caution pour me tirer d'embarras ? Combien de fois était-elle venue me chercher à minuit à la sortie de l'entraînement de hockey de la Jeunesse catholique ?

Maman… Voilà le problème ! À l'heure de m'envoler vers le Sud, le courage m'avait manqué pour lui dire au revoir, la regarder une dernière fois en face. Je savais que j'allais de nouveau lui briser le cœur.

Je changeai de car à deux reprises, à Washington et à New York. À chaque ralentissement, à chaque arrêt, mon cœur se glaçait dans ma poitrine. Mais il n'y avait aucun barrage. Les villes et les États défilaient sous mes yeux, bien trop lentement à mon goût.

Ce long voyage me procura l'occasion de faire le bilan de ma vie. Fils d'un petit escroc, je marchais sur les traces de mon père. Pis encore : j'étais recherché, et ce pour le plus grand fiasco de l'histoire du crime. Si je ne m'étais pas découvert un don pour le patin à glace, j'aurais certainement commencé beaucoup plus tôt, comme Mickey et Bobby. Le hockey m'avait ouvert des portes. Meilleur attaquant de la Jeunesse catholique de Boston, j'avais décroché le prix Leo J. Fennerty et un billet pour l'université. La chance me souriait... Jusqu'à ce que je contracte une grave blessure au genou, en deuxième année.

La fin de ma carrière sportive entraîna la suppression de ma bourse. L'université m'octroya toutefois un an de sursis, le temps de faire mes preuves. J'avais alors montré ce que j'avais dans le ventre à tous ces intellectuels qui voyaient en moi un sportif attardé. Loin d'abandonner la partie, je m'étais accroché. J'avais commencé à appréhender la complexité du monde qui m'entourait : ma vie ne se limitait pas au Bush, ni même à Brockton, et je n'avais pas besoin d'attendre que Mickey et Bobby sortent de prison pour la façonner. Je m'étais mis à dévorer des livres et, à la surprise générale, avais obtenu mon diplôme de sciences politiques avec les félicitations du jury. J'avais alors commencé à enseigner les sciences sociales à Stoughton, dans une institution réservée aux adolescents en difficulté. Ma famille n'y croyait pas. Non seulement un Kelly passait ses journées dans une salle de classe mais, comble de l'ironie, il était payé pour !

Le destin m'avait toutefois rattrapé d'un claquement de doigts. Il avait suffi d'une seule journée pour que tout bascule.

Le car avait passé Providence et un paysage familier

se déroulait derrière la vitre. Sharon, Walpole, Canton, toutes ces villes où je disputais les matches de hockey de mon enfance. L'anxiété me gagnait. Ned Kelly était de retour à la maison, mais pas le Ned Kelly de l'université de Boston, ni même celui qui était parti comme un voleur pour refaire sa vie en Floride.

Ned Kelly, le hors-la-loi, recherché par les autorités pour des forfaits bien plus graves que ceux de son père.

Les chiens ne font pas des chats, songeai-je, alors que le car s'arrêtait au terminus d'Atlantic Avenue, à Boston, dans un crissement de pneus.

Nul n'échappe à sa destinée.

25

— C'est l'agent spécial Shurtleff qui a découvert le pot aux roses, déclara Frank Moretti à Hank Cole.

La manière dont son supérieur avait prononcé cette phrase ne plaisait guère à Ellie. « Vous y croyez ? » semblait-il demander à Cole, dans le bureau duquel les trois agents s'étaient réunis, au dernier étage du bâtiment du FBI à Miami.

— Elle a reconnu les outils utilisés pour retirer les toiles de leurs cadres sur la scène du crime et découvert un code qui correspond à celui de l'alarme de Stratton dans les effets personnels des victimes. Peu après, on a mis la main sur les uniformes volés. Ils étaient fourrés dans un sac abandonné dans le coffre de l'une des voitures.

— On dirait que vous avez finalement réussi à tirer parti de ce diplôme des Beaux-Arts, agent spécial Shurtleff, sourit Cole.

— Il suffisait d'avoir accès aux deux scènes de crime, répondit Ellie, un peu nerveuse.

C'était la première fois que la jeune femme se trouvait en présence de l'ADIC, le directeur adjoint du bureau de Miami.

— Les victimes se connaissaient bien. Elles étaient toutes originaires de la région de Boston, et toutes avaient déjà commis des petits forfaits, continua Moretti avant de faire glisser une copie du rapport préliminaire sur le bureau de son supérieur. Aucun délit de cette envergure par le passé. Un dernier membre du groupe, qui vivait dans le coin, a disparu. Un certain Ned Kelly, précisa-t-il en tendant une photo à Cole. Il ne s'est pas rendu à son travail hier soir. Le propriétaire du bar qui l'emploie nous l'a confirmé. Enfin, rien de bien surprenant quand on sait que la police de Caroline du Sud a retrouvé une vieille Bonneville enregistrée à son nom dans un centre commercial à proximité de l'Interstate 95, à quelque sept cents kilomètres d'ici.

— Parfait ! Ce Kelly a-t-il un casier ? demanda l'ADIC.

— Délinquance juvénile, répondit Moretti. Tout a été effacé. En revanche, le casier de son père conte une tout autre histoire. Trois peines d'emprisonnement, pour recel, paris illégaux et que sais-je encore… On va faire circuler sa photo dans l'hôtel de Palm Beach où a été commis l'autre meurtre. Pure formalité, mais on ne sait jamais.

— En fait, je me suis déjà rendue sur les lieux, intervint Ellie.

Elle informa ses supérieurs du décalage entre les heures des crimes et des hypothèses de travail de la police de Palm Beach, qui songeait à un crime sexuel.

— Eh bien, notre agent chercherait-il à entrer à la criminelle ? déclara Cole avec un sourire en coin.

Ellie réprima son envie d'exploser et reçut le quolibet avec des joues empourprées.

— Quoi qu'il en soit, laissons une part du boulot aux autorités locales, continua Cole avec le même sourire. Ce Ned Kelly a tout l'air d'avoir détroussé ses vieux potes, hein ? Bien, il est bon pour perpète, cette fois.

Il se tourna vers Ellie.

— Dites-moi, agent spécial, êtes-vous prête à partir dans le Nord à la recherche de ce type ?

— Bien sûr, répondit-elle.

Condescendante ou pas, cette proposition l'enthousiasmait. Elle allait enfin être au cœur de l'action.

— Des idées sur sa destination ?

Moretti haussa les épaules et se dirigea vers une carte du pays accrochée au mur.

— Il a de la famille, des racines là-haut. Peut-être même un complice.

Il planta une punaise rouge au nord-est.

— Nous pensons à Boston, monsieur.

— Plus précisément Brockton, corrigea Ellie.

26

Situé au coin de Temple Street et de Main Street, dans le sud de Brockton, Kelty's baissait habituellement ses grilles aux alentours de minuit, après le compte rendu du match de l'équipe de hockey des Bruins de Boston, l'émission *Baseball Tonight* ou lorsque Charlie, le propriétaire, arrivait enfin à décoller le nez du dernier habitué volubile de sa pinte de bière.

Il faut croire que j'étais chanceux car, ce soir-là, toutes les lumières s'éteignirent à 23 h 35.

Quelques minutes plus tard, un jeune bien charpenté, dont les boucles châtain disparaissaient sous la capuche d'un sweat-shirt Falmouth, sortit du bar et ferma la porte derrière lui en criant :

— À plus, Charl !

Un sac à dos sur les épaules, l'imposante silhouette descendit Main Street, s'enfonçant dans la fraîcheur nocturne du début du mois de mai.

Je laissai la distance augmenter entre nous deux, puis le suivis sur le trottoir opposé. Tout le quartier avait changé. Une laverie automatique crasseuse et un magasin de spiritueux bon marché remplaçaient la boutique de vêtements et le Supreme B Donut Shop, où nous avions l'habitude de traîner. L'ombre que je prenais en filature s'était, elle aussi, métamorphosée.

Costaud, les épaules carrées, ce gars avait tout du gros bras capable de briser le poignet des importuns d'un seul geste, sans perdre son sourire arrogant. Sa photo était affichée dans le lycée du quartier, Brockton High, sous les couleurs duquel il avait été champion régional dans la catégorie mi-lourd.

Tu ferais bien de prévoir la manière dont tu vas t'y prendre, Ned.

La silhouette vira dans Nilsson Street et traversa la voie de chemin de fer. J'en fis autant, en prenant soin de rester à une trentaine de mètres de distance. Soudain, l'homme se retourna. Peut-être avait-il entendu mes bruits de pas. Je me fondis dans l'ombre des logements miséreux. Enfant, j'étais passé des milliers de fois devant ces maisons en bois qui me semblaient, aujourd'hui, encore plus tristes et abandonnées.

Il tourna au coin de la rue et dépassa l'école primaire, puis Buckley Park, où nous avions l'habitude de nous retrouver, sur les terrains de basket, pour jouer aux cartes nos quelques cents d'argent de poche. Quelques rues plus loin, je redécouvris Perkins Street et la vieille usine de chaussures Stepover, condamnée depuis des années. Tant de souvenirs étaient associés à ce lieu, où nous nous cachions pour échapper à la vigilance des prêtres de l'école, sécher les cours et fumer un peu… Je tournai au coin de la rue. La silhouette avait disparu.

Et merde, Neddie, me maudis-je. Je n'avais décidément aucun talent pour filer une proie.

Soudain, c'est moi qui fus pris au piège. Je sentis un bras musclé se refermer comme une tenaille autour de mon cou, un genou se planter dans ma colonne vertébrale et une force irrésistible m'attirer en arrière. Le salaud était encore plus puissant que je ne le pensais.

J'agitai mes bras dans l'espoir de faire passer ce corps massif par-dessus mon dos mais je commençais à manquer d'air. Dans un grognement, mon adversaire exerça une pression plus forte pour me mettre à terre. Lorsque je sentis ma colonne vertébrale sur le point de craquer, une terrible panique m'envahit. Si je ne me retournais pas au plus vite, il me broierait le dos.

— Qui l'a rattrapée ? me murmura-t-il soudain à l'oreille.

— Qui a rattrapé quoi ? bégayai-je d'une voix étranglée.

Je sentis le poids sur mon dos s'accentuer.

— La passe « Ave Maria » du quaterback Flutie qui a permis à Boston College de remporter l'Orange Bowl en 1984.

Je poussai sur mon bassin dans un effort désespéré pour faire basculer mon agresseur vers l'avant. L'étau de son bras se resserra autour de mon cou. Je crus que mes bronches prenaient feu.

— Gerard… Phelan, murmurai-je dans une quinte de toux.

Il relâcha soudain son étreinte et je tombai sur un genou, gorgeant mes poumons d'air. Puis je tournai la tête vers le visage souriant de mon petit frère, Dave.

— T'as de la chance, rit-il. J'ai failli te demander qui était à la réception de la dernière passe de Flutie pour Boston College.

27

Je serrai mon frère dans mes bras, puis nous restâmes un moment face à face, dressant un inventaire silencieux des changements que le temps avait opérés dans notre apparence physique. Beaucoup plus large qu'avant, Dave n'était plus le gamin que j'avais quitté quatre ans plus tôt. Il était devenu un homme, je lui donnai une tape dans le dos.

— Ça met du baume au cœur de te voir, murmurai-je en l'étreignant de nouveau.

— Ouais, sourit-il. Moi, ta tête me donne plutôt mal au cœur.

Nous nous dévisageâmes en riant, comme dans notre enfance, puis il tapa dans mon poing fermé à la manière des jeunes des ghettos. Subitement, son visage s'assombrit. Il devait avoir eu vent du massacre de Floride. Qui pouvait encore ignorer ces meurtres à l'heure qu'il était ?

— Oh, Neddie, que s'est-il passé là-bas ? me questionna-t-il d'un ton affligé.

Nous marchâmes jusqu'au parc et nous assîmes au sommet d'une petite colline, où je lui racontai mon arrivée à Lake Worth et le spectacle qui m'y attendait : Mickey et nos amis emmenés dans des sacs mortuaires.

— Bon sang, Neddie, murmura Dave en secouant la tête.

Des larmes brillaient dans les yeux de mon petit frère lorsqu'il enfouit son visage dans ses mains.

Je lui passai le bras autour des épaules. Je ne l'avais jamais vu pleurer. De cinq ans mon cadet, Dave incarnait à mes yeux la stabilité et l'équilibre. Il avait su affronter avec dignité la mort de notre grand frère, alors que j'étais sens dessus dessous. Les rôles semblaient avoir été inversés à sa naissance. Désormais en deuxième année de droit à Boston College, il représentait l'espoir de la famille.

— Ce n'est pas tout, continuai-je en serrant son épaule. Je crois que je suis recherché, Dave.

— Recherché ? répéta-t-il en se tournant vers moi. Toi ? Pourquoi ?

— Je n'en suis pas sûr. Peut-être pour meurtre.

Je lui racontai la version intégrale des événements des derniers jours. Y compris mon histoire avec Tess.

Dave me dévisagea avec incrédulité.

— Qu'est-ce que tu me chantes ? Tu es ici en cavale ? Tu es impliqué dans cette affaire, Ned ?

— C'est Mickey qui a monté le coup, repris-je, mais il n'avait pas les contacts nécessaires pour manigancer ça en Floride. Je suis sûr que ça vient de quelqu'un d'ici. Je ne sais pas de qui il s'agit, Dave, mais je suis sûr que c'est cette personne qui a tué nos amis. Si je n'arrive pas à le prouver, tout le monde croira que c'est moi. Or, continuai-je en ancrant mon regard dans ses yeux, si semblables aux miens, je crois qu'on sait tous les deux avec qui Mickey bossait ici.

— P'pa ? Tu penses que papa a quelque chose à voir là-dedans ?

Il me regarda comme s'il avait affaire à un fou.

— C'est impossible. Il s'agit de Mickey, Bobby et Dee. C'est la chair, le sang de Frank. Et puis, tu ne sais pas, Ned… Il est souffrant, il a besoin d'une greffe de rein. Le vieux est trop malade pour continuer son petit business.

Je vis alors les yeux de mon frère se plisser et me lancer un regard étrange.

— Neddie, je sais que tu n'as pas eu beaucoup de chance ces derniers temps…

— Écoute-moi, l'interrompis-je en posant mes deux mains sur ses épaules. Regarde-moi bien dans les yeux. Peu importe ce qu'on te dit, peu importent les preuves, tu dois me croire : je n'ai rien à voir avec cette histoire. Je les aimais autant que toi. J'ai déclenché les alarmes, c'est tout. Je sais que c'était stupide de ma part, et que je devrais le payer. Mais sache que je me suis contenté de faire sonner les alarmes, contrairement à tout ce qui pourra être annoncé aux informations, je crois que Mickey essayait de me dédommager pour ce qui est arrivé à Stoughton.

Dave hocha la tête. Lorsqu'il reposa les yeux sur moi, je perçus un changement dans le regard de cet homme dont j'avais partagé la chambre pendant quinze ans et que j'avais battu lors de nos bagarres jusqu'à ses seize ans. Mon frère de sang.

— Qu'attends-tu de moi ?

— Rien pour l'instant. Mais tu es étudiant en droit, lui rappelai-je en lui donnant un petit coup de poing sur le menton. J'aurai peut-être besoin de ton aide si ça tourne mal.

Je me levai, imité par Dave.

— Tu vas aller voir p'pa, pas vrai ?

Je gardai le silence.

— C'est stupide, Ned. S'ils te recherchent, ils sauront où te trouver.

Nous nous saluâmes, poing contre poing, puis je le serrai fort dans mes bras. Mon grand petit frère.

Je descendis la colline en courant, submergé par une grande émotion. Mais alors que je m'apprêtais à prendre Perkins Street, je ne pus résister.

— C'est Darren.

— Hein ? grogna Dave.

— Darren Flutie, le petit frère de Doug, souris-je. C'est lui qui a réceptionné sa dernière passe pour Boston College.

28

Je passai la nuit au Beantown Motel de Stoughton, sur la Route 27, à quelques kilomètres du Kelty's.

Les informations nocturnes ne traitaient que de l'affaire de Lake Worth. « Des natifs de Brockton assassinés », annonçaient les journalistes. Je vis les portraits de mes amis, une photo de leur maison canari. Difficile de trouver le sommeil après avoir ingurgité toutes ces images…

Le lendemain matin, à 8 heures pétantes, un taxi me déposait dans Perkins Street, à quelques rues de la maison de mes parents. Je n'en menais pas large dans mon jean et mon vieux sweat-shirt fatigué de l'université de Boston, le visage dissimulé sous une casquette des Red Sox. Je connaissais tout le monde dans le quartier et, même après quatre ans d'absence, tout le monde devait se souvenir de moi. Mais l'idée de revoir ma mère me terrorisait plus que tout.

Je marchais d'un pas rapide, dépassant de vieilles bâtisses familières, les porches et les petites cours marron de ma rue, priant pour que les flics ne m'aient pas devancé. À mesure que j'approchais de notre vieille maison victorienne couleur menthe, elle m'apparaissait bien plus exiguë que dans mes souvenirs. Plus détériorée, aussi. Par quel miracle tenions-nous tous dans cette bicoque ?

Le 4Runner de ma mère était garé dans l'allée mais je ne voyais nulle part la Lincoln de Frank. Je restai quelques minutes appuyé contre un lampadaire, à fixer la maison. Quand j'eus la certitude que tout y était paisible, je la contournai discrètement jusqu'à la porte de derrière.

Ma mère apparut derrière la fenêtre de la cuisine. Elle portait un pull jacquard Fair Isle au-dessus d'une jupe en velours et sirotait un café. Toujours aussi beau, son visage accusait toutefois les marques du temps. Comment aurait-il pu en être autrement après toute une vie passée au côté de Frank Kelly, un truand minable qui l'avait usée jusqu'à la moelle ?

OK, Ned, il est temps de te comporter en adulte. Des gens que tu aimais sont morts.

Je frappai sur la vitre de la porte de la cuisine. Elle leva les yeux de sa tasse de café et le sang quitta son visage. Aussitôt, elle se précipita vers la porte pour m'ouvrir.

— Jésus, Marie, Joseph ! Que fais-tu ici, Ned ? Oh Neddie, Neddie, Neddie…

Elle me serra dans ses bras, se cramponnant à moi comme si je revenais d'un voyage en enfer.

— Pauvres petits… bafouilla-t-elle, le visage enfoui dans le creux de mon épaule.

Je sentis les spasmes étouffés de ses sanglots refoulés. Puis elle se détacha de moi, les yeux écarquillés de peur.

— Neddie, tu ne peux pas rester ici. La police est à ta recherche.

— Ce n'est pas moi, m'man. Quoi qu'ils disent, je le jure devant Dieu. Je le jure sur la mémoire de John

Michael, je n'ai rien à voir avec tout ce qui s'est passé là-bas.

— Je le sais bien.

Ma mère caressa ma joue d'une main douce, puis m'ôta ma casquette et sourit devant le spectacle de ma tignasse blonde et de mon teint doré par le soleil de Floride.

— Tu as l'air en bonne santé, mon garçon. Je suis tellement heureuse de te voir… Même dans ces circonstances.

— Moi aussi, je suis content de te voir, m'man.

Et je le pensais vraiment. Dans l'atmosphère conviviale de cette vieille cuisine familiale, je me sentais libre, à l'abri. Je décollai une photo jaunie du frigo. Les trois fils Kelly : Dave, John Michael et moi, sur le terrain derrière Brockton High. JM portait un maillot de football rouge et noir frappé du numéro 23. Il était défenseur au collège.

Lorsque je levai les yeux, ma mère me dévisageait.

— Neddie, tu dois te rendre.

— Non, pas maintenant, rétorquai-je en secouant la tête. Je finirai par le faire, mais pas tout de suite. Je dois voir p'pa. Où se trouve-t-il, m'man ?

— Ton père ? s'exclama-t-elle en levant les mains, paumes tournées vers le ciel. Si tu crois que je le sais… Je me demande même s'il ne dort pas au Kelty's de temps à autre, continua-t-elle en s'asseyant. Les choses vont de mal en pis pour lui, Neddie. Il a besoin d'un nouveau rein, mais il est bien trop vieux pour que notre assurance couvre l'opération. Il est très malade, Neddie. Parfois, j'ai l'impression qu'il ne demande qu'à en finir.

— Crois-moi, il vivra assez longtemps pour encore t'en faire voir de toutes les couleurs, grommelai-je.

Notre conversation fut soudain interrompue par un bruit de moteur à l'extérieur, suivi de claquements de portières. J'espérais voir débouler Frank.

Je me dirigeai vers la fenêtre de la cuisine, dont je tirai légèrement le store.

Deux hommes et une femme remontaient l'allée en direction de la maison.

Ma mère accourut dans mon dos, les yeux voilés d'inquiétude.

Nous avions trop souvent assisté à l'arrestation de mon père pour ne pas reconnaître les forces de l'ordre.

29

Les yeux hagards, nous suivions tous deux la progression de ces individus probablement décidés à m'envoyer en prison pour au moins vingt ans. L'un des agents, un Noir vêtu d'un costume sable, s'écarta de ses collègues pour contourner la maison.

Vite, Neddie, trouve quelque chose !

Mon cœur cognait contre ma poitrine avec des battements sourds pendant que les visiteurs atteignaient les marches du porche. J'étais pris au piège.

— Neddie, rends-toi, répéta ma mère dans un murmure.

Je secouai la tête.

— Non, je dois d'abord voir Frank. Je suis désolé.

Je pris ma mère par les épaules et lui adressai un regard implorant avant de me coller au mur, le long de la porte d'entrée. Je n'avais pas la moindre idée de la manière dont j'allais pouvoir m'en sortir sans arme.

Des coups énergiques furent frappés à la porte.

— Frank Kelly ? appela une voix. Madame Kelly ? FBI !

Les pensées s'enchaînaient dans mon esprit sans que je puisse en trouver une susceptible de me tirer de ce mauvais pas. Trois agents, dont une femme. Le hâle de sa peau laissait supposer qu'elle arrivait de Floride.

D'autres coups retentirent sur la porte.

— Madame Kelly ?

À travers les stores, je devinai une silhouette massive plantée devant la fenêtre de la cuisine. Après m'avoir lancé un regard désarmé, ma mère finit par répondre. Je lui fis signe d'ouvrir la porte.

Je fermai les yeux une demi-seconde.

Ned, tu vas sûrement faire la plus grosse erreur de ta vie.

Mais la raison se révéla impuissante face à mon instinct. Je chargeai l'agent dès qu'il eut passé le pas de la porte et culbutai sur le sol, l'emportant dans ma chute. J'entendis un grognement et, relevant la tête, vis que son revolver lui avait échappé des mains. Nous gardions tous deux les yeux rivés sur l'arme, à environ un mètre cinquante de nous. Lui, sans savoir s'il était aux prises avec un tueur en puissance ; moi, conscient que le moindre pas en direction de ce pistolet sonnerait le glas de la vie que j'avais menée jusque-là. Je ne prêtai pas attention à la femme, ni même à son collègue posté à l'arrière de la maison. Aucune autre solution ne me vint à l'esprit.

Je relâchai mon adversaire et roulai vers le revolver pour le saisir à deux mains.

— Que personne ne bouge !

L'agent le plus robuste toujours au sol, la femme, qui, je m'en aperçus alors, était menue et plutôt jolie, glissa la main sous sa veste, à la recherche de son arme. Le dernier agent, entré par la porte de derrière, apparut alors dans la maison.

— Non ! criai-je en pointant l'arme vers elle.

Elle planta ses yeux dans les miens, la main sur son holster.

— S'il vous plaît… S'il vous plaît, lâchez ça. Maintenant, continuai-je.

— S'il te plaît, Neddie, rends-leur cette arme, me supplia ma mère. Il est innocent, poursuivit-elle en se tournant vers les agents. Il ne ferait pas de mal à une mouche.

— Je ne veux blesser personne, déclarai-je. Alors, posez vos armes à terre. Tout de suite.

Après qu'ils m'eurent obéi, je me précipitai pour ramasser les revolvers. Puis je reculai vers la porte coulissante et lançai de toutes mes forces les armes dans les fourrés derrière la maison. Je regardai alors ma mère et lui adressai un sourire triste.

— Je crois que je vais devoir emprunter ta voiture.

— Neddie, je t'en prie… m'implora-t-elle.

J'avais le cœur serré à l'idée de la souffrance que je lui infligeais, elle qui avait déjà perdu un fils dans une fusillade.

Je m'approchai de la jolie fille, si fluette que j'aurais presque pu la porter d'un seul bras. Malgré ses efforts pour garder son sang-froid, je percevais sa terreur.

— Comment vous appelez-vous ?

— Shurtleff, hésita-t-elle. Ellie.

— Désolé, Ellie Shurtleff, mais je vous embarque avec moi.

L'homme que j'avais renversé se redressa.

— Pas question ! Vous ne partez pas avec elle. Embarquez-moi si vous voulez, mais pas elle.

— Elle vient avec moi, tranchai-je en pointant le canon de mon arme vers lui.

Je saisis le bras de la jeune femme.

— Je ne vais pas vous faire de mal, si tout se passe bien. Je sais que vous ne me croirez pas, ajoutai-je à l'attention de l'homme à terre. Mais je ne suis pas coupable de ce dont vous m'accusez.

— Il n'y a qu'un seul moyen de le prouver, répondit l'agent du FBI.

— Je le sais bien. C'est pour ça que je fais tout ça ! Pour prouver mon innocence.

Je tirai l'agent Shurtleff par le bras. Ses deux collègues restèrent en retrait, immobiles.

— Je demande juste cinq minutes, précisai-je. C'est tout. Vous la retrouverez comme vous l'avez quittée. Pas un pli sur sa veste. Je n'ai pas commis ces meurtres en Floride. La suite ne dépend que de vous.

Puis je me tournai vers ma mère.

— Je crois qu'il vaut mieux ne pas m'attendre pour dîner, lui lançai-je avec un clin d'œil. Je t'aime, m'man.

Je reculai prudemment, mon bras serré autour de l'agent Shurtleff. Lorsque nous arrivâmes en bas des marches, les deux fédéraux étaient déjà postés derrière la fenêtre de la cuisine et l'un d'eux tenait un téléphone portable collé à son oreille. J'ouvris la portière du 4Runner et poussai mon otage à l'intérieur.

— Reste plus qu'à prier pour que les clés soient dedans, réussis-je à plaisanter. Normalement, elles y sont toujours.

Dieu merci, ma mère n'avait pas changé ses vieilles habitudes ! Je fis marche arrière dans l'allée, puis engageai le véhicule dans Perkins Street. Quelques secondes plus tard, nous traversions la voie de chemin de fer, puis Main Street.

Aucun gyrophare à l'horizon, aucune sirène hurlant

dans le lointain. J'envisageai plusieurs itinéraires pour quitter la ville avant d'opter pour la Route 24.

Après un regard derrière moi, je laissai échapper un soupir de soulagement.

Bravo, Neddie ! Tu viens d'ajouter l'enlèvement d'un agent fédéral à ton palmarès.

30

— Vous avez peur ? demanda le criminel en regardant dans sa direction tandis qu'ils roulaient à plein régime sur la Route 24, vers le nord.

Il tenait négligemment le revolver pointé vers elle, la main posé sur les genoux.

Oui, Ellie avait peur d'être ainsi à la merci d'un homme recherché pour quadruple homicide. Elle se repassait mentalement les scénarios de prise d'otage étudiés pendant sa formation. Il devait bien exister une réponse d'école à ce genre de problème. Elle devait avant tout rester calme et tenter d'engager le dialogue. De toute façon, tous les flics dans un rayon de quatre-vingts kilomètres autour de Boston devaient déjà avoir été alertés par radio. Elle décida finalement de révéler le fond de sa pensée.

— Oui, j'ai peur, convint-elle.

— Bien, répondit-il en hochant la tête. Parce que moi aussi. Je n'ai jamais fait ça auparavant. Mais vous pouvez être tranquille, vraiment. Je ne vous ferai aucun mal. J'avais juste besoin de trouver une échappatoire. Tiens, je vais même déverrouiller la portière. Comme ça, vous pourrez sauter au prochain arrêt. Je suis sérieux. Vous ne me croyez pas ?

À sa grande surprise, Ellie entendit le bruit familier du déblocage des loquets des portières. La voiture aborda une sortie et Kelly ralentit un peu avant la bretelle.

— L'autre option, continua-t-il avec un regard désespéré, c'est de rester un peu plus longtemps avec moi pour m'aider à sortir de ce pétrin.

Il immobilisa le véhicule et attendit sa réaction.

— Allez ! J'imagine que j'ai, quoi, peut-être trois minutes avant que toutes les sorties de cette autoroute soient cernées par les flics…

Ellie le dévisageait, cachant difficilement son étonnement. Elle posa sa main sur la poignée de la portière. *C'est un cadeau du ciel*, lui soufflait une voix intérieure, *tu aurais tort de le refuser*. Elle s'était rendue sur la scène du crime de Lake Worth et ne se souvenait que trop bien du carnage qui s'y était déroulé. Ce type connaissait les victimes. Il était en cavale.

Pourtant, son instinct lui dictait de ne pas se fier aux apparences. Son instinct, ou le sourire fataliste empreint de terreur de son ravisseur.

— Je n'ai pas menti tout à l'heure. Je ne suis pas un assassin. Je n'ai rien à voir avec ce qui s'est passé en Floride.

— Prendre un agent du gouvernement en otage ne plaide pas vraiment en votre faveur, remarqua Ellie.

— Ils étaient tout pour moi : mes amis, ma famille. Je les connaissais depuis la naissance. Je n'ai volé aucun tableau, pas plus que je n'ai tué quelqu'un. J'ai juste déclenché quelques alarmes, c'est tout. Regardez, continua-t-il en agitant le revolver, je ne sais même pas me servir de ce putain de truc.

Elle devait reconnaître que son attitude confirmait ses paroles. En outre, la jeune femme avait appris que plusieurs alarmes avaient été déclenchées dans de grandes propriétés de Palm Beach juste avant le cambriolage à Casa De Mare. Sans doute un moyen de diversion.

— Allez, dehors, lui intima Kelly en lançant un regard derrière lui. J'attends de la compagnie.

Mais Ellie ne bougea pas. Immobile, elle le regardait droit dans les yeux. Finalement, il ne semblait pas si fou que cela. Juste confus, effrayé et, surtout, bouleversé. Curieusement, elle ne se sentait pas vraiment menacée en sa présence. Peut-être réussirait-elle à lui faire entendre raison. *Pourquoi ai-je quitté Sotheby's ?*

— Deux, précisa Ellie en relâchant la poignée de la portière, les yeux toujours rivés sur lui. Vous avez environ deux minutes avant que toutes les voitures de police de la région ne vous rattrapent.

Elle crut voir le visage de Ned Kelly s'éclairer.

— OK.

— Mais vous devez me raconter tout ce qui est arrivé là-bas, reprit Ellie. Peut-être pourrai-je faire quelque chose. Mais j'ai besoin de noms, de contacts, de la moindre information que vous détenez sur le cambriolage. C'est le seul moyen de vous sortir de ce guêpier.

Les lèvres de Ned Kelly frémirent, esquissant un sourire, Ellie ne se trouvait pas face à un assassin sans scrupule, mais un homme aussi nerveux qu'elle, qui creusait lui-même le bourbier dans lequel il s'enfonçait un peu plus à chacun de ses pas. Peut-être pouvait-elle gagner sa confiance, le convaincre de se rendre en limitant les dégâts. À dire vrai, elle ignorait ce qui se passerait si les flics mettaient la main sur lui maintenant.

— D'accord. Mais, pour commencer, nous devons nous séparer de la voiture de ma mère.

31

Nous abandonnâmes le 4Runner sur le parking d'un supermarché pour « emprunter » un monospace Voyager dont le moteur tournait.

Une vieille ruse. Enfant, j'avais vu Bobby y recourir des dizaines de fois. La propriétaire avait tout laissé ouvert le temps de replacer son caddie près des portes du magasin. Avec la prise d'otage dont je venais d'être l'auteur, je doutais que quelqu'un réponde à son appel avant une bonne heure.

— Je ne peux pas croire que je viens de faire ça ! s'exclama Ellie Shurtleff en clignant les yeux tandis que nous rejoignions la Route 24.

Un désodorisant pour voiture en forme de sapin pendait au rétroviseur, au-dessus d'un bloc-notes jaune posé sur le tableau de bord. Sur la première page étaient gribouillées plusieurs inscriptions : « Supermarché. Manucure. Prendre les enfants à 15 heures. » Un sac de courses ballottait sur les sièges arrière, dévoilant des mini-pizzas et des céréales pour petit déjeuner.

Nous échangeâmes un regard complice, réprimant une folle envie de rire à l'idée saugrenue d'un meurtrier recherché par les fédéraux au volant d'une voiture familiale.

— L'auto idéale pour échapper à la police, lança-t-elle avec un mouvement incrédule de la tête. Vous avez tout de Steve McQueen !

Hésitant sur notre destination, je finis par opter pour la petite chambre que j'avais louée à Stoughton, sans doute la planque la plus sûre. Par chance, l'aménagement du motel permettait aux clients d'accéder à leurs quartiers sans passer par la réception.

Je fermai la porte à clé derrière nous, puis haussai les épaules d'un air désinvolte.

— Écoutez, ne le prenez pas mal mais je vais devoir vous fouiller.

Elle me jeta un regard exaspéré qui signifiait clairement : *C'est une blague ou quoi ?*

— Pas de panique, repris-je. Je n'abuse jamais d'un agent du FBI au premier rendez-vous.

— Vous ne croyez pas que, si je voulais vous menacer, je l'aurais déjà fait ? répondit-elle.

— Désolé, c'est une simple formalité…

Dans mon malheur, qui m'avait mené à l'enlèvement d'un agent du FBI, je me réjouissais d'être tombé sur Ellie Shurtleff et pas sur une espèce de Lara Croft qui m'aurait démis les deux épaules en un tour de bras. À dire vrai, je n'aurais jamais décelé en ce petit bout de femme un agent fédéral. Je l'imaginais plutôt institutrice ou femme d'affaires. Ses boucles châtain mi-longues, ses joues piquetées de taches de rousseur et son petit nez rond étaient très séduisants. Tout comme ses jolis yeux bleus et ses lunettes.

— Les mains en l'air, exigeai-je en agitant le pistolet. Ou sur les côtés, peu importe.

— C'est en l'air et contre le mur, m'informa-t-elle en se tournant. Mais, bon sang…

Lorsqu'elle leva les bras, je m'agenouillai pour palper les poches de son pantalon et ses cuisses, puis remontai mes mains vers une veste de tailleur et un tee-shirt de coton blanc très seyant. Une pierre semi-précieuse de couleur verte pendait à son cou.

— Vous savez que ce serait de la rigolade de vous envoyer un bon coup de coude dans la figure, remarqua-t-elle, à bout de patience. On nous apprend ce genre de choses aussi.

— Je suis loin d'être expert en la matière, rétorquai-je en m'éloignant, peu rassuré par son commentaire.

— Tant que vous y êtes, vous feriez bien de vérifier aussi les chevilles. La plupart des flics y cachent une arme lorsqu'ils sont sur le terrain.

— Merci, répondis-je en m'exécutant.

— Pas de quoi.

Ma fouille ne révéla rien, à part un trousseau de clés et des pastilles à la menthe trouvées dans son sac. Une fois assis sur le lit, je réalisai la gravité de mes actes. J'enfouis mon visage dans mes mains. Ellie s'installa sur une chaise en face de moi.

— Et maintenant, que faisons-nous ? lui demandai-je.

J'allumai la minuscule télévision pour écouter les informations, tentant en vain d'humecter ma bouche. Mon palais était aussi sec que le Sahara.

— Maintenant ? répéta Ellie Shurtleff avec un haussement d'épaules. Maintenant, il est temps de se mettre à table.

32

Je racontai absolument tout à mon otage. Tout ce que je savais sur le vol de tableaux à Palm Beach, dans le moindre détail. Tout, à l'exception de ma rencontre avec Tess et ce qui avait suivi. Je ne voyais pas comment la mettre dans la confidence sans éveiller ses soupçons. Or, je voulais plus que tout gagner sa confiance. En outre, le souvenir de ce qui était arrivé était encore trop douloureux pour que je trouve le courage d'en parler.

— Je sais que j'ai fait pas mal de conneries au cours des derniers jours, conclus-je avec sincérité. Je sais que je n'aurais pas dû quitter la Floride. Je sais que je n'aurais pas dû faire ce que j'ai fait aujourd'hui. Mais il faut me croire, Ellie. Tuer mes amis, mon cousin, continuai-je en secouant la tête. Jamais. Ils n'ont même pas touché aux tableaux. C'est un coup monté !

— Gachet ? me questionna Ellie, qui prenait des notes.

— J'imagine, soupirai-je. Mais je n'en ai aucune idée.

Je sentis son regard peser sur moi. Il fallait qu'elle me croie, je ne m'en sortirais pas sans son aide. Elle reprit l'interrogatoire :

— Alors, pourquoi êtes-vous venu ici ?

— À Boston ? demandai-je en posant le revolver sur le lit. Mickey n'avait aucun contact en Floride. Du moins, pas le genre à organiser ce type de cambriolage. Il ne connaissait que des gens d'ici.

— Vous n'êtes pas venu pour chercher à refourguer les toiles, Ned ? Vous aussi vous connaissez du monde, ici.

— Et où les aurais-je cachées, ces toiles, agent Shurtleff ?

— Vous allez devoir vous rendre, parler des contacts de votre cousin et des personnes pour qui il travaillait. Il faudra donner des noms, des numéros, tout, si vous voulez que je vous aide. Je peux limiter la casse pour l'enlèvement, mais c'est le seul moyen pour vous de vous en sortir. Vous comprenez, Ned ?

J'acquiesçai d'un mouvement de tête résigné. Le goût amer de la fatalité imprégnait ma bouche. Je ne connaissais aucun des contacts de Mickey. Qui allais-je vendre au FBI ? Mon père ?

— Et comment avez-vous connu ma destination ?

Je voulais entendre la cruelle vérité, entendre que Sollie Roth avait appelé la police dès que j'avais eu le dos tourné.

— Les vieilles Bonneville ne courent pas vraiment les rues. Après l'avoir retrouvée en Caroline du Sud, ce n'était pas très difficile de deviner où vous vous rendiez.

Ainsi, mon bienfaiteur ne m'avait pas dénoncé !

Notre conversation se prolongea pendant des heures. J'avais commencé par lui exposer l'affaire des meurtres et des tableaux, mais Ellie Shurtleff semblait s'intéresser au moindre détail de ma vie. Je lui racontai mon enfance à Brockton, le quartier, le vieux gang et la bourse providentielle que j'avais obtenue grâce au hockey pour étudier à l'université de Boston.

— Vous êtes allé à l'université de Boston ! s'étonna-t-elle.

— Quoi ? Vous ne saviez pas que vous parliez au vainqueur du prix Leo J. Fennerty 1995, meilleur attaquant de la Jeunesse catholique de Boston ? plaisantai-je. J'y ai étudié quatre ans, et j'en suis sorti diplômé en sciences politiques. Évidemment, de prime abord, on ne remarque pas vraiment l'universitaire qui sommeille en moi.

— J'avoue que je n'ai pas cherché plus loin après vous avoir vu rôder dans le parking du supermarché à la recherche d'une voiture à « emprunter », sourit-elle.

— Je vous ai dit que je n'avais jamais tué personne, agent Shurtleff. Je n'ai jamais prétendu être un saint.

Cette fois, elle éclata de rire.

— Mais ce n'est pas tout, continuai-je en m'étendant sur le lit. Tant qu'on en est au CV… J'ai aussi enseigné l'éducation civique dans un collège pour adolescents à problèmes pendant deux ans, ici même, à Stoughton. Je n'étais pas mauvais ! Bon, je n'étais peut-être pas capable de réciter par cœur tous les amendements à la Constitution, mais j'entretenais de bons rapports avec les gosses. Surtout, je savais ce qu'ils vivaient, j'étais passé par là avant eux.

— Qu'est-il arrivé ? m'interrogea Ellie en posant son carnet.

— Vous voulez savoir comment un génie de mon espèce finit sauveteur à Palm Beach, c'est ça ? La question à un million de dollars…

Elle haussa les épaules.

— Au cours de ma deuxième année dans l'établissement, je me suis intéressé à l'une de mes élèves, une jeune Dominicaine. Elle venait de Brockton Sud, comme moi, et traînait avec une bande de durs. Mais elle était dotée d'une vivacité d'esprit et d'une intelligence hors du commun. Elle obtenait de bons résultats et je voulais juste l'aider à réussir.

— Et alors ?

Penchée en avant, Ellie m'écoutait attentivement. Son intérêt était loin de se limiter aux événements de Floride.

— Peut-être lui ai-je fait peur, je ne sais pas. Il faut savoir que ce boulot de prof était toute ma vie. Elle m'a accusé de je ne sais quoi, une bonne note en échange d'une faveur ou quelque chose comme ça.

Le jeune agent se redressa et posa sur moi un regard rempli de méfiance.

— C'étaient des mensonges, Ellie. Certes, je n'aurais peut-être pas dû la raccompagner chez elle à deux ou trois reprises après la classe. Peut-être s'est-elle embarquée dans une histoire à mon sujet et que ça a eu un effet boule de neige… Soudain, c'est devenu un véritable scandale : on disait que je l'avais quasiment agressée dans ma salle de classe, après les cours, dans l'enceinte même de l'école. Je suis passé devant le conseil d'établissement. Ce genre d'accusation ne pardonne pas. Ils m'ont offert une chance de rester, mais à un poste impliquant moins de responsabilités, genre prof de sport. Alors j'ai démissionné et quitté la région.

— Votre père a un casier, n'est-ce pas ? m'interrompit Ellie.

— Un casier ? Plutôt une cellule réservée au centre de

détention de Shirley. « Les chiens ne font pas des chats », m'a-t-il déclaré à cette époque, comme s'il attendait ce moment depuis toujours. Je m'en souviens comme si c'était hier. Mais vous savez le meilleur ?

Ellie secoua la tête.

— Environ un mois après mon départ, l'élève s'est rétractée. J'ai reçu une jolie lettre d'excuses de la part du collège. Mais le mal était déjà fait, je ne pouvais plus enseigner.

— Je suis désolée, murmura Ellie.

— Et savez-vous qui a toujours été là pour moi, agent Shurtleff ? Pas mon père, au contraire. C'est même le comble qu'il m'ait tourné le dos alors que, quelques années auparavant, il avait provoqué la mort de mon grand frère. Non, c'est mon cousin Mickey qui m'a soutenu. Et Bobby O'Reilly, Barney et Dee. En bons ratés de Brockton, ils comprenaient toute l'importance qu'avait ce boulot à mes yeux.

Je me frappai la poitrine, au niveau du cœur.

— Je serais prêt à me sacrifier pour les ramener. Vous pensez vraiment que, si j'avais des toiles d'une valeur de soixante millions en ma possession, je serais en train de vous raconter ma vie dans un motel miteux ?

— Peut-être êtes-vous plus intelligent que vous n'en avez l'air, répondit Ellie avec un sourire.

Soudain, un flash d'informations interrompit l'émission télévisée. Une voix solennelle révéla l'enlèvement d'un agent fédéral. Les yeux rivés sur l'écran, je vis mon portrait y apparaître. Puis mon nom.

— Ned, intervint Ellie Shurtleff en voyant la panique s'emparer de moi, vous devez venir avec moi. C'est la seule manière de vous en sortir. *La seule*.

— Je ne crois pas.

Je saisis le revolver et attrapai la jeune femme par le bras.

— Allez, on se tire d'ici.

33

Je jetai mes quelques affaires à l'arrière du monospace. À l'aide d'un tournevis trouvé dans la boîte à outils de la voiture, j'échangeai les plaques du Massachusetts contre celles d'une voiture garée dans le parking du motel, immatriculée dans le Connecticut.

Il me faudrait, tôt ou tard, abandonner le monospace. La police avait sûrement mis la main sur le 4Runner à l'heure qu'il était. Je devais aussi me débarrasser d'Ellie Shurtleff. Non, je ne pouvais pas me rendre. Pas avant d'avoir trouvé qui nous avait doublés, qui avait assassiné mes amis. Pas avant d'avoir trouvé cet enfoiré de Gachet.

Je sautai derrière le volant et lançai la voiture sur la route, pris d'une extrême agitation.

— Où allons-nous ? demanda Ellie, flairant le danger.

— Je ne sais pas.

— Si vous voulez que je vous aide, Ned, reprit-elle, vous devez me laisser vous arrêter. Ne faites rien d'autre que vous puissiez regretter.

— Je crois qu'il est trop tard pour y songer, rétorquai-je en cherchant un endroit où la déposer.

Sur une section plus tranquille de la Route 138, entre un dépôt de granit et une concession de voitures d'occasion, je quittai la route pour rejoindre un endroit caché des voies de circulation.

Le regard d'Ellie ne trompait pas, elle était maintenant en état d'alerte. À l'évidence, les choses ne se déroulaient pas comme elle l'avait prévu.

— Je vous en prie, Ned, ne faites pas n'importe quoi. Il n'y a pas d'autre solution.

— Si, il y a une autre solution, répondis-je en immobilisant le véhicule.

De la tête, je lui fis signe de sortir.

— Ils vont vous retrouver, continua-t-elle. Si ce n'est pas aujourd'hui, ce sera demain. Vous allez droit à la mort. Je ne rigole pas, Ned.

— Tout ce que je vous ai dit est vrai, Ellie, affirmai-je en plantant mes pupilles dans les siennes. Je n'ai rien fait de ce dont on m'accuse, ni même d'autres choses que vous pourriez entendre. Allez, partez, maintenant.

Je déverrouillai les loquets et me penchai au-dessus d'elle pour lui ouvrir la portière.

— Vous êtes en train de commettre une grave erreur, Ned. Ne faites pas ça !

— Eh bien, vous connaissez mon histoire. Ça ne fera qu'une de plus…

Peut-être développais-je une variante du syndrome de Stockholm, mais j'avais commencé à m'attacher à l'agent spécial Shurtleff. Je savais qu'elle désirait vraiment m'aider. Elle représentait sûrement ma meilleure chance. Ma dernière chance. Je regrettais de devoir la laisser partir.

— Pas un pli sur votre veste, comme promis, souris-je. Précisez-le bien à vos collègues.

Elle me jeta un dernier regard où se mêlaient déception et frustration avant de descendre du véhicule.

— Juste une dernière question, lançai-je.

— Laquelle ? m'interrogea-t-elle, immobile.

— Comment se fait-il que vous ne portiez pas d'arme à la cheville alors que vous étiez sur le terrain ?

— Ma division… En fait, je n'en ai pas vraiment besoin pour ce que je fais.

— Et que faites-vous ? demandai-je, perplexe.

— J'enquête sur les vols d'œuvres d'art. Je suis sur la piste des toiles disparues, Ned.

Je ne pus cacher ma surprise. Je n'aurais pas été aussi sonné si Marvin Marvelous Hagler m'avait envoyé un uppercut dans le menton.

— Je place ma vie entre les mains d'un agent du FBI qui s'occupe d'œuvres d'art volées ! Bon sang, Ned, est-ce qu'il t'arrive parfois de faire les choses correctement ?

— Il est encore temps, trancha Ellie d'une voix dans laquelle perçait une infinie tristesse.

— Au revoir, Ellie Shurtleff, conclus-je. Je dois reconnaître que vous avez vraiment été courageuse. Vous n'avez jamais cru que j'allais vous descendre, hein ?

— Non, répondit-elle avec un petit sourire en coin. Vous n'avez pas touché au cran de sûreté de votre arme.

34

— Je ne crois pas qu'il soit coupable, Frank ! clama Ellie dans le haut-parleur. Pas des meurtres, en tout cas.

La cellule de crise du FBI à Boston venait de terminer de l'interroger sur la pénible épreuve qu'elle avait traversée. Peut-être s'aventurait-elle un peu hors de son domaine, mais elle leur avait confié ses conclusions : Kelly n'était pas un meurtrier. Juste un homme dépassé par les événements, qui s'était laissé guider par la panique et était tout près de se rendre avant de voir sa photographie apparaître subitement sur l'écran de télévision.

Désormais installée dans la salle de conférences du directeur régional de Boston, elle faisait son rapport à son supérieur de Floride.

— Vous vous souvenez que la police de Palm Beach nous a signalé plusieurs alertes dans des propriétés de la ville au moment du cambriolage, Frank. C'était lui. Il n'a ni tué ces gens ni volé les toiles. Il n'a fait que déclencher les alarmes.

— On dirait que vous vous êtes plutôt bien entendus tous les deux, déclara Moretti.

— Qu'insinuez-vous par là ?

— Je ne sais pas. Vous avez récolté beaucoup d'informations sur ce type. Vous avez volé une voiture ensemble puis vous vous êtes raconté vos vies.

Ellie fixait le haut-parleur, incrédule. Elle venait de passer huit heures avec un revolver sous le nez, et c'était de loin la journée la plus éprouvante de sa vie, pas vraiment une partie de rigolade.

— Aurais-je oublié de mentionner que ce type était armé, Frank ?

— Non, pas du tout. Mais pas une seule occasion de le désarmer ne s'est présentée ? Vous avez transité par deux endroits et vous n'avez pas eu une petite chance de vous enfuir, Ellie ? Je me disais juste qu'un autre agent…

— J'ai sans doute pensé que je pouvais le convaincre de se rendre sans qu'il y ait d'autres victimes. Selon moi, le meurtre n'est pas dans les cordes de ce type.

— Vous comprendrez que j'émette quelques réserves, déclara Moretti avec une longue inspiration nasale.

— Au sujet de… ?

— De votre théorie. Avec tout le respect que je vous dois, bien sûr.

— Et sur quel fondement ? éclata-t-elle.

— Sur le fondement qu'un innocent ne prend pas en otage un agent du FBI.

— Il a paniqué, je vous l'ai déjà dit.

— De plus, nous avons fait circuler sa photo au Brazilian Court, à Palm Beach. On l'a vu avec Tess McAuliffe, Ellie. Il a déjeuné avec elle. Le jour même de sa mort.

35

Ma troisième nuit de cavale restera à jamais gravée dans ma mémoire comme la plus longue et solitaire de toute ma vie.

Hormis Dave, que je ne voulais surtout pas mêler à cette affaire, je ne voyais pas à qui je pouvais accorder ma confiance. Tous ceux susceptibles de m'apporter leur soutien dans cette situation désastreuse étaient morts. Et, pour couronner le tout, je devais également me méfier de ma propre famille.

Après avoir abandonné le monospace, je passai la nuit pelotonné dans un fauteuil d'un cinéma de Cambridge ouvert sans interruption, à regarder en boucle *Le Seigneur des anneaux* avec une bande de collégiens surexcités. Je restai emmitouflé dans mon sweat-shirt à capuche, trop effrayé à l'idée d'être reconnu. À la fin de la dernière séance, je ressentis cependant un curieux apaisement.

À 8 heures du matin, je pris un taxi pour Watertown, à quinze minutes de route. Un exemplaire de l'édition matinale du *Globe* était posé à côté du chauffeur, « Un homme de la région est recherché pour l'enlèvement d'un agent du FBI. Il serait impliqué dans le massacre de Floride », titrait le quotidien. Sans chercher à en lire plus, je m'avachis sur la banquette arrière et rabattis ma casquette sur mon visage.

Watertown avait pour particularité d'abriter, outre les traditionnels Irlandais, Italiens et Afro-Américains peuplant toute banlieue ouvrière de Boston, une vaste communauté arménienne. Je demandai au taxi de me déposer sur Palfrey Street et remontai à pied jusqu'à Mount Auburn, où je m'arrêtai devant une maison victorienne blanche se dressant à l'angle de la rue.

Une enseigne se balançait au-dessus du perron :

RÉPARATION DE MONTRES.
BIJOUX, ACHAT ET VENTE.

Une flèche en bois indiquait le deuxième étage. Je grimpai les marches et poussai la porte d'entrée dans un tintement de cloche.

Derrière son comptoir, un homme trapu vêtu d'un tablier de joaillier leva la tête. Sous son épaisse chevelure grise, ses bajoues remontèrent pour découvrir un mince sourire.

— Tu prends de sacrés risques en rappliquant ici, p'tit Neddie. Mais, dis-moi, comment ça va ?

36

Je retournai la pancarte accrochée à la porte de façon à faire apparaître l'inscription manuscrite FERMÉ à travers la vitre.

— Je dois te parler, oncle George.

George Harotunian n'était pas vraiment mon oncle. Mais je le connaissais depuis mon plus jeune âge : il était le meilleur ami de mon père, son associé et, surtout, son receleur.

Dans notre enfance, George s'était comporté comme un véritable oncle pour Dave et moi. Il ne manquait jamais de donner de l'argent à ma mère quand mon père croupissait en prison. Sans compter que, grâce à ses contacts, il nous offrait toujours les meilleures places pour aller voir les matches de basket des Boston Celtics au Garden. Je ne sais par quel mystère oncle George avait toujours réussi à échapper à la loi et à se faire apprécier de tous, des bons comme des mauvais. Une inquiétante pensée avait donc germé dans mon esprit : *et si oncle George était Gachet ?*

— Félicitations, Neddie, lança George avec un hochement de tête appréciatif. J'ai toujours su que tu serais un champion. Bien sûr, je pensais au hockey, mais là, je te tire mon chapeau.

— Il faut absolument m'aider à trouver Frank, oncle George.

Il posa sa loupe de bijoutier et écarta sa chaise à roulettes du comptoir.

— Je ne crois pas que ce soit bien raisonnable en ce moment, fiston. Tu veux un conseil ? Ce que tu dois trouver, c'est un bon avocat. Attends un peu, je vais te mettre en relation avec un bon de chez bon. Tu dois te rendre.

— Mais enfin, oncle George, tu sais bien que je n'ai rien fait.

— Moi, je le sais, répéta George en balançant un exemplaire du journal sur le comptoir, mais tu as une sacrée manière de le prouver aux autres. Tu crois que ton père est dans le coup ? Bon Dieu, Neddie, le connais-tu si mal ? Il est trop malade pour faire quoi que ce soit en ce moment. Mis à part tousser et râler, j'entends…

— Il a besoin d'un rein, non ?

— Il a besoin de beaucoup de choses, fiston. Tu crois que ton père serait capable de marchander la vie du fils de son propre frère et de ces autres gamins juste pour pisser dans un tuyau deux ou trois ans de plus ? Tu as une bien piètre opinion de lui.

— Tu sais mieux que quiconque que Mickey n'aurait jamais bougé le petit doigt sans l'accord de Frank. Je n'ai jamais insinué qu'il avait envoyé qui que ce soit à la morgue, mais je suis persuadé qu'il sait qui est derrière tout ça. Il sait quelque chose que je veux savoir, moi aussi. Mes meilleurs amis sont morts !

— Arrête un peu, Ned ! me coupa George d'une voix rauque et sifflante. Tu crois que ton père sait faire la différence entre un Jackson Pollock et un putain de coloriage de maternelle ? Ce n'est peut-être pas un saint, mais tu as plus de valeur à ses yeux que tu ne le penses.

— Je pense surtout que c'est sa vie qui a de la valeur à ses yeux. Je dois le voir, oncle George. S'il te plaît…

George sortit de derrière le comptoir et me regarda droit dans les yeux en dodelinant de la tête.

— Tu as sûrement besoin d'argent, fiston.

Il passa la main sous son tablier et en sortit un épais rouleau, dont il préleva cinq billets de cent dollars flambant neufs. Sans un mot, je les fourrai dans ma poche de jean. Je ne pouvais pas retirer de l'argent d'un distributeur automatique sans mettre tous les flics du pays sur ma piste.

— Je connais des gens qui pourraient te cacher, mais ce que tu as de mieux à faire maintenant, c'est de tout avouer à la police.

— Dis à mon père qu'il faut que je le voie, George. Dans un lieu sûr, s'il ne me fait pas confiance. Il devrait être content, j'ai fini par reprendre l'entreprise familiale.

Les yeux de George s'adoucirent sous ses paupières tombantes. Il m'observa un instant en silence avant de secouer la tête.

— Essaie de m'appeler jeudi, Neddie. Il se peut que je le croise, d'ici là.

— Merci, oncle George, souris-je.

Je saisis la main dodue qu'il me tendait et il m'attira dans une accolade bourrue.

— Tout le monde sait que tu n'as rien à voir avec ce qui s'est passé là-bas, fiston. Je suis désolé pour Mickey et tes amis. Tu t'es fourré dans un sale pétrin, Ned, et je ne crois pas que Frank puisse t'en sortir. Ma proposition tient toujours. Penses-y… Et, surtout, fais attention.

J'acquiesçai d'un mouvement de tête et lui donnai une petite tape dans le dos avant de me diriger vers la porte.

— Ne le prends pas mal, m'arrêta-t-il, mais ça t'embêterait de passer par-derrière ?

Les escaliers me menèrent jusqu'à un petit parking débouchant sur une allée latérale. Je saluai de la main mon oncle, qui me regarda m'éloigner par la fenêtre. Je savais qu'il m'aimait comme son véritable neveu.

Mais il avait commis une grossière erreur.

À ma connaissance, aucun article ni aucun bulletin d'informations n'avait mentionné le vol d'un Jackson Pollock.

37

Ellie enrageait, ce qui n'était d'ailleurs pas pour lui déplaire. La colère la rendait pugnace et belliqueuse et lui insufflait le courage de défendre ses intérêts.

Elle s'était laissé berner comme une bleue. Elle avait pris la défense de Ned et il l'avait trahie. *Ce petit enfoiré la connaissait*, ruminait-elle en silence. Il connaissait Tess McAuliffe. Pis encore, il était avec elle juste avant sa mort. Quelle abrutie elle faisait !

Ellie décida de ne pas s'attarder plus longtemps dans les bureaux de Boston et de rentrer en Floride le soir même. Elle passa toutefois la journée sur place, pendue au téléphone. Après avoir répondu à un coup de fil paniqué de ses parents, qui vivaient dans le New Jersey, elle eut droit à un appel officiel du directeur régional du FBI en personne, qui exigea qu'elle revienne en détail sur son enlèvement avec la cellule de crise. Enfin, elle chercha en vain à découvrir qui se cachait derrière le pseudonyme de Gachet.

Comme tout amateur d'histoire de l'art digne de ce nom, elle connaissait bien ce patronyme. Et pour cause ! Gachet n'était autre que le modèle d'une des dernières œuvres de Van Gogh, achevée à Auvers en juin 1890 : le fameux médecin aux yeux bleus d'une tristesse infinie.

À la mort de l'artiste, quelques semaines plus tard, la toile avait été vendue pour trois cents francs, soit cinquante-huit dollars. En 1990, un homme d'affaires japonais avait déboursé quatre-vingt-deux millions, la plus grosse somme jamais versée pour une œuvre d'art à l'époque, pour se l'approprier. Mais quelle pouvait bien être la relation entre cette toile et le cambriolage de Floride ?

La jeune femme rassembla également le maximum d'informations sur Ned Kelly et son entourage : les casiers judiciaires de ses amis, celui de son père et de son frère, tué par balle en 1997 lors d'un braquage probablement organisé par Frank Kelly… Tout y passa.

Et tout concordait avec la version de Ned.

En consultant le site Internet de l'université de Boston, elle le reconnut sur une photo de l'équipe de hockey de 1998. Puis elle contacta le collège de Stoughton. Ned avait effectivement été accusé à tort par une élève et disculpé quelques semaines plus tard. Exactement comme il le lui avait raconté. Il ne lui avait pas non plus menti sur cet épisode de sa vie.

Pourquoi n'avoir menti qu'au sujet des quatre derniers jours ?

Ce type, qui n'avait jamais eu d'ennuis avec la justice, était aujourd'hui accusé d'épouvantables crimes. Pourtant, malgré les preuves, Ellie faisait confiance à son instinct : Ned n'était pas un assassin. Peut-être un menteur, sans doute un homme paniqué, et fort probablement un séducteur. Mais un cruel meurtrier ? Enfin, il ne savait même pas se servir d'un revolver !

Elle poussa sa chaise loin du bureau. Moretti avait raison, qu'elle s'en tienne à sa spécialité ! Elle s'était bien amusée dans la cour des grands, mais la chasse aux assassins était terminée pour elle.

— Shurtleff ?

Un agent de Boston passa sa tête entre les cloisons mobiles de sa cellule de travail. Ellie hocha la tête.

— Quelqu'un pour vous sur la ligne deux.

— Qui est-ce ? demanda-t-elle.

Avec son enlèvement à la une des médias, Ellie avait passé la journée à refuser des appels de journalistes.

— Une célébrité, répondit l'agent avec un haussement d'épaules. Steve McQueen.

38

Cette fois, elle allait se comporter comme une pro et gérer la situation dans les règles de l'art, à l'inverse de la veille. Elle dut toutefois réprimer un sourire en saisissant la ruse utilisée. Steve McQueen ! Ellie pressa un bouton du téléphone afin d'enregistrer la conversation et couvrit le combiné de sa main pour murmurer à l'agent de localiser l'appel.

— Vous ne regrettez pas trop votre petite virée avec moi, Ellie ? demanda Ned Kelly.

— Ce n'est pas un jeu, Ned, l'interrompit-elle. Tout le monde ici pense que vous êtes coupable de ces affreux meurtres. Je vous ai dit que nous pouvions peut-être vous aider. Mais plus le temps passe, moins vous aurez de chances de vous en sortir. Dites-moi où vous vous trouvez. Laissez-moi venir vous chercher. Rendez-vous, Ned.

— Devinez quoi ? C'est non ! rétorqua-t-il, une pointe de déception dans la voix.

— Vous voulez savoir ce que je regrette ? continua l'agent du FBI, dont l'exaspération augmentait au fil des secondes. Je regrette de ne pas vous avoir pris ce flingue et passé les menottes quand j'en avais l'occasion. Je vous ai fait confiance, Ned. J'ai pris de gros risques pour vous. Et vous, vous m'avez menti !

— De quoi parlez-vous ? la questionna-t-il, surpris.

— Je parle du Brazilian Court, Ned. De Tess McAuliffe et de votre rencontre avec elle, l'après-midi même de sa mort. Ou peut-être avez-vous tout simplement oublié d'ajouter ce chapitre à l'histoire de votre vie ?

— Oh.

Ellie entendit un raclement de gorge, puis le silence envahit la ligne. Il cherchait sans doute quelque excuse pour sauver la face.

— Si je vous en avais parlé, auriez-vous cru tout le reste ? finit-il par demander.

— Comment ne pas se poser de questions ? En quelques heures, vous avez trouvé le moyen d'être sur les lieux de deux crimes. Grosse journée, n'est-ce pas ?

— Je suis innocent, Ellie.

— Est-ce là la seule réponse que vous soyez capable de donner ? Ou ne l'utilisez-vous que pour les homicides et le trafic d'art ? Ah, j'oubliais le harcèlement sexuel sur mineurs.

C'était un coup bas, que l'agent regretta aussitôt que les mots eurent franchi ses lèvres. Une attaque injuste et gratuite.

— Peut-être que je le mérite, après tout. Mais j'imagine que, à l'heure qu'il est, vous avez déjà vérifié les faits auprès du collège de Stoughton et que vous savez que j'ai dit la vérité. Essayez-vous de localiser cet appel, Ellie ?

— Non, s'empressa-t-elle de répondre.

Mais elle savait que son ton indiquait le contraire. *Bien sûr que je localise l'appel, espèce de crétin, je suis du FBI.*

— Génial, répondit-il avec un soupir d'exaspération. De toute façon, je n'ai plus grand-chose à perdre. OK, j'étais avec elle, Ellie. Mais je ne l'ai pas tuée. Vous ne comprenez pas…

— Non, je ne comprends pas, Ned. Vous clamez votre innocence, alors prouvez-la. Rendez-vous ! Je vous donne ma parole de veiller à ce que chacune de vos déclarations soit considérée comme une piste potentielle. Vous ne m'avez pas menacée une seule fois hier, c'est une bonne chose. Ça peut jouer en votre faveur. Je vous en prie… J'essaie de vous aider, Ned. C'est la seule solution.

Ses paroles furent accueillies par un long et profond silence. Un instant, elle crut qu'il était parti. Mais il soupira :

— Je crois que je ferais mieux d'y aller.

— Qu'allez-vous faire ? s'exclama-t-elle, surprise par l'émotion que trahissait sa voix. Vous faire tuer ?

— Avez-vous trouvé Gachet ? demanda-t-il après une courte hésitation.

L'agent regarda sa montre. Ses collègues avaient disposé de suffisamment de temps pour le localiser. De toute façon, il appelait certainement d'une cabine, d'où il se volatiliserait sitôt le téléphone raccroché.

— Non, pas encore.

— Continuez vos recherches, Ellie, je vous en prie. Vous avez tort au sujet de Tess, je n'aurais jamais pu lui faire de mal.

— Une autre amie d'enfance, j'imagine ? s'emporta Ellie dans sa frustration.

— Non, murmura Ned. Pas du tout. Êtes-vous déjà tombée amoureuse ?

39

Dennis Stratton fulminait devant les exemplaires de *USA Today* et du *Boston Globe* étalés sur son bureau.

Grandiose ! Cette petite amatrice de merde était en train de tout saboter !

Tandis qu'il faisait défiler sous ses yeux les lignes relatant le fiasco de l'arrestation de Boston, un étau se resserrait autour de son estomac. Il avait exigé que des professionnels soient mis sur le coup. Et qui avait été envoyé ? Cette petite garce experte en peinture de Miami ! Et maintenant elle avait tout fait foirer. Ce Ned Kelly pouvait se trouver n'importe où, à présent.

Et cet enfoiré avait emporté avec lui un objet très précieux, un objet qui lui appartenait.

Le FBI avait tout gâché. Tout ! Pourtant, il les avait bien prévenus, non ? Désormais, il ne pouvait plus se permettre de prendre de risques. Il devait mettre la main sur Kelly, et peu importait le prix à payer. Ce sauveteur aurait d'ailleurs dû finir comme ses petits copains de Lake Worth. Stratton lissa le journal et poursuivit sa lecture. Les sources du FBI déclaraient n'avoir aucune piste permettant de localiser le suspect. Cette histoire devenait un véritable cauchemar, un peu trop public à son goût.

L'homme d'affaires pressa rageusement les touches de son téléphone portable. Après trois sonneries, il entendit une voix familière à l'autre bout du fil :

— Une petite minute.

Sa patience commençait à avoir des limites, qu'il essaya de repousser en feuilletant les fax reçus dans la matinée. Il entretenait cette relation depuis un bon bout de temps et l'heure était venue d'en récolter les fruits. Il avait allongé les billets pour que les gosses de ce type fréquentent les meilleures écoles privées et pour qu'il s'offre des parties de pêche dans sa maison des Keys. C'était le moment ou jamais de percevoir son retour sur investissement.

Quelques secondes plus tard, la voix s'éleva de nouveau :

— Vous avez lu les journaux d'aujourd'hui, hein ?

— Exactement ! beugla Stratton dans le téléphone. Et je n'aime pas du tout ce que j'y vois. Le FBI a mis le bordel dans mes affaires. Et Kelly a en sa possession une chose d'une très grande importance qui m'appartient. Ne te laisse pas berner, c'est lui qui l'a. Tu as dit que tu gérais la situation, mais je n'ai pas vraiment l'impression que tu gères quoi que ce soit pour le moment. Bien au contraire…

— On va s'en charger, répondit l'homme en s'efforçant de garder un ton posé. J'ai déjà quelqu'un dans la région de Boston. Il m'assure pouvoir remonter jusqu'à Kelly.

— Je veux récupérer ce qui m'appartient. Est-ce clair ou dois-je m'expliquer autrement ? Peu m'importent les moyens employés pour y parvenir. Les affaires sont les affaires.

— Je crois que je peux retrouver le tableau, monsieur Stratton. Pas de panique. Je sais que vous êtes très occupé. Allez jouer au golf, offrez-vous un massage… J'aurai des nouvelles de mon homme d'une minute à l'autre, maintenant. Vous pouvez lui faire confiance. Comme je vous l'ai répété des centaines de fois, rit l'individu au bout du fil, c'est tout l'intérêt d'avoir des amis.

Stratton raccrocha et glissa le téléphone dans la poche de sa veste avant de se lever pour défroisser sa chemise Thomas Pink. Voilà ce qu'il aurait dû faire dès le début, recourir à un *vrai* professionnel.

La porte de la pièce s'ouvrit sur sa femme, en collants de course noirs, un pull en cachemire noué autour de la taille.

— Tu vas courir, chérie ?

— Je serai de retour dans une demi-heure, répondit Liz Stratton en s'approchant du bureau. Je cherche juste mes clés. Je crois les avoir laissées ici.

— Je vais prévenir mes hommes, annonça Stratton en tendant le bras pour prendre le téléphone.

— Ne t'embête pas, Dennis, l'arrêta-t-elle avant de saisir ses clés sur le bureau. Je vais juste au bord du lac.

Liz voulut s'éloigner mais Stratton la retint par le poignet.

— Mais ça ne m'embête pas du tout, articula-t-il en resserrant son étreinte.

— Ôte tes mains de moi, Dennis.

— Tu me déçois, chérie. Tu connais pourtant les règles.

Dans ses yeux brillait cette lueur d'attention feinte qui reflétait en vérité un ego surdimensionné et un inépuisable désir de contrôle. Ils restèrent un instant immobiles, soutenant le regard de l'autre. Après avoir tenté de se libérer de l'étau de sa main, elle capitula.

— Appelle donc tes gorilles !

— J'aime mieux ça, déclara-t-il.

Lorsqu'il lâcha prise, une marque rouge apparut sur le poignet de sa femme.

— Je suis désolé, chérie. Mais tu sais bien… On n'est jamais trop prudent.

— Pas de quoi être désolé, Dennis, rétorqua Liz en frottant son poignet comprimé. Tu écrases tout le monde, chéri. C'est ta nature, et c'est ce qui fait ton charme.

40

Je me fondis dans la foule pour passer les tourniquets métalliques, puis me dirigeai vers les tribunes inférieures, du côté du champ gauche.

Dès que mes yeux se posèrent sur le terrain de baseball, je sentis un flux d'adrénaline familier courir dans mes veines. Je retrouvai avec émotion le vieux tableau d'affichage et l'ombre troublante du Monstre vert, toujours associé au circuit de Bucky Dent, qui avait brisé les rêves des Red Sox en 1978.

Fenway Park.

Un après-midi resplendissant accueillait les Yankees à Boston et j'aurais voulu croire, même un court instant, que le grand match qui se disputait était la raison de ma visite au stade.

Je descendis les gradins jusqu'à la tribune 60C. Là, je m'immobilisai derrière un homme maigre aux épaules étroites. Vêtu d'une chemise blanche au col ouvert, il avait les yeux fixés sur le terrain.

Je m'assis à côté de lui.

— Salut, Neddie, lança-t-il sans détacher le regard de la pelouse.

Sous le choc, j'observai l'état de mon père, plus fragile et faible que jamais. Ses pommettes saillaient de ses joues creusées et de son épaisse crinière blanche ne restaient plus que quelques mèches fines et éparses. Sa peau grisâtre me rappelait la couleur d'une pierre tombale et ses mains, autrefois de grandes paluches d'ouvrier, n'étaient plus que des os couverts de peau crispés autour d'un programme de match.

— Il paraît que tu veux me voir.

— Eh bien, p'pa, je ne sais pas quoi dire, répondis-je, incapable de détourner le regard de cet homme méconnaissable. C'est bien les Yankees sur le terrain ? Pas des gars du FBI en tenue de camouflage ?

— Tu penses que j'ai un rapport avec ce qui s'est passé dans cette maison, reprit-il avec un balancement de la tête. Tu crois vraiment que, si je voulais te vendre, je le ferais devant ta mère, Ned ? Mais, pour répondre à ta question, sourit-il, regarde le numéro trente-huit. Je ne suis même pas sûr qu'il serait capable de frapper *ma* balle rapide.

Le visage de mon père s'éclaira d'une lueur fugitive, de cette étincelle familière qui avait toujours dansé dans ses yeux, divulguant toute la malice d'un Irlandais de Boston. Je me surpris à lui rendre son sourire.

— Tu as bonne mine, Ned. Et tu es une vraie star, maintenant !

— Et toi…

Je m'interrompis, hésitant. J'éprouvais quelques difficultés à m'habituer à la vue de mon père malade.

— Je sais, conclut-il en tapotant mon genou avec le programme. J'ai l'air d'un fantôme qui ne sait pas encore qu'il est mort et enterré.

— J'allais plutôt dire que tu as l'air en meilleure forme que je ne le pensais, souris-je.

Les équipes entamaient déjà la troisième manche. Les Sox étaient à la batte, menés trois à un. Les gradins tremblèrent tandis que s'élevait un chant d'encouragement. Mon père secoua la tête.

— Jamais je n'aurais cru que je te tirerais un jour mon chapeau, p'tit Neddie. J'ai passé toute ma vie à courir de base en base pour arriver au top. Et regarde-toi ! Pour ton premier coup, tu fais un *home run.*

— J'imagine que je cachais bien mon talent, rétorquai-je en haussant les épaules. J'ai toujours su que j'étais destiné à de grandes choses.

— Eh bien, ça me brise le cœur, Neddie, reprit Frank avec un sourire mélancolique. N'est-ce pas le sénateur Moynihan qui a dit que la malédiction des Irlandais est d'avoir le cœur constamment brisé par les épreuves de la vie ?

— Je crois qu'il parlait des Kennedy, p'pa. Ou des Sox.

— Peu importe, ça me brise quand même le cœur, ou ce qu'il en reste.

Je plongeai le regard dans ses yeux bleu clair, presque transparents. Pas les yeux du vieil homme usé que je n'avais pas vu depuis cinq ans, mais les yeux de l'escroc invétéré qui, je le savais, essayait encore de me rouler.

— Le mien aussi, p'pa. Qui est Gachet ?

Mon père reporta son attention sur le terrain.

— Qui est *qui* ?

— Arrête ton cinéma, p'pa. Tu as vécu ta vie comme tu l'entendais mais, maintenant, je suis dans le même bateau que toi. Et j'ai besoin que tu m'aides à en sortir. Qui est Gachet ?

— Je n'ai pas la moindre idée de qui ou de quoi tu parles, fiston. Je t'en donne ma parole.

J'avais toujours été impressionné par l'aisance avec laquelle mon père transformait un mensonge éhonté en une vérité apparente.

— George a fait une gaffe, insistai-je.

— Ah oui ? Quoi donc ? demanda-t-il, l'air de rien.

— Il a mentionné un Jackson Pollock volé. Je ne crois pas que la presse ait fait référence à un quelconque Pollock.

Le sourire aux lèvres, Frank me tapa l'épaule avec son programme roulé.

— Tu as manqué ta vocation, Ned. Tu aurais dû être détective, pas sauveteur.

J'ignorai son sarcasme.

— Je t'en prie, p'pa, dis-moi qui est Gachet. Ne joue pas avec mes nerfs. On sait tous les deux que Mickey n'aurait jamais fait un coup sans t'en parler d'abord.

J'entendis le claquement sec de la balle sur la batte et la foule se dressa, dans un sursaut anxieux. Un formidable coup en flèche de Nomar poussa deux Sox au marbre. Mais ni Frank ni moi ne suivions vraiment le match qui se déroulait sous nos yeux.

— Je vais mourir, Ned, murmura mon père. Je n'ai ni la force ni le temps.

— Pas si tu te fais greffer un rein.

— Un rein ?

Pour la première fois depuis le début de la conversation, il me regarda en face, les pupilles étincelantes de colère.

— Tu crois vraiment que je pourrais vivre avec la mort de ces gosses sur la conscience ?

— Je ne sais pas. Je n'aurais jamais cru que tu laisserais ton propre fils être accusé de meurtre, par ta faute, et pourtant ça n'a pas l'air de t'empêcher de vivre. Tu as déjà perdu un fils, p'pa. Il bossait pour toi, non ? Non ?

Frank prit une inspiration haletante, puis toussa. J'aurais aimé connaître les pensées qui lui traversaient l'esprit. Du remords ? Plutôt de la dénégation. Il restait assis là, les yeux rivés sur le terrain.

— Tu sais qu'ils ont installé des sièges là-haut ? remarqua-t-il en pointant du doigt le mur vert de onze mètres de hauteur.

— P'pa, repris-je en me tournant vers lui. S'il te plaît, arrête ça ! Au cas où tu ne le saurais pas, je suis recherché pour meurtre !

Il serra les dents, comme s'il essayait de résister à une atroce souffrance, ses mains arachnéennes serrées autour du programme.

— Personne n'était censé être blessé, lâcha-t-il. C'est tout ce que je peux dire.

— C'est pourtant ce qui s'est passé, p'pa. Mickey, Bobby, Barney, Dee, ils sont tous morts, maintenant. Tu sais ce que ça me fait de n'avoir que toi vers qui me tourner. Aide-moi à trouver leur meurtrier, p'pa. Aide-moi à venger mes amis.

Il me fit face et je crus une seconde qu'il allait abdiquer.

— Georgie t'a donné un bon conseil, Ned. Trouve-toi un avocat et rends-toi. N'importe qui doté d'un peu de raison devinerait que tu n'as pas assassiné ces gosses. C'est tout ce que je sais.

— C'est tout ce que tu sais ?

— Sors-toi de là tant qu'il en est encore temps, Neddie, insista-t-il en plongeant son regard dans le mien.

Je ne me souviens pas de m'être jamais senti aussi seul qu'à cet instant, à l'idée que mon propre père allait me laisser partir sans daigner m'apporter le moindre soutien. Mon sang battait dans mes veines. Je me levai et lui jetai un dernier regard.

— Je le retrouverai, p'pa. Et, quand je l'aurai trouvé, je saurai quel rôle tu as joué là-dedans. Je me trompe ?

Deux Yankees avaient rejoint la base et les Sox avaient changé de lanceur. Soudain, Alex Rodriguez frappa la balle au-dessus du mur du champ gauche.

— Non mais t'y crois, toi ? lança mon père. Qu'est-ce que j'ai dit, hein ? Une sacrée malédiction.

— Je ne te le fais pas dire.

Je lui laissai le temps de revenir sur sa décision mais il ne m'accorda pas un seul regard. Rabattant ma casquette sur mes yeux, je quittai donc le stade et, avec lui, mon père.

41

Il ne me fallut pas plus de quelques mètres pour réaliser la vanité de mes propos. Tout ce beau discours, ce serment de retrouver Gachet pour venger mes amis s'envola en fumée lorsque la terrible réalité me frappa de plein fouet. Je n'avais que les quelques centaines de dollars d'oncle George en poche et mon portrait faisait la une de tous les journaux. Je risquais de me voir assailli par une horde de policiers à chacun de mes pas.

Et, pour commencer, je ne savais ni quoi faire ni où aller.

Je restai un instant planté devant le stade, sur Yawkey Way. Maintenant que j'avais rencontré toutes les personnes que je devais voir, je ne savais plus vers qui me tourner. Cette histoire avec Tess McAuliffe n'arrangeait vraiment pas mon cas. La police avait sûrement déjà trouvé mon ADN et mes empreintes dans toute la suite, et jamais je ne réussirais à convaincre qui que ce soit que je m'étais contenté de déclencher quelques alarmes ce soir-là. Peut-être devais-je écouter Ellie. Il n'existait qu'une solution : la reddition. Et chaque seconde de cavale me coûterait un peu plus cher à l'heure du procès.

Quelques rues plus loin, à Kenmore Square, je m'arrêtai devant une cabine téléphonique. J'éprouvais un besoin irrépressible de me confier, mais je ne me fiais désormais plus qu'à une seule personne. En composant le numéro de téléphone portable de Dave, je ressentis déjà un vif soulagement, comme si une main charitable m'aidait à porter le poids accablant qui pesait sur mes épaules.

— Ned ! s'exclama Dave dans un murmure lorsqu'il reconnut ma voix. Bon sang, Neddie, tu aurais pu donner de tes nouvelles un peu plus tôt. Où es-tu ? Tout va bien ?

— Ça va. Je réfléchis à pas mal de choses. Je n'ai pas vraiment réussi à résoudre la situation comme je l'espérais.

— Tu as vu p'pa ? demanda-t-il en baissant encore d'un ton.

— Oui, je l'ai vu. En gros, il m'a souhaité bonne chance et m'a dit de lui envoyer une carte de prison. Enfin, ça m'a quand même permis de voir jouer les Sox. Ce n'est pas négligeable. Écoute, j'ai réfléchi à ce que tu m'as dit. Je dois te parler, Dave.

— Moi aussi, il faut que je te parle, répondit-il avec animation. J'ai quelque chose à te montrer. Sur ce Gachet… Les flics sont venus me voir, Neddie. Ils sont tous après toi, mec. J'ai parlé à quelques personnes. Tout le monde sait que tu n'as pas tué Mickey et les autres. Tu sais, on peut plaider un état d'agitation extrême pour prouver que tu avais perdu la raison lorsque tu as pris la fuite face au FBI.

— C'est ça ma défense ? Que je suis taré !

— Pas taré, Ned. Plutôt qu'on t'a poussé à faire quelque chose que tu n'aurais jamais fait en temps normal. Si ça peut te permettre d'échapper à quelques chefs d'accusation, pourquoi pas ? Mais tu dois arrêter d'aggraver ton cas. Il te faut un avocat.

— Essaierais-tu de grossir ton portefeuille de clients, maître Kelly ?

— J'essaie plutôt de te sauver la vie, abruti !

Je fermai les yeux. *C'est fini, Neddie*. Je devais me rendre à l'évidence. Me rendre.

— Où peut-on se retrouver, frérot ? Je ne peux pas prendre le risque de venir au bar.

Dave hésita quelques secondes.

— Te souviens-tu de X-man ?

Philly Morisani. Plus jeunes, nous nous retrouvions pour regarder la télévision dans son sous-sol, à Hillside, non loin de la maison. Son domicile servait en quelque sorte de quartier général à notre club secret. Philly adorait *X-Files*, à tel point que nous l'avions surnommé X-man. J'avais entendu dire qu'il travaillait pour la compagnie de communications Verizon.

— Bien sûr.

— Il est en voyage pour le boulot et m'a chargé de garder sa maison. Tu trouveras la clé du sous-sol à l'endroit habituel. Je suis à l'université là, je dois encore finir quelques trucs. 18 heures, ça te va ? Si j'arrive avant toi, je laisserai la porte ouverte.

— OK. En attendant, je vais m'entraîner à mettre les mains derrière le dos, pour les menottes.

— On va te sortir de là, Ned. Tu sais, mec, j'ai obtenu une excellente note en textes de loi et codes.

— Tu ne peux pas imaginer comme ça me soulage ! Et en plaidoirie ?

— Plaidoirie ? marmonna Dave. Mmm, mieux vaut ne pas en parler.

Nous éclatâmes de rire, ce qui ne m'était pas arrivé depuis longtemps. Les seuls échos joyeux de sa voix dans le téléphone et la pensée d'avoir quelqu'un de mon côté me réchauffaient le cœur.

— On va te sortir de là, répéta-t-il. Fais-toi tout petit d'ici là. On se voit à 18 heures.

42

Pour tuer les quelques heures qu'il me restait, j'errai un peu dans Kenmore Square avant de m'arrêter boire une bière dans un pub irlandais, où je suivis la fin du match à la télévision. À la neuvième manche, lorsque Rivera lançait pour les Yankees, les Sox finirent par prendre trois points et l'emporter. Peut-être fallait-il croire aux miracles, finalement.

Je dégustai ma bière, sans doute la dernière avant longtemps. Très longtemps. Je commençai à faire mes adieux à la vie telle que je la connaissais et tentai de m'habituer à l'idée d'un avenir en prison. Avant de partir, je laissai un billet de dix dollars pour le barman.

Agitation extrême ! Génial, Ned, ta vie ne tient qu'à l'espoir de prouver que tu as pété les plombs.

Il était 17 heures passées lorsque je trouvai un taxi qui me conduisit jusqu'à Brockton pour quarante dollars. Je demandai au chauffeur de me déposer dans Edson Street puis coupai devant l'école primaire jusqu'à Hillside, où je devais retrouver Dave.

Nous avions rendez-vous dans le troisième pavillon de la rue, une maison grisâtre et détériorée construite dans le style de Cape Cod, au bout d'une petite allée en pente raide. Je ressentis un vif soulagement en reconnaissant la Subaru de mon frère garée sur la chaussée.

Je pris toutefois la précaution d'attendre quelques minutes collé à un lampadaire, à observer les alentours. Pas de flics. Personne ne m'avait suivi. *Allez, Ned, il faut y aller*.

Je contournai la maison à petites foulées. Comme me l'avait indiqué Dave, la porte du sous-sol était ouverte. Comme au bon vieux temps, lorsque nous y passions des heures à regarder des matches à la télé en fumant un peu d'herbe.

Je pianotai avec mes doigts sur le carreau.

— Dave !

Aucune réponse.

Lorsque je poussai la porte, une odeur de naphtaline éventée réveilla en moi une foule de bons souvenirs. Philly n'avait pas vraiment touché à la pièce depuis mon départ. Je reconnus le canapé écossais et le vieux fauteuil inclinable, la table de billard surmontée d'un lustre en bouteilles de bière et le vieux bar en bois brut.

— Ohé ! criai-je. Dave !

Un livre d'art gisait ouvert sur le canapé. Je le retournai : *Les Œuvres de Van Gogh*. À moins que Philly ait élevé le niveau de ses lectures au cours des dernières années, ce livre devait appartenir à Dave. À l'intérieur était apposé le tampon de la bibliothèque du Boston College. Dave m'avait annoncé qu'il devait me montrer quelque chose…

— Davey ! Où es-tu, mec ?

Je m'affalai sur le canapé et ouvris le livre à la page marquée d'un Post-it jaune.

J'y trouvai le portrait d'un vieil homme coiffé d'une casquette blanche. Le visage appuyé sur son poing fermé, il exprimait une mélancolie profonde, ses yeux d'un bleu perçant perdus dans le vague. Derrière lui, les coups de pinceau si reconnaissables de Van Gogh composaient un fond lumineux.

Mes yeux s'arrêtèrent sur la légende : *Portrait du Dr Gachet*.

Je lus de nouveau ces quatre mots, les yeux attirés comme des aimants par la fine écriture.

Portrait du Dr Gachet, 1890.

Une vague d'exaltation me submergea. Cette œuvre datait de plus de cent ans et n'importe qui pouvait utiliser ce pseudonyme, mais je retrouvai subitement espoir. Gachet n'était pas un nom inventé ! Peut-être même qu'Ellie Shurtleff connaissait cette toile.

— Dave ! hélai-je plus fort en me levant.

J'inspectai l'escalier menant au rez-de-chaussée avant de remarquer la lumière filtrant par la porte entrebâillée de la salle de bains.

— Hé, Dave, qu'est-ce que tu fous là-dedans ?

Je frappai des petits coups à la porte, qui s'ouvrit sous la pression de mon poing.

Je me souviens à peine de la minute qui suivit. Je restai paralysé, le souffle coupé, comme si une masse m'avait heurté en plein milieu du diaphragme.

Oh, Dave. Dave.

Mon petit frère était adossé à la cuvette des toilettes, dans son sweat-shirt à capuche de Boston College, la tête légèrement inclinée sur le côté. Une mare de sang coulait de son abdomen ouvert, souillant son jean et le sol. Immobile, il semblait m'observer avec une expression imperturbable, fixant sur moi deux pupilles interrogatrices. *Mais où diable étais-tu, Ned ?* semblait-il me demander.

— Oh non, Dave, non !

Incapable d'accepter l'intolérable réalité, je me ruai vers lui pour chercher son pouls et tenter de le ramener à la vie. Son sweat-shirt déchiré découvrait une large entaille au-dessus des côtes gauches. Lorsque je le soulevai, je crus voir tous les organes de Dave me tomber dans les mains.

Je reculai, chancelant sur mes jambes affaiblies, puis percutai le mur de la salle de bains avant de glisser, impuissant, sur le lino.

Soudain, une sueur glaciale m'inonda de la tête aux pieds. Je ne pouvais pas rester assis là, à regarder le corps inerte de mon frère. Je devais sortir. Je me relevai péniblement et titubai jusqu'au salon. J'avais besoin d'air.

Je me dirigeais vers la porte lorsqu'un bras puissant se referma autour de mon cou, m'écrasant la trachée.

— Je crois que vous avez quelque chose qui nous appartient, monsieur Kelly, me murmura à l'oreille une voix inconnue.

43

J'étouffais. La tête maintenue en arrière par une prise musclée, je sentis une lame pointue glisser sur mon thorax.

— Les toiles, monsieur Kelly, continua la voix. Cinq secondes, c'est tout ce qui vous reste à vivre sur cette terre si vous ne me révélez pas tout de suite où elles se trouvent.

Comme pour illustrer ses paroles, mon agresseur pressa un peu plus la lame d'acier sur ma peau.

— C'est votre dernière chance, monsieur Kelly. Vous avez vu votre frère ? En ce qui vous concerne, la mort sera un peu plus longue.

Il força un peu plus sur ma tête et enfonça la pointe de son long couteau sous mon menton.

— Personne ne baise mes employeurs.

— Je n'ai aucune toile ! C'est la vérité !

Il frotta les dents de son arme contre ma peau.

— Vous me prenez vraiment pour un imbécile, monsieur Kelly. Vous avez quelque chose qui nous appartient, quelque chose qui vaut environ soixante millions de dollars. Alors il faut nous le rendre. Maintenant !

Que devais-je lui dire ? Que pouvais-je bien lui dire ?

— Gachet ! criai-je en essayant de me retourner. C'est lui qui les a. Allez voir Gachet !

— Désolé, monsieur Kelly, j'ai bien peur de ne connaître aucun Gachet. Je vous ai donné cinq secondes et le compte à rebours touche à sa fin, souffla-t-il en m'étranglant un peu plus. Bien le bonjour à votre frère !

— Non ! hurlai-je, m'attendant à sentir la froide morsure de l'acier sur mon cou.

Au lieu de quoi mes pieds quittèrent le sol. Peut-être cet homme voulait-il tenter une dernière fois de m'arracher des informations. Mais que je lui réponde ou non, je savais que je ne quitterais pas cette pièce vivant.

Avec toute l'énergie qu'il me restait, je balançai mon coude dans les côtes de mon assaillant, qui répondit au coup par une longue expiration rauque. Il lâcha prise, juste assez pour me permettre de retrouver la terre ferme, et baissa le couteau l'ombre d'une seconde. Profitant de sa surprise, je me renversai vers l'avant, de toutes mes forces, et l'envoyai valdinguer contre le mur. Sa lame me lacéra le bras lorsque je le fis basculer par-dessus mon dos.

Lorsqu'il s'écroula par terre, je découvris un homme d'une quarantaine d'années, avec une épaisse chevelure brune et une veste en nylon. Nul besoin de m'attarder sur sa carrure de body-builder pour réaliser que je n'avais aucune chance contre lui. Le couteau toujours serré dans la main, il se remit aussitôt sur ses pieds, genoux fléchis. Je disposais d'une seconde pour trouver un moyen de sortir vivant de cet enfer.

Une batte de base-ball en aluminium était posée contre le mur. Mais alors que je la brandissais, elle heurta le lustre en bouteilles de bière au-dessus du billard.

Le type recula sous une pluie d'éclats de verre brun, un horrible rictus sur les lèvres.

— Je n'ai pas les toiles ! criai-je.

— Désolé, monsieur Kelly, répondit-il en me menaçant de nouveau avec son arme. Je n'en ai rien à foutre.

Le couteau fendit l'air et entailla mon avant-bras, m'infligeant une insupportable douleur.

— Et ce n'est qu'un début, sourit-il.

Je réussis alors à lui asséner un violent coup de batte sur le poignet. Il gronda, laissant tomber le couteau par terre dans un bruit métallique. Il me chargea aussitôt pour me projeter contre le mur. Étourdi par le choc, je tentai de le repousser avec la batte, mais il était bien trop près. Et trop fort.

Il retourna mon arme contre moi et l'écrasa sur mon torse. Puis il la souleva progressivement, à la manière d'un rouleau compresseur, me broyant les côtes, les poumons puis la trachée.

Je suffoquais, incapable de me défendre. Toutes les veines de mon visage semblaient gonfler sous la pression. Sur le point de m'écrouler, je lui flanquai un coup de genou dans l'entrejambe qui lui fit relâcher sa pression. Je me laissai tomber sur lui et nous culbutâmes ensemble à travers la pièce avant d'aller percuter les étagères derrière la table de billard, emmenant dans notre chute des jeux, des queues de billard, le magnétoscope…

J'entendis un grognement assourdi. *Peut-être s'est-il cogné la tête*. Sans chercher à vérifier cette hypothèse, je me précipitai sur son couteau, que j'avais repéré sur le sol, et, profitant de sa torpeur passagère, je lui tirai la tête en arrière, lui pointant son arme sous la gorge.

— Qui t'envoie ?

Ce fumier avait éventré mon frère. J'avais très envie de lui enfoncer la lame dans la gorge.

— Qui t'envoie ? Qui ?

Sa tête bascula en arrière, me révélant le blanc de ses yeux éteints.

Lorsque je le saisis par le col de sa veste pour le soulever, il me tomba dans les bras comme un pantin. C'est alors que je découvris une lame de patin de hockey fichée dans son dos. Je le laissai rouler sur le sol, mort.

Après cette lutte intensive, je pouvais à peine bouger. Immobile et haletant, je restai les yeux rivés sur cet homme, jusqu'à ce que la réalité m'apparaisse dans toute son horreur. Je venais d'assassiner un homme.

Pourtant, à cet instant précis, cette pensée me préoccupait bien moins qu'une autre, plus terrifiante. Je retournai dans la salle de bains m'agenouiller une dernière fois auprès de mon petit frère, la vue brouillée par les larmes. Je passai la main sur la joue de Davey.

— Oh, Dave, pourquoi t'ai-je impliqué là-dedans ?

Lorsque je réussis à me relever, je titubai jusqu'au livre posé sur le canapé et en arrachai la page présentant le *Portrait du Dr Gachet*.

Puis je me glissai hors du sous-sol et retrouvai les ombres de la nuit. Après avoir enroulé mon sweat-shirt autour de mon bras ensanglanté, j'optai pour la seule attitude à adopter, ma spécialité durant ces derniers jours : la fuite.

44

Le timbre de son téléphone portable le fit sursauter dans son lit. Dennis Stratton ne dormait pas. Il attendait ce coup de fil, passant le temps devant l'actualité financière de CNBC. Il sauta dans son caleçon et décrocha le téléphone à la troisième sonnerie, avant que Liz, pelotonnée dans le lit, ne se réveille. Puis il contempla le numéro affiché sur l'écran lumineux. Numéro privé.

Un frisson d'excitation le parcourut. L'affaire était enfin résolue.

— Vous l'avez récupéré ? chuchota Stratton.

Lui qui détestait se laisser gagner par la nervosité désirait plus que tout en finir avec cette histoire horripilante. Rien ne devait échapper au contrôle de Dennis Stratton.

— Presque, répondit une voix hésitante à l'autre bout du fil.

Stratton perçut un changement dans le ton de son interlocuteur.

— Ça risque de prendre un peu plus de temps que prévu.

— Plus de temps ?

La gorge soudain très sèche, il passa sa robe de chambre et se dirigea vers le balcon, voyant au passage Liz remuer dans le lit chinois en laque noire.

— Il n'y a pas un peu plus de temps pour cette affaire. Tu as dit que tout était en ordre. Tu m'as assuré que des professionnels s'en chargeaient.

— C'est le cas, reprit l'interlocuteur. Mais c'est juste que…

— Juste que *quoi* ? aboya Stratton.

Il se tenait devant l'océan, tendu comme un arc dans sa robe de chambre, les quelques cheveux qu'il lui restait au-dessus des oreilles dispersés par la brise marine. Il voulait des résultats, pas des excuses. Pourquoi payait-il ces gens, sinon ?

— Il y a eu un pépin.

45

De retour en Floride, Ellie étudia le rapport du bureau de Boston sur les assassinats de David Kelly et d'un autre homme, perpétrés deux jours auparavant, à Brockton. Le jeune agent éprouvait d'insupportables remords et portait avec peine le poids de sa part de responsabilité dans ces crimes.

C'était du boulot de professionnel. Le meurtrier avait enfoncé une lame tranchante sous la côte gauche de Kelly, puis retourné le couteau dans la plaie jusqu'à atteindre le cœur. Celui qui avait commis ce crime voulait infliger d'atroces souffrances à sa victime. L'autre individu, tué par la lame d'un patin de hockey, était un criminel bien connu de la police, tant à Boston que dans le sud de la Floride : un certain Earl Anson.

Mais, plus que l'horreur de ces meurtres, Ellie était profondément ébranlée par le fait que les empreintes de Ned constellaient les lieux.

Comment pouvait-elle s'être trompée à ce point à son sujet ? Ou cet homme appartenait à la pire espèce des assassins ou le pire assassin était sur ses talons. Quelqu'un qui connaissait ses proches à Boston, quelqu'un qui cherchait à récupérer quelque chose que Ned avait en sa possession.

Des toiles volées, par exemple.

Ned était désormais impliqué dans sept meurtres, plus qu'il n'en fallait aux enquêteurs pour faire de lui le principal suspect. Les fax de tous les services de police du pays crachaient son portrait. Il était devenu la cible de la plus grande chasse à l'homme de la ville de Boston depuis... l'affaire de l'étrangleur, sans doute.

Non, songea Ellie en refermant le dossier, des images sanglantes plein la tête. Elle ne pouvait pas croire à ce terrible scénario, pas après avoir entendu le ton que Ned employait pour parler de son frère. Il était inimaginable que Ned ait assassiné Dave. *Impossible !* Elle sortit les notes qu'elle avait griffonnées après sa conversation avec lui.

Étudiant en droit à Boston College. L'espoir de la famille.

Dans ce sous-sol, les officiers avaient retrouvé un livre d'art dont il manquait une page : le fameux portrait de Van Gogh. Ned connaissait donc, lui aussi, l'origine du pseudonyme du mystérieux Gachet.

Et puis, il y avait Tess. Quel rapport existait-il entre la jeune femme et le vol de tableaux ? Car tout était lié, l'agent en avait la certitude. Mais les rapports de police concernant son meurtre s'étaient révélés très sommaires, voire inconsistants, et rien ne permettait aux enquêteurs de certifier son identité, pas même ses notes d'hôtel, toutes réglées en liquide.

Ellie était en proie à une sensation étrange. « Êtes-vous déjà tombée amoureuse ? » lui avait demandé Ned.

Reviens sur terre, ma fille, se rabroua-t-elle, *sois raisonnable !* Ce type l'avait prise en otage et plus ou moins menacée avec un flingue pendant huit heures. Il était mêlé à sept meurtres et comptait autant de flics à ses trousses que Ben Laden. Pouvait-elle réellement le croire ?

Pourquoi, malgré toutes les preuves accumulées contre lui, restait-elle persuadée de son innocence ?

Concentre-toi sur le cambriolage, s'exhorta-t-elle. C'est là qu'elle trouverait la clé de toutes ces affaires, son instinct le lui soufflait depuis le début.

Le câble était sectionné alors que les voleurs connaissaient le code de l'alarme. Si les copains de Ned n'avaient jamais mis la main sur ces toiles, quelqu'un d'autre l'avait fait. Mais qui ?

Deux mots ne cessaient de résonner dans son esprit : coup monté.

46

Ellie attendit patiemment que le cabriolet Bentley champagne ait franchi le portail électrique et parcouru la longue allée de galets blancs dans un lourd crépitement.

— Agent Shurtleff.

Surpris, Stratton immobilisa le véhicule dans le chemin circulaire. En tenue de golf, il semblait aussi ravi de la visite de la jeune femme que d'un formidable drive échouant dans les fourrés.

— Chapeau pour l'arrestation de Boston ! reprit-il en sortant de sa voiture. J'imagine que, pendant tout le temps que vous avez passé avec Kelly, vous n'avez rien appris d'intéressant sur mes tableaux ?

— Leur vol a été signalé à tous les marchands d'art et aux polices du monde entier, rétorqua Ellie avec un renfrognement contenu. Nous n'avons rien de nouveau.

— Rien de nouveau, hein ? sourit Stratton, le regard caché par des lunettes de soleil Oakley. Bien ! Laissez-moi vous confier un petit secret.

Il se pencha vers Ellie pour faire claquer sa voix sèche à son oreille :

— Ils ne sont pas ici !

Puis il se dirigea d'un pas vif vers la maison, Ellie sur ses talons. À son entrée, une domestique accourut pour lui transmettre quelques messages.

— Et qu'en est-il de votre petit copain, le sauveteur ? Rien de nouveau non plus, j'imagine.

— C'est la raison de ma visite, répliqua Ellie, sa voix résonnant dans l'immensité du hall. En fait, rien ne prouve qu'il ait réellement pénétré chez vous.

Stratton se tourna vers elle d'un air exaspéré puis remonta ses lunettes sur son front dégarni.

— J'aurais cru que vos déboires avec cet homme vous enlèveraient de la tête cette idée de coup monté. Combien de victimes compte-t-il à son actif maintenant ? Cinq, six ? Je ne suis peut-être pas détective, mais je ne pense pas me tromper en le soupçonnant d'avoir volé mes toiles.

La jeune femme sentit tous les muscles de son visage se contracter.

— Je ne demande qu'une minute de votre précieux temps.

Stratton regarda sa montre.

— Je suis attendu pour déjeuner au Club Collette dans environ vingt minutes, ce qui vous laisse… Oui, c'est ça, à peu près une minute pour m'exposer vos dernières trouvailles.

Sans y être invitée, Ellie le suivit jusque dans son bureau, où il s'enfonça dans un confortable fauteuil en cuir.

— Vous vous souvenez que je m'étais étonnée de trouver le câble de l'alarme sectionné alors que la domestique affirmait avoir entendu les intrus composer le code interne.

Tout en parlant, elle s'assit en face de lui et ouvrit son porte-documents. Stratton esquissa un geste impatient de la main.

— Sûrement avez-vous élucidé ce point depuis le temps, non ?

— Non, pas encore. Mais je n'y manquerai pas dès que je saurai quoi faire de *ça*.

L'agent sortit d'une enveloppe en papier kraft un sachet en plastique contenant un bout de papier froissé qu'elle posa sur le bureau. Le sourire arrogant de Stratton s'effaça lorsqu'il en examina le contenu.

10-02-85. Le code de son alarme.

— Vous trouverez normal que je m'interroge sur l'intérêt que semblaient porter les cambrioleurs à la date de votre première introduction en Bourse, articula Ellie en se mordant les lèvres.

Les traits de Stratton se crispèrent.

— Où avez-vous trouvé ça ?

— Sur l'un des cadavres de Lake Worth. Je crois vous avoir déjà demandé la liste des personnes qui connaissaient ce code. Et, si mes souvenirs sont exacts, vous avez mentionné un intendant, la gouvernante, votre fille, et Mme Stratton, bien sûr.

Stratton secoua la tête d'un air amusé.

— Vous vous prenez vraiment pour une grande détective, n'est-ce pas, agent Shurtleff ?

Ellie tressaillit de rage.

— Pardon ?

— Vous avez un diplôme d'art, reprit Stratton. Votre boulot consiste à assister les autres fédéraux pour prouver l'origine ou l'authenticité d'un objet, j'imagine. Ça doit vraiment être frustrant pour vous de cultiver une telle admiration pour la beauté et de passer votre vie à rechercher les trésors des autres.

— Mon boulot est de démasquer les contrefaçons, rectifia Ellie avec un haussement d'épaules. Sur toile ou pas.

Des petits coups furent frappés à la porte et Liz Stratton passa sa tête dans l'entrebâillement.

— Excusez-moi.

Elle sourit à Ellie avant de s'adresser à son mari d'un ton morose.

— Dennis, les gens pour le chapiteau sont arrivés.

— Je viens tout de suite, lui sourit-il.

Il se tourna vers Ellie.

— J'ai bien peur que le temps que je vous ai accordé ne soit écoulé, agent Shurtleff, déclara-t-il en se levant. Et vous n'ignorez pas que le temps, c'est de l'argent. Nous donnons une petite réception, samedi soir, en l'honneur de la Ligue de défense du littoral. Une très belle cause. Vous devriez vous joindre à nous. La compagnie d'assurances vient juste de nous indemniser pour les toiles, et un tas de nouveaux tableaux seront exposés. J'aimerais avoir votre opinion.

— Bien sûr, rétorqua Ellie. Mais vous les avez payés trop cher.

Stratton la fixa un moment, un sourire suffisant sur les lèvres. Puis il fourra sa main dans la poche de son pantalon pour en sortir une poignée de billets, de cartes de crédit et de pièces de monnaie, qu'il posa sur le bureau.

— Que les choses soient claires, agent Shurtleff. Mon devoir est de protéger ma famille contre les accusations portées à son encontre.

Ellie récupéra le sachet en plastique. Elle était sur le point de le ranger dans l'enveloppe lorsqu'un objet sur le bureau attira son regard.

— Vous golfez, monsieur Stratton ?

— Continuez donc à jouer les détectives, sourit-il. Maintenant, si vous voulez bien m'excuser…

Parmi les liasses de billets et les pièces que Stratton avait posées sur le plateau de cuir de son bureau anglais se trouvait un tee de golf noir.

47

En quittant la maison de Philly, je sautai dans la Subaru de Dave. Lorsque les corps seraient découverts, dans vingt-quatre heures tout au plus, je devrais me trouver à des centaines de kilomètres de Brockton. Mais où ?

Je roulais sans but, essayant d'échapper à la terrible image qui me hantait : mon frère affalé dans cette salle de bains comme un vulgaire animal étripé. Pourquoi l'avais-je impliqué dans ce sinistre drame ? La vue de ses affaires éparpillées dans la voiture amplifiait ma douleur : ses livres de droit, sa paire de Nike usées jusqu'à la corde, ses CD…

J'abandonnai la Subaru dans un coin paumé de Caroline du Nord, où je trouvai un concessionnaire qui accepta de me refourguer une Chevrolet Impala vieille de douze ans pour trois cent cinquante dollars, sans la moindre question indiscrète. Je m'arrêtai ensuite dans un snack au bord de la route et me dirigeai tout droit vers les toilettes. Là, je me teignis les cheveux avant d'en tondre plusieurs centimètres.

Lorsque je relevai la tête, je découvris un inconnu dans le miroir. Je dis adieu à mon épaisse tignasse blonde, comme je l'avais fait avec bien d'autres choses.

Je songeai à faire de même avec la vie, en finir au cours de cet ultime voyage, quitter la route dans un endroit désert pour me précipiter du haut d'une falaise au volant de mon tas de ferraille. Encore fallait-il trouver un précipice. Ou un revolver. Cette pensée m'arracha un rire nerveux. J'étais recherché pour sept meurtres et je ne portais même pas de flingue sur moi !

J'envisageai sérieusement la possibilité du suicide. Mais le monde entier croirait alors à ma culpabilité dans les meurtres des êtres que j'aimais le plus au monde. Qui chercherait leur assassin à ma mort ? Je résolus donc de retourner en Floride, là où tout avait commencé.

Aussi curieux que cela puisse paraître, cette décision présentait une certaine logique. Je voulais leur prouver à tous, aux flics, aux fédéraux et au monde entier, que j'étais innocent. Je n'avais tué personne, hormis l'assassin de mon frère.

Le lendemain, je traversai donc Okeechobee Bridge au volant de ma vieille guimbarde et pris la direction de Palm Beach dans un charivari métallique. Stationné en face du Brazilian Court, j'observai un moment le bâtiment jaune pâle, les narines chatouillées par la brise chargée des senteurs des jardins. J'étais arrivé à destination. Retour à la case départ.

Et maintenant ? Déjà à court d'idées, je fermai les yeux dans l'espoir d'être frappé par un éclair de sagesse. Lorsque je relevai les paupières, le destin m'envoya un signe.

La porte de l'hôtel s'ouvrit sur Ellie Shurtleff.

48

Plusieurs options s'offraient à Ellie. Elle pouvait tout d'abord rapporter ses trouvailles à Moretti et le laisser décider de la suite des opérations, d'autant que l'homicide de Tess McAuliffe ne relevait pas de leur juridiction. Elle pouvait aussi en informer la police de Palm Beach, mais le traitement de faveur que les inspecteurs locaux réservaient à Stratton n'était pas vraiment pour lui plaire. Enfin, elle pouvait écouter son instinct et continuer l'enquête. Juste un peu. Que risquait-elle, après tout ?

Après avoir fourré dans son sac une photographie de Stratton trouvée sur Internet, elle laissa un message à Moretti pour l'informer de son absence, puis monta dans sa Crown Victoria et prit l'autoroute en direction de Palm Beach.

C'était l'infarctus assuré pour son supérieur s'il venait à apprendre sa démarche. À cette pensée, ses lèvres dessinèrent un sourire espiègle.

À la sortie d'Okeechobee Bridge, elle suivit la direction du Brazilian Court, plongé dans un calme déroutant après l'agitation qui y régnait quelques jours plus tôt.

La jeune femme entra dans le hall et se dirigea vers un séduisant réceptionniste blond, affairé derrière le comptoir. Après lui avoir montré d'un geste rapide le badge du FBI à son cou, elle lui présenta la photographie de Dennis Stratton.

— Avez-vous déjà vu cet homme dans le coin ?

L'employé étudia brièvement le portrait avant de secouer la tête. Il le tendit ensuite à sa collègue, qui l'imita.

— Vous devriez demander à Simon, il travaille de nuit.

Ellie interrogea les portiers, le responsable du restaurant et quelques serveurs. Tous répondirent par la négative. Elle savait qu'elle n'avait que très peu de chances de trouver ce qu'elle cherchait. Peut-être tenterait-elle de venir le soir pour rencontrer Simon.

— Hé, je connais ce type ! finit par affirmer l'un des employés.

Les yeux de Jorge, qu'elle avait déniché dans la cuisine, s'étaient éclairés dès qu'il les avait posés sur le portrait.

— C'est l'ami de Miss McAuliffe.

— Vraiment ? demanda Ellie en fronçant les sourcils.

— Sûr et certain, s'exclama-t-il. Il passe de temps en temps. Il laisse même de bons pourboires. La dernière fois, il m'a donné vingt dollars pour ouvrir une bouteille de champagne.

— Et vous dites qu'ils étaient amis ? continua Ellie, dont le pouls s'accélérait.

— Oui, enfin, vous voyez ce que je veux dire, sourit Jorge. Je voudrais bien connaître sa recette pour me faire des amies comme ça. Un petit chauve avec ce canon ! Il doit avoir du pognon, non ?

— Ça oui, Jorge, confirma Ellie en hochant la tête. Un tas de pognon !

49

J'engageai l'Impala dans un parking à moitié vide donnant sur Military Trail, au sud d'Okeechobee Boulevard, près de la station-service de Vern et d'un prêteur sur gages.

Loin des grandes propriétés de la côte, la cahute en stuc blanchi qui se dressait devant moi aurait pu abriter le bureau miteux d'un agent maritime comme celui d'un petit avocat sans scrupule. Seules les quelques Vespa retapées devant l'entrée et la pancarte Yamaha fissurée placardée sur la fenêtre donnaient plus d'informations au visiteur sur l'usage de cet endroit.

CYCLES GEOFF. CHAMPION USA DE MINI – RACING 1998.

Après avoir garé ma voiture, je pénétrai dans la maisonnette. Vide. Un rugissement de moteur s'éleva alors de l'arrière du bâtiment. Je me glissai entre des étagères remplies de casques et entrai dans le garage. Une bouteille de bière à moitié vide était posée sur le sol, à côté d'une paire d'Adidas défraîchies pointant leur nez sous la carrosserie d'une Ducati 999 étincelante. Le moteur s'emballa de nouveau.

J'envoyai un petit coup de pied dans les baskets.

— Elle a une sacrée quinte de toux, cette vieille bécane ! lançai-je.

Le corps du mécano sortit alors de sous la moto et un visage couvert de cambouis apparut à mes pieds, arborant un vague sourire sous des cheveux orangés coupés ras.

— On peut dire ça, mec. Mais c'est une vieille qui carbure !

Soudain, les yeux du mécano s'agrandirent, comme s'il se trouvait en face d'un zombie échappé d'une crypte.

— Putain de merde ! Ned !

Geoff « Champion » Hunter lâcha sa clé à molette et bondit sur ses Adidas.

— C'est bien toi, Ned ? Pas la doublure d'Andrew Cunanan ?

— C'est bien moi, déclarai-je en avançant d'un pas. Ou ce qu'il en reste.

— Ben, mec… J'aimerais te dire que ça me fait plaisir de te voir ici, mais je préférerais te savoir à des milliers de kilomètres de cette putain de ville.

Il passa ses bras tachés de graisse et d'huile autour de moi.

Né en Nouvelle-Zélande, Geoff avait consacré plusieurs années à parcourir le monde, de circuit en circuit, en quête du titre mondial de 125 cm^3. Il comptait même à son palmarès un record de vitesse. Après quelques déboires avec le Jack Daniel's et un divorce difficile, il avait bifurqué vers la cascade. Depuis, il gagnait sa vie en sautant par-dessus des files de voitures ou dans des cerceaux de feu lors de salons du deux-roues ou de shows divers. Je l'avais rencontré au bar. Il suffisait de parier une bière avec lui pour que Geoff relève tous les défis, y compris, et surtout, les plus fous !

Il se dirigea vers un petit réfrigérateur, sur lequel il s'assit après m'avoir décapsulé une bouteille de bière.

— J'imagine que t'es pas venu ici pour l'apéro, pas vrai ?

— Je suis vraiment dans la merde, Geoff, remarquai-je en secouant la tête.

— Tu crois que parce que j'ai une moitié de cerveau grillée et que je suis bourré de temps en temps, je ne peux pas lire les journaux, Ned ? grommela-t-il. D'accord, mais je sais allumer la télé.

— Tu sais que je n'ai rien fait de tout ça, Champion, rétorquai-je, les yeux plongés dans les siens.

— Tu prêches un converti, mec. Tu crois qu'une personne te connaissant pourrait t'imaginer en train d'arpenter le pays, pistolet au poing, pour descendre tous les mecs que tu trouves sur ton chemin ? Non, ce sont les autres qui m'inquiètent. Je suis vraiment désolé pour tes amis, Ned, et ton frère. Mais dans quel genre de bordel tu t'es foutu ?

— Le genre dont il est impossible de sortir sans aide, Geoff. Beaucoup d'aide.

— Pas tant que ça si t'es venu me voir moi, rétorqua-t-il avec un haussement d'épaules.

— Disons que je ne pouvais aller nulle part ailleurs, répondis-je en déglutissant difficilement.

Geoff m'adressa un clin d'œil et inclina sa bière vers moi.

— Je suis passé par là, affirma-t-il avec un hochement de tête. C'est bien loin de la première marche du podium. Surtout quand on voit flou dès le réveil et qu'on essaie de monter sur une bécane et de prendre des virages en épingle à près de 300 kilomètres/heure. J'ai pas beaucoup de liquide, mec, je suis désolé. Mais je sais comment te faire franchir la frontière, si c'est ce que tu veux. Tu sais, ces bateaux qui entrent clandestinement sur le territoire dès que les gardes-côtes ont le dos tourné, avec leur cargaison de je ne sais quoi, ils doivent bien repartir d'une façon ou d'une autre. Le Costa Rica, ça te dit ?

Je répondis d'un mouvement négatif de la tête.

— Je ne veux pas partir, Geoff. Je veux prouver mon innocence. Je veux trouver le coupable.

— Je vois. Et avec quelle armée, mec ?

— C'est ça ou le suicide, continuai-je.

— Ah, j'ai connu ça aussi.

Geoff passa sa main pleine de cambouis dans ses cheveux orange.

— Merde alors ! Tout bien réfléchi, je pense être l'homme de la situation. Sans compter que les causes perdues, ça me connaît. Mais tu le sais déjà, hein, Neddie ? C'est pour ça que t'es venu.

— Oui, et aussi parce que je n'avais pas d'autre endroit où aller.

— Tu m'en vois flatté.

Champion avala une gorgée de bière.

— Bien sûr, tu sais qu'il suffit que je me fasse pincer dans le coin avec toi pour que je perde tout : ma petite affaire, tous mes espoirs de retour à la compèt'…

Il se redressa et, comme s'il sortait fourbu d'une mêlée de rugby, se traîna jusqu'à l'évier pour se laver les mains et le visage.

— Oh, rien à foutre du come-back, mec. Mais je tiens à mettre les choses au clair avant de m'engager.

— Tu ne courras aucun danger, Champion, si c'est ce qui t'inquiète.

— Quel danger ? demanda-t-il en me regardant comme si j'étais devenu fou à lier. Tu rigoles, mec. Je me jette dans les flammes pour trois cents dollars ! Non, ce que je veux savoir c'est… Tu es innocent, hein, Ned ?

— Évidemment que je suis innocent, Geoff.

Il téta quelques secondes au goulot de sa bouteille.

— OK, ça facilite les choses. C'est bon, t'as réussi à me convaincre.

Les yeux de Champion se plissèrent au-dessus d'un grand sourire. Je m'approchai de lui pour lui tendre la main, puis me ravisai et le serrai dans mes bras.

— Je n'avais personne d'autre vers qui me tourner, Geoff.

— Oh, pas de sentiments avec moi, Neddie. Ce que tu me réserves est sans doute moins risqué que mon boulot. Mais avant qu'on scelle notre accord par une petite bière, expose-moi ton plan. Qui d'autre est dans le coup ?

— Une fille, enfin, je crois.

— Une fille ? répéta-t-il avec un regard dubitatif.

— La bonne nouvelle, c'est que je pense qu'elle me croit innocent.

— C'est bon à savoir, mec, on est presque en supériorité numérique. Et la mauvaise, alors ?

Je fronçai les sourcils.

— La mauvaise nouvelle, c'est qu'elle est du FBI.

50

— Je crains d'avoir mal compris.

L'agent spécial Moretti se leva derrière son bureau, les yeux rivés sur Ellie, la bouche entrouverte en une grimace mêlant surprise et incrédulité.

— Vous voulez que je convoque Dennis Stratton pour l'interroger sur une affaire d'homicide ?

— Regardez, riposta Ellie en sortant le sachet contenant le tee de golf noir trouvé dans la chambre de Tess McAuliffe. Vous voyez ça, Frank ? Lorsque j'interrogeais Stratton chez lui, il a sorti de sa poche le même tee. Ils viennent du club de golf Trump International, dont Stratton est membre. Il existe donc un lien entre lui et ce meurtre.

— Et environ deux cents autres personnes, objecta Moretti, les yeux plissés. Je crois que l'ancien maire de New York, Rudolph Giuliani, est également membre. Vous voulez peut-être le convoquer, lui aussi ?

— Je le ferais s'il connaissait Tess McAuliffe.

Ellie ouvrit son dossier et posa la photographie de Dennis Stratton sur le bureau.

— Je suis retournée au Brazilian Court pour faire circuler ce portrait. Il la connaissait, Frank. Et même très bien. Ils avaient une liaison.

Moretti la fusilla du regard.

— Vous vous êtes rendue sur une scène de crime qui ne dépend même pas de notre juridiction avec la photo d'un des hommes les plus éminents de Palm Beach ! Je croyais que les choses étaient claires, Ellie. Vous n'enquêtez pas sur les homicides. Votre travail consiste à retrouver les toiles.

— Tout est lié, Frank. Les toiles, Stratton, Tess McAuliffe… Un serveur l'a reconnu. Ils étaient amants.

— Et sur quel chef d'accusation dois-je l'inculper ? Adultère ?

Moretti alla fermer la porte de la pièce puis, de retour à sa place, se pencha au-dessus de son bureau pour dominer Ellie de toute sa hauteur, adoptant la posture d'un directeur d'école autoritaire.

— Dennis Stratton n'est pas n'importe qui, on ne peut pas l'épingler sans preuve valable, Ellie. Vous êtes retournée au Brazilian Court en ignorant mes ordres, pour enquêter sur une affaire qui ne nous concerne même pas ! Vous vous acharnez contre lui depuis le début et, maintenant, vous voulez l'inculper. Pour meurtre !

— Il avait une liaison avec la victime. Comment se fait-il qu'on ne creuse pas plus cette piste ?

— Je ne vous suis pas, Ellie. Nous avons un suspect qui vous a pointé un revolver sur la tempe à Boston, dont les empreintes parsèment les lieux de deux crimes, dont le frère a été retrouvé éventré et qui a été vu avec cette Tess McAuliffe le jour de sa mort. Et c'est Dennis Stratton que vous voulez interroger ?

— Pourquoi Kelly l'aurait-il assassinée ? Il était amoureux d'elle, Frank. Stratton ment. Il cache quelque chose. Pourquoi n'a-t-il pas dit qu'il la connaissait à la police de Palm Beach ?

— Comment pouvez-vous affirmer qu'il n'a rien dit aux inspecteurs ? Vous avez consulté les dépositions, peut-être ? soupira Moretti, exaspéré. Je vais leur en parler, je vous le promets. Ça vous va ? Quant à vous, vous feriez mieux d'apprendre à faire confiance aux personnes qui travaillent sur ces affaires. Elles font leur boulot, comme vous devriez faire le vôtre. Me suis-je bien fait comprendre ? *Votre boulot.*

Ellie opina du chef. Elle ne pouvait rien faire de plus.

— Une dernière chose, ajouta Moretti en reconduisant la jeune femme jusqu'à la porte, un bras passé autour de ses épaules. Ignorez encore une fois mes ordres et vous vous retrouverez à enquêter sur le commerce au noir dans les boutiques de Collins Avenue. Avec un diplôme des Beaux-Arts, ce serait du beau gâchis. N'est-ce pas, agent Shurtleff ?

Ellie plaça le dossier contenant les preuves sous son bras.

— Oui, acquiesça-t-elle, du beau gâchis.

51

Ellie franchit une crête sur son kayak, puis le stabilisa tandis que la vague suivante enflait, majestueuse.

La jeune femme maintint l'embarcation dans le courant et s'éleva jusqu'au sommet de la lame, anticipant sa course. Juste avant qu'elle ne se brise, elle donna un grand coup de pagaie pour jaillir dans les airs puis, après ce fugitif instant d'extase, retomba sur la crête et pénétra comme une roquette à l'intérieur de la vague, le visage fouetté par la fraîcheur des embruns.

Nichée dans le giron de la lame comme dans un tunnel aquatique, elle se sentait plus en vie que jamais. *Dix sur dix !* pensa-t-elle en guettant l'apparition des brisants.

La vague finit par éclater au-dessus d'elle et le kayak sortit à l'air libre, emporté par l'écume blanche. Ellie pagaya en direction du rivage tandis qu'une autre lame se brisait dans son dos. Puis elle glissa jusqu'à la plage avec de vigoureux mouvements de tête pour se débarrasser d'une pluie de gouttes salées.

Dix sur dix, sans problème !

Après une courte hésitation, elle se décida à tirer le kayak en fibre de verre hors de l'écume. L'embarcation sous le bras, elle prit aussitôt la direction du petit bungalow qu'elle louait à quelques mètres de là.

Ces instants de solitude sur la plage de Delray, après le travail, lui offraient une occasion unique de se retrouver en tête à tête avec elle-même, loin du monde, pour réfléchir en paix. Vraiment réfléchir. Pour le jeune agent, ce plaisir quotidien constituait le plus bel avantage matériel lié à son nouveau poste. L'océan était devenu son petit coin de paradis, l'endroit où elle trouvait refuge à la moindre préoccupation. Or, en ce moment, elle n'en manquait pas.

Elle savait pertinemment que Moretti ne creuserait pas la relation entre Stratton et Tess. Pourquoi prendre cette peine alors que Ned lui était servi comme suspect sur un plateau d'argent. Ses empreintes, ses liens intimes avec les victimes et sa réaction face aux fédéraux faisaient évidemment de lui le coupable idéal.

Sois un bon petit agent, se raisonna Ellie. Comme n'avait pas manqué de lui rappeler Moretti, elle n'enquêtait pas sur l'homicide de Tess McAuliffe.

Une phrase lui revint à l'esprit, des mots dont son grand-père, un *self-made-man* des années trente qui avait eu le cran de s'insurger contre la pègre, avait fait sa devise. « Quand la vie t'accule dans le coin du ring, boxe ! » répétait-il sans cesse, lui qui avait pris la voie de la dissidence par rapport à « ces vauriens de gangsters » en transformant une petite usine en grande entreprise de confection.

Ellie nourrissait la certitude que cette charogne de Stratton était impliquée de près ou de loin dans tous ces crimes, que ce soit le vol de ses propres toiles ou l'assassinat de Tess. Dans son sourire moqueur, elle avait lu une pointe de provocation. Il la défiait de trouver quelque chose contre lui. *Alors, trouve quelque chose, Ellie,* se dit-elle en remorquant le kayak jusqu'à sa véranda. *Boxe !*

Comme si c'était facile ! Elle travaillait au FBI, pas dans le textile. Elle devait respecter une hiérarchie contraignante, remplir une tâche bien précise et présenter des rapports à ses supérieurs. Elle ne pouvait pas agir à leur insu sous prétexte de suivre son instinct.

Elle mettait sa carrière en jeu.

Ellie posa son kayak contre le mur et ôta ses chaussons de plongée avant d'égoutter ses cheveux d'une violente saccade. « Avec un diplôme des Beaux-Arts, ce serait du beau gâchis », avait déclaré Moretti avec une moue dédaigneuse. Ses rapports avec son supérieur devenaient chaque jour un peu plus tendus. Et Ned ? Pourquoi s'évertuait-elle à le défendre ?

— Mais qu'est-ce que tu cherches ? lança-t-elle à haute voix d'un ton irrité. Que ce type ruine ta carrière ?

Soudain, elle sursauta en entendant une voix dans son dos :

— Faites attention à ce que vous dites, Ellie. On ne sait jamais ce qui peut arriver.

52

Les yeux écarquillés de stupéfaction, Ellie fixait son interlocuteur.

— Ned !

Ou du moins cet homme ressemblait-il à Ned, avec des cheveux courts plus foncés et une barbe de quelques jours sur le menton.

— N'ayez pas peur, la rassura-t-il en levant les mains. Pas de prise d'otage, cette fois, je le jure.

Ellie n'avait pas peur. Non, elle ressentait juste une vive colère et mesurait toutes les implications de cette visite impromptue. Ses réflexes professionnels revinrent au pas de course et elle décocha un regard vers son holster, suspendu au portemanteau de la cuisine. Cette fois, c'est elle qui contrôlerait la situation.

Elle s'élança en direction de la porte, suivie de Ned, qui l'attrapa par le bras.

— Ellie, je vous en prie…

Elle se retourna avec fougue pour lui faire face.

— Que faites-vous ici, Ned ?

— J'ai pensé qu'étant donné tout le tapage, votre bureau n'était pas le meilleur endroit pour se rencontrer, répondit-il, l'ombre d'un sourire sur les lèvres.

La jeune femme tenta d'échapper à son étreinte mais il tenait son bras avec fermeté, en prenant toutefois soin de ne pas le serrer trop fort.

— Je dois vous parler, Ellie. Je vous demande juste de m'écouter.

Si sa raison lui dictait de le bousculer et de courir chercher son arme, elle devait reconnaître qu'une infime partie de son être se réjouissait de le savoir sain et sauf et s'émouvait de sa proximité et du contact de sa main sur sa peau. Lorsqu'elle réalisa qu'elle portait encore sa combinaison moulante, un fard d'embarras lui colora les joues.

— Que faites-vous, Ned ?

— Je vous fais confiance, voilà ce que je fais. Je vous présente le nouveau Ned. Alors, qu'en dites-vous ?

— Qu'à votre sortie de prison, vous ferez un parfait candidat pour la rubrique relooking d'un magazine féminin, rétorqua-t-elle en essayant de se libérer de son étreinte.

Ned lâcha légèrement prise.

— Ellie, peut-être pourriez-vous me faire confiance, vous aussi ?

Elle resta immobile, à l'observer. Sa conscience professionnelle lui commandait encore de se précipiter sur son revolver. Elle savait qu'il ne chercherait pas à la retenir.

— Ce n'est pas si facile, Ned. Chaque fois que je le fais, une de vos connaissances est retrouvée assassinée. Et vous vous pointez ici, comme ça. Je suis un agent fédéral, pas votre pote ! Qu'est-ce qui vous porte à croire que je ne vais pas vous arrêter ?

— Une chose, répondit-il, la main toujours sur son bras.

— Quoi donc ? demanda-t-elle, les yeux plantés dans les siens.

Il libéra son bras.

— Je pense que vous me croyez, Ellie.

Le jeune agent jeta un nouveau regard, peu convaincu, en direction de son Glock. Elle savait qu'il ne lui servirait pas. Ned avait raison, elle croyait sa version des faits. Une rage sourde l'envahit tandis que grandissait son sentiment d'impuissance. Elle finit par céder, braquant ses yeux sur ceux de Ned.

— Avez-vous tué cette femme, Ned ?

— Tess ? demanda-t-il avant de secouer la tête. Non.

— Et votre frère ? Que lui est-il arrivé ?

— Je n'ai fait qu'aller lui rendre visite après avoir vu mon père. Ellie, mon frère était mort lorsque je suis arrivé là-bas. Son meurtrier m'attendait, et il a bien failli me faire la peau à moi aussi. Il a été envoyé à ma recherche pour retrouver les toiles. Je ne le connais même pas.

— Il s'appelait Anson. C'était un homme de main minable du sud de la Floride, avec un casier de plusieurs kilomètres de long.

— Alors, vous voyez… Ça prouve tout. Il a été envoyé par quelqu'un d'*ici*.

— Dois-je vous rappeler que vous vivez également ici, Ned ? contesta Ellie d'un air inquisiteur.

— Vous croyez vraiment que je le connaissais ?

Il fouilla dans sa poche pour en sortir une feuille de papier pliée.

— Regardez, j'ai quelque chose à vous montrer.

Elle le reconnut sur-le-champ. Il s'agissait du *Portrait du Dr Gachet* de Van Gogh, la page arrachée du livre d'art.

— Dave voulait me le montrer lorsqu'il a été assassiné. Il tentait de m'aider, Ellie.

Il la dévisageait avec le regard implorant d'un enfant sans défense.

— Je n'ai nulle part où aller. Gachet n'est pas une invention ! Il faut m'aider à le trouver.

— Je suis du FBI, Ned. C'est si difficile à comprendre ?

Dans un geste de compassion, elle posa la main sur son bras.

— Je suis désolée pour votre frère, vraiment. Mais si vous voulez que je vous aide, vous devez vous rendre.

— Je crois que nous savons tous les deux qu'il est un peu trop tard pour ça, commenta Ned en s'adossant à la balustrade de la véranda. Je sais que tout le monde pense que j'ai volé les tableaux. Tess, Dave… Mes empreintes sont partout. Vous savez aussi bien que moi que l'enquête sera close dès que je serai derrière les barreaux.

— Est-ce que vous allez enfin redescendre sur terre, Ned ? s'emporta Ellie, la vue brouillée par des larmes de frustration. Je ne peux pas être dans votre camp.

— Redescendre sur terre, hein ? murmura-t-il. J'aimerais bien. Je me réveille chaque matin en espérant que tout ça n'est qu'un cauchemar.

Il recula de quelques pas.

— Je n'aurais jamais dû venir ici.

— Ned, attendez ! Vous ne pouvez pas partir comme ça.

— Je vais trouver qui est derrière tout ça, Ellie.

Lorsque Ned quitta la terrasse d'un bond agile, Ellie prit conscience du martèlement de son cœur contre sa poitrine. Elle ne voulait pas le voir partir, mais comment l'en empêcher ? En se jetant sur son arme ? En faisant feu sur lui ?

Il se retourna et plissa les yeux pour mieux la voir, moulée dans sa combinaison. Son regard glissa sur le kayak.

— Pas mal ! C'est un Big Yak ?

Ellie secoua ses cheveux mouillés.

— Un Scrambler.

Il hocha la tête en signe d'approbation. En tant que sauveteur, il connaissait ce genre de matériel. Puis il s'enfonça dans les ombres de la nuit tombante.

— Ned ! appela-t-elle.

Il se retourna et ils se dévisagèrent, immobiles. Ellie haussa les épaules.

— Ça vaut ce que ça vaut, mais je vous préfère en blond.

53

Les réceptions de Dennis et Liz Stratton attiraient tout le gratin, ou, du moins, tous ceux qui pensaient en être.

À peine Ellie avait-elle passé la porte d'entrée qu'un serveur habillé avec classe lui colla un plateau de canapés au caviar sous le nez. Autour d'elle évoluaient toutes les prétendues huiles de la société artistique de Palm Beach. Reed Barlow, propriétaire d'une galerie sur Worth Avenue, exhibait à son bras une blonde plantureuse en robe décolletée rouge. Une douairière aux cheveux blancs, à la tête de l'une des plus belles collections de la ville, prenait appui sur un charmant déambulateur, un homme au bronzage parfait qui devait avoir la moitié de son âge.

Ellie ne se sentait vraiment pas dans son élément. Toutes les femmes arboraient des robes de grand couturier et des bijoux hors de prix alors qu'elle avait une robe prêt-à-porter noire agrémentée d'un gilet de cachemire noué autour des épaules avec, pour seuls ornements, les petites boucles d'oreilles en diamant léguées par sa grand-mère. Mais personne ne les remarquerait dans ce salon où l'éclat des parures l'aveuglait.

La jeune femme s'enfonça un peu plus dans la maison. Le champagne coulait à flots ; des magnums de Cristal, à plusieurs centaines de dollars la bouteille, trônaient sur les tables ; un plat colossal de caviar était niché entre les ailes d'un cygne sculpté dans la glace. Un quintette floridien égrenait les notes de ses instruments à cordes dans le fumoir et le photographe d'un magazine people demandait aux dames de marquer un léger déhanchement, la jambe en avant, le visage figé en un sourire dévoilant une rangée de perles blanches. Tout cela, bien sûr, au nom de la charité.

Ellie aperçut Vern Lawson, le chef de la police de Palm Beach. Équipé d'une oreillette, il se tenait debout à l'écart de la foule, s'étonnant sans doute de la voir à cet endroit. Elle compta au moins cinq armoires à glace affublées d'un smoking et postées devant les murs, les bras derrière le dos. Stratton avait probablement engagé tous les officiers de Palm Beach en repos ce soir-là pour assurer la sécurité de sa somptueuse réception.

Un petit cortège se bousculait dans le couloir, en direction du salon. Elle suivit le flot, curieuse de découvrir la raison de tant d'agitation.

Soudain, elle s'immobilisa, bouche bée.

Elle se tenait devant l'*Intérieur au violon* de Matisse, l'une des œuvres cubistes les plus populaires de l'artiste. Si la jeune femme, qui avait déjà vu la toile au MoMA de New York, savait qu'elle avait été cédée à un particulier, elle n'en ressentit pas moins une vive exaspération en retrouvant ce tableau sur le mur de Stratton. Voilà pourquoi il l'avait invitée. Ce fumier voulait étaler sa richesse en affichant sa toute dernière acquisition.

— Je vois que vous avez trouvé le Matisse, agent Shurtleff, déclara une voix hautaine dans son dos.

Ellie se tourna vers Stratton, vêtu d'une chemise col Mao sous un blazer de cachemire. Chaque pore de son visage dégageait une insupportable suffisance.

— Ce n'est pas si mal en si peu de temps… Certes pas aussi explosif que le Picasso, mais un collectionneur doit habiller ses murs, quitte à payer beaucoup trop cher.

— Il est magnifique, se contenta-t-elle de répondre, tout de même impressionnée par l'œuvre.

— Mais ce n'est pas tout…

Stratton la conduisit par le bras jusqu'à un groupe en admiration devant un Rauschenberg. Ce tableau devait coûter dix millions à lui seul. Enfin, sur les marches menant au grand salon, deux fabuleux dessins du Greco reposaient sur des chevalets en bois. Ellie reconnut aussitôt des études de l'*Ouverture du cinquième sceau de l'Apocalypse*. Des chefs-d'œuvre, il fallait l'admettre.

— La personne qui vous conseille en matière d'art a parcouru du chemin, remarqua-t-elle en jetant un regard alentour.

— Heureux d'avoir votre approbation, sourit Stratton, visiblement très content de lui. Je vois que vous vous êtes mise sur votre trente-et-un. Venez, prenez donc une coupe de champagne. Il doit bien y avoir dans le coin le neveu d'un homme riche et célèbre qui trouvera votre métier très intéressant.

— Merci, mais pas ce soir. Je travaille, rétorqua Ellie avec une moue dédaigneuse.

— Vous travaillez ? répéta Stratton d'un air amusé. De quoi vous distinguer de tout le reste des invités ! Laissez-moi deviner… Vous pensez que ce Ned Kelly est parmi nous, c'est ça ?

— Kelly… Non, répondit Ellie avant de le scruter du regard. Mais je me demandais si le nom d'Earl Anson vous disait quelque chose.

— Anson ?

Stratton haussa les épaules, puis prit une longue inspiration pensive.

— Est-ce que ce devrait être le cas ?

— C'est l'homme qu'on a retrouvé mort avec le frère de Kelly, à Boston. Un truand de la région. Je me suis dit que vous pourriez le connaître.

— Et pour quelle raison ? demanda Stratton, saluant de la tête une connaissance postée à l'autre bout de la pièce.

— Parce que ce qu'il cherchait à Boston, c'étaient vos trois tableaux.

Stratton adressa un signe de la main à sa femme qui, à l'entrée du salon, accueillait les invités dans une robe découvrant ses épaules. Une Prada sans doute. Liz sourit à la vue d'Ellie.

— Quatre, ne l'oubliez pas, la corrigea Stratton sans même la regarder. Il y a quatre toiles. Vous semblez toujours oublier le Gaume.

— Un innocent est mort, monsieur Stratton. Un étudiant en droit, continua Ellie.

— Ça fera un avocat de moins, l'interrompit-il en riant aux éclats à sa mauvaise blague. J'ai bien peur d'avoir d'autres invités à voir, maintenant.

— Et Tess McAuliffe ? lança Ellie en le rattrapant par le coude. Est-ce que je me trompe aussi à son sujet ?

Les traits de Stratton se figèrent.

— Je sais que vous la fréquentiez, reprit Ellie avec un regard accusateur. Je peux prouver que vous êtes allé au Brazilian Court, que vous aviez une liaison avec elle.

Le regard de Stratton se durcit.

— Je crois que nous devrions aller boire ce champagne, maintenant, décréta-t-il. Allons sur la terrasse.

54

Peut-être n'aurait-elle pas dû le provoquer ainsi. Elle savait qu'elle était allée trop loin, mais elle avait éprouvé un réel plaisir à voir son sourire hautain s'effacer lorsqu'elle avait prononcé ces mots.

Stratton l'entraîna vers d'immenses baies vitrées donnant sur une gigantesque terrasse, avec vue imprenable sur l'océan. Avant qu'elle puisse protester, il enfonça ses doigts dans la chair de son bras.

— Ne me touchez pas, monsieur Stratton.

Ellie tenta de se dégager sans provoquer de scandale, ce qui ne manquerait pas d'arriver si elle le mettait à terre devant ses invités.

— J'ai pensé que vous aimeriez voir les marbres Fratesi, déclara Stratton lorsqu'ils croisèrent un couple prenant l'air sur la terrasse. Je les ai fait venir d'une villa des environs de Rome, XVIIe siècle.

— Je suis un agent fédéral, le mit en garde Ellie. XXIe siècle.

— Une petite pute fédérale, voilà ce que vous êtes, cracha Stratton en la poussant dans un coin retiré du belvédère.

Ellie chercha du regard la présence d'une personne qu'elle pourrait appeler si les choses tournaient mal.

Les premiers accords d'un orchestre s'élevaient à l'intérieur de la maison. Si cette altercation parvenait jusqu'aux oreilles de Moretti, elle pourrait dire adieu à son boulot.

— On dirait que notre petite conversation de l'autre jour n'a pas suffi.

Stratton la poussa au bord de la terrasse, jusqu'à une corniche en roche naturelle.

— Vous êtes une jolie petite fille, Ellie, mais vous savez combien les jolies petites filles doivent être prudentes de nos jours. Même lorsqu'elles sont du FBI.

— Je vous conseille d'arrêter ça, le coupa-t-elle avec un mouvement de recul. Vous menacez un agent fédéral !

— Menacer ? Mais je n'ai menacé personne, agent Shurtleff. C'est vous qui me menacez. Tess est une affaire privée. J'aimais sauter cette petite pute, ça vous va ? Je ne sais pas comment elle est morte et ça ne m'intéresse pas. Mais si je peux me permettre de vous donner un petit conseil : la plage peut être un endroit dangereux pour les jolies petites filles comme vous, surtout si elles pratiquent le kayak. Enfin, je ne vous apprends rien. On ne sait jamais ce qui peut arriver dans les brisants.

— Je vais prouver qu'il existe un lien entre vous et Earl Anson, lui lança Ellie avec un regard furieux.

Son gilet tomba et Stratton, qui la tenait toujours par le bras, esquissa un rictus obscène, attardant son regard sur ses épaules dénudées et les formes que laissait deviner sa robe.

— Vous devez être mignonne en combinaison. Je ne serais pas mécontent d'en voir un peu plus.

55

Que se passait-il ?

Je me trouvais sur la jetée au pied de la résidence de Stratton lorsque je vis cette scène se dérouler sous mes yeux. Je ne sais pas vraiment ce que je faisais là. Peut-être voulais-je voir l'endroit où tout avait commencé, où Mickey, Bobby et Barney s'étaient fait doubler, sans pour autant trouver de réponse à toutes les questions qui se bousculaient dans mon esprit. Ou peut-être ne supportais-je tout simplement pas l'idée que Stratton s'amuse alors que ma vie s'effondrait.

Peut-être encore n'était-ce qu'une vieille habitude. Il me semblait avoir été spectateur de ce genre de mascarade depuis que j'étais né.

C'est alors que je vis un homme en blazer bleu marine traîner une fille sur la terrasse, à une cinquantaine de mètres de moi. Il se pressa contre son dos près d'un parapet de pierre. *Merde, Ned, tu touches le fond*, pensai-je, pensant assister à un peep-show de riches désœuvrés en manque de plaisirs sensuels à la belle étoile.

Soudain, je reconnus la femme : Ellie.

Je m'approchai pour vérifier qu'il s'agissait bien d'elle. Elle était accompagnée de Dennis Stratton, dont j'avais vu la photographie dans les journaux. Je m'étais trompé sur toute la ligne, il n'y avait rien d'amoureux dans leurs gestes et leurs paroles. Il la tenait par le bras et échangeait avec elle des mots durs. Ellie essayait de se libérer de son étreinte.

Je m'avançai un peu plus, m'abritant derrière un mur de pierre. Je pouvais distinguer leurs voix. Ils parlaient de Tess, d'une affaire privée. Avais-je bien entendu ? Quel rapport existait-il entre Tess et Stratton ?

— Je vais vous pincer pour fraude et meurtre ! s'écria Ellie.

J'en avais assez entendu. Je voulus m'éclipser avant d'attirer l'attention mais ce fumier commença à menacer Ellie, qui tenta de nouveau de s'échapper.

— Vous me faites mal !

Après avoir escaladé une digue en béton et m'être hissé sur la corniche bordant la terrasse, je me laissai tomber sur les dalles à quelques mètres d'eux.

Tout se déroula ensuite très vite. J'agrippai Stratton par l'épaule et l'envoyai à terre d'une droite puissante. Il s'effondra sur le marbre.

— Tu veux poser tes sales pattes sur quelqu'un ? l'apostrophai-je. Alors viens, viens !

Stratton leva les yeux vers moi, comme s'il sortait d'un rêve.

— Qui êtes-vous ?

Lorsque je me retournai vers Ellie, je restai paralysé de surprise. Elle était ravissante, maquillée, avec sa jolie robe noire révélant ses épaules et ses deux petits diamants aux oreilles. Abasourdie, elle me regardait bouche bée, mais eut toutefois l'heureux réflexe de ne pas prononcer mon nom.

Elle se reprit et me saisit par le bras.

— Je me demandais où tu étais. Partons d'ici.

Puis, jetant un dernier regard à Stratton, qui se remettait difficilement sur ses pieds :

— J'ai beaucoup aimé votre petite fête, Dennis. Je reviendrai bientôt, vous pouvez compter sur moi.

56

— Qu'est-ce qui vous a pris, Ned ? me questionna Ellie tandis que nous nous éloignions à grandes enjambées de la maison de Stratton. Vous auriez pu vous faire prendre !

— Je croyais que c'était ce que vous vouliez, répondis-je.

Nous passâmes devant les gardiens de parking postés au portail puis je la suivis en direction de la plage. Je m'attendais à la voir s'immobiliser, sortir son revolver et me passer les menottes sur-le-champ lorsque je me souvins de la conversation que j'avais surprise.

— Vous pensez que c'est Stratton, n'est-ce pas ? l'interrogeai-je, un peu confus.

Comme elle gardait le silence, je m'arrêtai.

— Vous avez dit que vous alliez le coincer pour meurtre et fraude. Vous pensez que c'est lui ?

— Avez-vous une voiture, Ned ? demanda-t-elle en ignorant ma question.

— Si on veut, lui répliquai-je, penaud.

— Alors, allez la chercher. Maintenant. Nous serons mieux à Delray.

Je cillai, éberlué. Au lieu de m'appréhender, elle se contenta de me lancer un regard impatient.

— Vous connaissez le chemin, non ?

Je répondis par l'affirmative et commençai à descendre la rue, un grand sourire éclairant mon visage.

— Vous me croyez, n'est-ce pas ? criai-je en me retournant.

Ellie s'arrêta devant une voiture bleu marine.

— Vous me croyez ! répétai-je.

Elle ouvrit la portière du véhicule.

— C'était complètement stupide, Ned, mais merci quand même pour ce que vous avez fait.

Je m'interrogeai sur les intentions d'Ellie tout au long du voyage jusqu'à Delray. Le paranoïaque que j'étais devenu s'attendait à tomber nez à nez avec un barrage routier à chaque virage. Il suffisait au jeune agent de m'écrouer pour s'assurer une place au soleil pour le restant de sa carrière.

Je ne rencontrai toutefois aucune voiture de police et personne ne bondit sur moi lorsque je me garai au coin de sa rue, près de la plage.

Lorsqu'elle ouvrit la porte, Ellie s'était déjà changée et démaquillée. Sans ses boucles d'oreilles en diamant, simplement vêtue d'un jean, d'un tee-shirt blanc et d'un petit sweat-shirt rose, elle m'apparut toutefois aussi belle que quelques minutes auparavant.

— Mettons les choses au clair dès maintenant, lança-t-elle avant de me laisser entrer. Vous allez finir en prison. Vous êtes impliqué dans un cambriolage, Ned, que vous ayez tué ces gens ou pas. Je vais vous aider à retrouver le type qui a assassiné vos amis et, ensuite, vous vous rendrez. OK ? C'est clair ?

— C'est clair, répondis-je. Mais je dois savoir une chose. Stratton et vous, sur la terrasse… Vous avez parlé de Tess.

— Je suis désolée que vous ayez entendu ça, Ned.

S'asseyant sur un tabouret devant le bar de la cuisine, elle haussa les épaules.

— Stratton et elle se voyaient. Ils étaient amants.

Ces mots me firent l'effet d'une gifle.

Tess et Dennis Stratton. Je sentis un grand vide envahir ma poitrine. Je m'étais sans doute fait des illusions en imaginant qu'un homme comme moi pouvait plaire à Tess. Mais Stratton ! Je me laissai tomber sur le canapé.

— Pendant longtemps ?

— Jusqu'à sa mort, il me semble, répondit Ellie en avalant difficilement sa salive. Je crois qu'il est passé la voir après vous.

Une terrible rage succéda à mon abattement.

— Et les inspecteurs le savent, hein ? Ils le savent mais me recherchent quand même !

— On dirait que personne ne veut voir Stratton derrière les barreaux. Sauf moi.

Soudain, les choses m'apparurent dans toute leur clarté. La conversation que j'avais surprise sur la terrasse de Stratton, la raison pour laquelle Ellie ne m'avait pas arrêté et m'avait fait venir jusqu'à son domicile.

— Vous pensez que c'est lui, n'est-ce pas ? Vous pensez qu'il a comploté ce coup monté, que c'est lui Gachet...

Ellie vint s'asseoir sur la table basse devant moi.

— Ce que je me demande, Ned, c'est qui a volé les toiles de Stratton si ce ne sont pas vos amis.

Un sourire se dessina sur mes lèvres. J'avais l'impression d'être débarrassé du poids terrible qui m'écrasait depuis cette effroyable nuit. Un instant, j'eus envie de prendre la main d'Ellie, de l'enlacer. Mais la réalité me rattrapa aussitôt.

— Pourquoi Tess ?

Ellie secoua la tête.

— Je ne le sais pas encore. Comment vous êtes-vous rencontrés ?

— Sur la plage, près de l'endroit où je travaille.

Je fouillai dans mes souvenirs. C'était moi qui lui avais adressé la parole. Pouvait-elle être dans le coup ? Non, c'était inimaginable.

— Pourquoi Stratton voudrait-il voler ses propres toiles ?

— Pour l'assurance peut-être, mais on ne peut pas dire qu'il ait besoin d'argent. Peut-être pour couvrir autre chose.

— Mais, dans ce cas, où se trouvaient les toiles lorsque Mickey et les autres sont entrés dans la maison ?

Une lueur traversa les yeux d'Ellie.

— Quelqu'un a dû les devancer.

— Qui ? Tess ? Impossible, déclarai-je avec un geste catégorique de la tête.

Toutefois, une question me tourmentait. Un élément ne cadrait pas avec la théorie d'Ellie. Je levai les yeux vers elle.

— Mais si Stratton a organisé son propre cambriolage, s'il a les toiles, pourquoi aurait-il envoyé un de ses hommes tuer Dave ? Pourquoi me cherche-t-il encore ?

Nos yeux se croisèrent lorsque la réponse s'imposa à nous : Stratton n'avait pas les tableaux. Lui aussi avait été victime d'un coup monté.

57

Je fus frappé par un sinistre pressentiment. Cette découverte ne présageait rien de bon.

— Écoutez, Ellie, intervins-je, je n'ai pas été totalement franc avec vous.

Elle fronça les sourcils.

— Oh non, qu'y a-t-il encore ?

Je déglutis péniblement.

— Je crois connaître quelqu'un qui est impliqué dans tout ça.

— OK. Et quand comptiez-vous me le dire, Ned ? Un autre ami d'enfance, je suppose ?

— Non, répondis-je en secouant la tête. En fait, c'est… mon père.

La surprise se peignit sur le visage d'Ellie, qui cligna des yeux plusieurs fois, s'efforçant de rester calme.

— Votre père. Je sais qu'il a un casier, mais comment peut-il tremper dans sept meurtres ?

— Je crois qu'il sait qui est Gachet, répondis-je après m'être éclairci la voix.

— Oh, bougonna Ellie avec un regard déconcerté. Un petit détail en effet ! N'auriez-vous pas pu me parler de ça plus tôt ? *Avant* que je foute ma carrière en l'air en vous invitant chez moi, par exemple.

Après lui avoir expliqué que Mickey ne se lançait jamais dans un coup sans l'aval de mon père, je rapportai à Ellie la conversation que j'avais eue avec ce dernier à Fenway Park.

— Votre père savait-il que vous alliez rendre visite à Dave ? me questionna-t-elle, les yeux écarquillés.

— Non, tranchai-je sans l'ombre d'une hésitation.

Cette pensée était trop terrifiante, même s'agissant de mon escroc de père.

— Vous savez que nous allons devoir l'arrêter avec de telles révélations.

— Ça ne servira à rien. Le vieux est un professionnel, Ellie. Il a passé un quart de sa vie en taule. Sans compter qu'il n'y a rien de concret contre lui. Et puis, il est presque grabataire et mourra bientôt d'une maladie des reins. Il ne négociera pas. Non, il est même prêt à faire porter le chapeau à son propre fils. De toute façon, il ne les aurait jamais tués. Il aimait Mickey comme un fils. Maintenant, il en a perdu deux à cause de ses conneries. Sans parler de moi.

Mon visage s'assombrit au souvenir du corps inerte de Dave. À ma grande surprise, Ellie posa sa main sur la mienne.

— Je suis désolée pour votre frère. Vraiment.

J'enroulai mes doigts autour des siens puis, plongeant dans son regard, forçai un sourire.

— Vous savez que je n'ai pas ces toiles, n'est-ce pas ? Vous savez que je n'ai tué ni Mickey, ni Tess, ni Dave.

— Oui, acquiesça Ellie. Je le sais.

J'eus l'impression que la roue tournait enfin pour moi, perdu dans les doux yeux bleus de cette femme admirable dont j'avais découvert la force de caractère chez Stratton. Son charme n'avait d'égal que son courage. Pour me défendre, moi, Ned Kelly, elle était prête à s'opposer à un homme aussi éminent que Stratton et courir des risques insensés. Sa présence à mes côtés m'apportait un réconfort inimaginable.

— Ellie ?

— Quoi encore ? murmura-t-elle.

— Ne m'arrêtez pas pour ça.

Caressant doucement sa joue, je posai un tendre baiser sur ses lèvres.

58

Je m'attendais à voir Ellie bondir de fureur et me repousser en hurlant. Au contraire, elle leva le menton et entrouvrit la bouche pour faire danser sa langue, douce et chaude, autour de la mienne. Sans que ni l'un ni l'autre ayons le temps de nous remettre de notre surprise, je passai mes bras autour de sa taille et l'attirai contre moi, jusqu'à sentir son cœur cogner contre ma poitrine. Cette étreinte me consuma.

Soucieux de sa réaction, je retins mon souffle lorsque la distance se creusa entre nos lèvres. Je lui effleurai le visage pour dégager une mèche de cheveux de ses yeux.

Elle cligna légèrement des paupières, comme si elle n'arrivait pas à réaliser ce qui venait de se produire.

— C'est impossible, Ned.

— Je sais, je suis désolé, Ellie. C'est que… C'était tellement bon d'entendre que tu me crois. Et tu étais si belle sur cette terrasse. Je me suis laissé emporter.

— Pas ça, corrigea-t-elle en esquissant un sourire. Il n'y a rien à redire à ça. Je pensais à Stratton. Il s'est acheté des toiles sublimes. S'il a organisé ce cambriolage pour toucher les assurances, pourquoi insiste-t-il pour que je retrouve au plus vite les tableaux volés ? Il a ce qu'il voulait.

— Peut-être qu'il veut quand même les récupérer. Tu sais, le beurre et l'argent du beurre.

— Écoute, reprit-elle, concentrée. Il ne faut pas accorder trop d'importance à ce qui vient de se passer. Disons que c'était une sorte de poignée de main, pour sceller notre nouvel accord de travail.

Je la serrai un peu plus contre moi.

— J'espérais que nous pourrions directement passer à la forme contractuelle.

— Désolée, soupira-t-elle. Je suis peut-être vieux jeu, mais tu es recherché par la police et je suis un agent du FBI. En outre, nous avons beaucoup de travail.

Elle se dégagea de mon étreinte avec une force surprenante pour sa stature.

— Il faut que tu partes. J'espère que tu ne le prendras pas mal si je te demande de passer par la porte de derrière.

— Non, fis-je en riant, je commence à avoir l'habitude.

Je fis glisser la porte de la véranda, puis lui lançai un dernier regard, me demandant si ce baiser était une erreur ou s'il y en aurait d'autres. Je mesurais tous les risques qu'elle prenait pour moi. Lorsque nos yeux se trouvèrent, je lui souris.

— Pourquoi fais-tu ça, Ellie ?

— Je ne sais pas. L'envie de boxer, peut-être.

— Boxer ?

— Je t'expliquerai plus tard. Ça va aller ?

Je hochai la tête.

— Quoi qu'il en soit, je dois te remercier.

— Je te l'ai déjà dit, juste une poignée de main, insista-t-elle avec un clin d'œil.

— Pas pour ça. Je te remercie de croire en moi, rectifiai-je. Il y a longtemps que personne ne l'a fait.

59

Recroquevillé sur le siège avant de sa Ford noire, à une quinzaine de mètres de la maison d'Ellie Shurtleff, il commençait à s'impatienter. Il se faisait trop âgé pour ce genre de mission, d'autant que les voitures modernes étaient bien trop exiguës pour sa taille. Il songea avec nostalgie au bon vieux temps, lorsque les Cougar ou les Grand Am permettaient aux passagers comme au conducteur d'étendre leurs jambes.

Il vit alors quelqu'un quitter le domicile du jeune agent par-derrière. *Tiens, tiens,* pensa-t-il en saisissant l'appareil Nikon posé sur ses genoux, *un peu d'action.*

Il fixa des yeux la silhouette qui avançait dans la rue. Ned Kelly ! Pas de doute, c'était bien lui. Son doigt s'agita frénétiquement sur le bouton de l'appareil. Son cœur battait au rythme des clichés qu'il prenait.

Il était censé garder un œil sur la petite Ellie, rien de plus. Jamais il n'aurait espéré pareille aubaine. Il suivit Kelly du regard, puis pointa le zoom de l'appareil sur lui.

Il savait évidemment que ce pauvre type était innocent. La fille du FBI semblait d'ailleurs en penser autant, à moins qu'elle ne soit de mèche avec lui.

Que devait-il faire ? Il lui suffisait de rattraper Kelly et de l'arrêter pour faire la une de *USA Today*. Oui, mais il devrait alors expliquer ce qu'il faisait en planque devant le domicile d'un agent fédéral.

Il zooma un peu plus pour prendre Ned Kelly en train de grimper dans un tas de ferraille, puis réalisa un gros plan sur la plaque d'immatriculation de Caroline du Nord. Pour finir, il pointa une dernière fois son objectif sur le visage du sauveteur. Le gaillard ne semblait pas trop marqué par sa cavale.

Oh, tu as du courage, poupée, reconnut l'homme au volant. Le monde entier était lancé à sa recherche et où se trouvait Ned Kelly ? Chez un agent fédéral !

Il reposa son appareil et regarda la voiture de Kelly disparaître en faisant jouer un petit paquet d'allumettes dans sa main droite. *Petite mais gonflée*, pensa-t-il avec un hochement de tête appréciatif.

60

Minuit sonnait lorsque je regagnai le magasin de motos de Champion, où je fus surpris de trouver la lumière allumée. Sa Ducati était garée près d'une benne.

— Longue nuit ? questionna une voix lorsque je passai la porte du garage.

Les pieds sur le comptoir, Champion se balançait sur sa chaise, sa sempiternelle bouteille de bière à la main. Les yeux rivés sur le téléviseur, il regardait une interview de Nicole Kidman par Jay Leno.

— Nuit patriotique ? lançai-je en prenant place à côté de lui.

— Elle est australienne, mec, et moi néo-zélandais, rétorqua Geoff avec irritation. Je ne te demande pas les résultats de curling d'hier sous prétexte que tu es né près de la frontière canadienne.

— Un point pour toi, reconnus-je en faisant tinter contre la sienne la bouteille de bière qu'il m'avait placée entre les mains.

J'inclinai ma chaise vers l'arrière pour poser mes pieds à côté des siens sur le comptoir.

— Alors, comment s'est passée ta soirée, mec ? Des poules en vue ?

— Une, répondis-je.

Peu intéressé par ma réponse, Geoff pointa le menton vers Nicole Kidman.

— Ces grues, je les ai jamais trouvées très commodes. Avec ces grandes jambes qui s'emmêlent partout… J'ai connu une nana…

— Champion, l'interrompis-je. Je te raconte ma soirée ou pas ?

Il posa les quatre pieds de sa chaise sur le sol pour me regarder droit dans les yeux.

— Je voulais d'abord souligner l'excellent choix que tu as fait en m'engageant. La nana dont je voulais te parler est un véritable oiseau de nuit. Deux fois par semaine, elle travaille comme réceptionniste. Au Brazilian Court.

J'ôtai mes pieds du comptoir, soutenant le regard de Geoff.

— Je t'écoute.

— Déjà, mec, il va falloir accepter que ta jolie copine australienne t'ait caché quelques petites choses.

— Je crois que j'ai passé ce cap.

Il pivota pour se placer face à moi, les avant-bras posés sur les genoux.

— Apparemment, elle recevait pas mal de visites dans sa chambre. Et des gros bonnets ! Le nom de Stratton, ça te dit quelque chose, Neddie ?

— Ce n'est pas un scoop, soupirai-je, déçu. Dennis Stratton voyait Tess. Je le sais déjà.

— T'es encore loin de la vérité, répliqua Geoff avec un mouvement incrédule de la tête. Je ne parle pas du vieux, mec. Je parle de Liz Stratton. Sa femme.

Champion inclina de nouveau sa chaise, puis but une

petite gorgée de bière, satisfait de l'étonnement qu'il lisait sur mon visage.

— Alors, Neddie ? Avoue que je suis doué pour ce genre de mission !

61

Depuis que j'avais quitté la suite Bogart du Brazilian Court, pensant embrasser une nouvelle vie pleine de bonheur, j'avais encaissé un certain nombre de chocs. Mais celui-ci était inattendu. Quelle pouvait bien être la relation entre la femme de Stratton et Tess ?

Ellie et moi étions convenus d'un code pour que je puisse la joindre au bureau en cas d'urgence. Dès le lendemain matin, je composai son numéro et me présentai au standard sous le nom de Steve, comme Steve McQueen. Je racontai à Ellie tout ce que Champion m'avait révélé.

— Je crois que nous devons avoir une petite conversation avec Liz Stratton, Ellie.

— D'abord, rectifia-t-elle, je crois que nous devons découvrir qui est réellement Liz Stratton.

J'avais un dernier tour dans ma manche, un atout que je n'avais pas encore joué jusqu'ici, attendant le moment opportun.

— J'ai peut-être un moyen.

— Toi, tu ne fais rien, décréta Ellie. Reste loin de tout ça, je te préviendrai dès que j'aurai du nouveau. Compris, Steve ?

Je me comportai donc en bon fugitif et passai la journée terré dans la petite chambre au-dessus du garage de Geoff, à me nourrir de lasagnes réchauffées au four à micro-ondes, de polars de John D. MacDonald et de flashes d'informations. Le lendemain me réserva le même sort. Ellie ne répondit pas à mes appels et j'eus l'impression d'être entré dans la peau d'Anne Frank. À la différence que ce n'était pas les Allemands qui étaient à mes trousses, mais le FBI. Sans compter que je n'étais pas protégé par la famille d'un médecin mais par un pilote de moto déjanté qui, en guise de mélodies de Brahms, écoutait à fond U2 en faisant tourner le moteur de sa Ducati.

En milieu d'après-midi, Geoff frappa des coups sourds sous mes pieds.

— Briefing, cria-t-il d'en bas. On arrive. Tenue correcte exigée, mec !

J'interprétai aussitôt ses paroles comme le traditionnel appel à la bière du goûter, pour laquelle un tee-shirt et un caleçon suffisaient amplement.

Mais, lorsque j'ouvris la porte, je découvris Ellie, suivie de Geoff souriant de toutes ses dents.

— Je tiens à te remercier pour ta discrétion, mec. Pour n'avoir révélé à personne, *sauf au FBI de mes deux*, que je te planque.

— J'imagine que vous avez déjà fait connaissance, déclarai-je en poussant la porte d'un coup de pied.

Je m'empressai ensuite de passer un jean.

Ellie promena son regard sur le capharnaüm du cagibi et finit par trouver un endroit où s'asseoir, parmi les boîtes de pièces de rechange, les catalogues de moto éparpillés dans toute la pièce et le lit de camp défait dans lequel j'avais dormi.

— Jolie chambre.

— Merci, répondit Geoff en envoyant valser du pied une boîte de jantes. Je l'utilise assez souvent. Je dois reconnaître, poursuivit Champion avec un hochement approbatif de la tête à mon adresse, que quand tu as dit agent fédéral, Neddie, je ne m'attendais pas vraiment à voir Jodie Foster.

Vêtue d'un tailleur noir et d'un tee-shirt rose, Ellie était effectivement ravissante, bien que pas vraiment souriante.

— Qu'as-tu trouvé à propos de Mme Stratton ?

— Pas grand-chose, expliqua-t-elle en prenant une bière et en la pointant vers Geoff en signe de remerciement. Elle est irréprochable. Son nom de jeune fille est O'Callahan, elle est issue d'une vieille famille floridienne aussi discrète qu'influente, essentiellement composée d'avocats et de juges. Elle a étudié à l'université Vanderbilt et travaillé pendant quelque temps dans le cabinet de papa avant d'épouser Stratton, il y a environ dix ans. C'est visiblement elle qui lui a donné accès aux cercles qui ont financé la plupart de ses affaires.

— Nous devons lui parler, Ellie.

— J'ai bien essayé, soupira-t-elle. Je voulais l'interroger sans trop attirer l'attention de mes supérieurs mais je me suis heurtée à l'avocat de la famille. Ce ne sera qu'en présence de Stratton et, même ainsi, qu'après lui avoir soumis ma liste de questions.

— Bon sang, cette pouffe est aussi surveillée qu'une nonne dans une usine de capotes, lança Geoff avant d'avaler une gorgée de bière.

— Mignon, remarqua Ellie en fronçant le nez. Stratton ne la lâche pas d'une semelle. Elle ne peut même pas sortir déjeuner sans ses gardes du corps. Je n'ai pas assez d'éléments pour la convoquer pour un interrogatoire.

— Mais, Ellie, tu es du FBI !

— Qu'est-ce que tu voudrais que je fasse, que je fasse

remonter l'affaire jusqu'à mon chef ? Ce qu'il nous faut, c'est quelqu'un de son cercle, une de ses connaissances. Et je n'ai aucun contact pour ça.

Il me restait encore ma dernière carte à jouer. Mon atout. Je fis rouler ma bouteille de bière entre mes mains.

— Je crois que j'ai une solution.

62

Comment savoir si ceux qui prétendent être des amis le sont réellement ? Le temps m'a appris que de nombreuses barrières se dressent sur le chemin de l'amitié. Les riches se rangent généralement du côté des riches, envers et contre leurs sentiments. Comme l'a déclaré Lord Palmerston, il n'y a ni amis ni ennemis permanents, que des intérêts permanents. Or, pour connaître ces intérêts, il fallait mettre à l'épreuve l'amitié.

Le matin suivant, je composai un numéro avec la nervosité d'un adolescent qui s'apprête à inviter une fille pour la première fois.

Ma bouche s'asséchа lorsque j'entendis sa voix à l'autre bout du fil.

— C'est moi, Neddie.

Je me tus après ces quatre syllabes, dans l'expectative. Un silence inquiétant envahit la ligne. Si je m'étais trompé, mon erreur risquait de nous coûter très cher.

— Eh bien, on peut dire que tu as touché le fond, pour un garçon de piscine, soupira finalement Sollie.

Sa remarque ne m'arracha aucun sourire, il ne l'avait d'ailleurs pas prononcée dans cette intention. C'était sa manière à lui d'aborder des sujets sérieux.

— Te souviens-tu de ce que tu as dit quand je suis parti, Sollie ? Qu'un homme ne prenait pas la fuite au beau milieu de la nuit, que tout problème avait sa solution. Peut-être aurais-je dû t'écouter. Je suis conscient de la tournure que les choses ont prise, maintenant. Mais je dois savoir si tu penses encore ce que tu m'as dit cette nuit-là.

— Je ne t'ai jamais dénoncé, fiston, si c'est ce que tu veux savoir. J'ai dit que je dormais quand tu as quitté la maison.

— C'est gentil, répondis-je. Merci.

— Pas la peine de me remercier, rétorqua-t-il avec spontanéité. Je connais la nature humaine, petit, et je sais que tu n'as rien à voir dans ces meurtres.

Une seconde, j'éloignai ma bouche du combiné pour me libérer du nœud qui enserrait ma gorge.

— C'est la vérité, Sollie, mais j'ai besoin d'aide pour le prouver. Est-ce que je peux compter sur toi ?

— Si tu penses le contraire, écoute ça : je suis passé par où tu passes, et j'ai appris que la seule chose qui peut t'éviter de finir tes jours en prison est la qualité de tes amis. As-tu des amis de qualité, Neddie ?

— Je ne sais pas, répondis-je, la bouche sèche. À toi de me le dire.

Je crus l'entendre contenir un petit rire.

— En ce qui me concerne, affirma Sol Roth avant de marquer une pause, tu peux t'attendre à de la grande qualité.

63

— Vas-tu finir par me dire qui nous attend ici ?

Geoff gara sa moto dans le parking en face de St Edward's Church et coupa le contact.

Nous avions rendez-vous chez Green's, une cafétéria située au nord de County Road, dans un quartier qui plongeait le visiteur dans une pittoresque quiétude des temps passés. Pendant le mandat de JFK, lorsque la Maison-Blanche prenait ses quartiers d'hiver à Palm Beach, le président et tout Washington avaient l'habitude de guincher jusqu'à l'heure de la messe du matin à St Edward, où ils se rendaient, encore en smoking, avant de terminer les festivités chez Green's pour leur traditionnelle dose de café et de familiarités avec les serveuses.

L'homme que nous retrouvions était installé dans son box habituel, sous la fenêtre du coin de la salle. Avec son col en V sur sa chemise de golf, sa casquette Kangol posée à côté de lui, ses fins cheveux blancs bien plaqués et ses lunettes braquées sur le *Wall Street Journal*, il ressemblait plus à un comptable à la retraite vérifiant les cours de la Bourse qu'à mon sauveur.

— Alors, qui cherche-t-on ? demanda Champion en balayant la pièce du regard. Tu as frappé à ma porte parce que j'étais quelqu'un de fiable, non ? Tu peux me le dire.

— Je t'ai dit de me faire confiance, Champion.

J'avançai d'un pas régulier jusqu'à la table. Il but une gorgée de café, puis plia son journal en un carré parfait.

— Tu ne m'as donc pas dénoncé, lançai-je avec un sourire reconnaissant.

Il leva les yeux vers moi.

— Ç'aurait été stupide, tu me dois encore deux cents dollars de nos parties de gin.

Nos lèvres se détendirent en un large sourire et nous échangeâmes une poignée de main.

— Ça fait plaisir de te voir, fiston, constata Sol en penchant la tête pour mieux observer mon nouveau look. Il faut que la situation soit extrêmement grave pour que tu te sois séparé de tes cheveux blonds.

— J'avais besoin d'un peu de changement.

— Assieds-toi.

Il déplaça sa casquette et jeta un regard en direction de Geoff.

— C'est l'ami dont tu m'as parlé ? me questionna-t-il en louchant sur la chevelure orangée.

— Ça vous ennuierait de me mettre au parfum ? s'impatienta Champion, les yeux ronds, incapable de comprendre la scène.

Je lui adressai un large sourire.

— Voilà de quoi renforcer les troupes, Champion. Je te présente Sollie Roth.

64

Geoff posa des yeux stupéfaits sur le vieil homme.

— Sol Roth ! Le Sol Roth de l'hippodrome de Palm Beach Downs, des courses de lévriers et de ce Gulf Craft de trente mètres de long amarré dans la marina ?

— Quarante-deux mètres, pour être précis, répondit Sol. Et aussi le club de polo, le centre commercial de City Square et American Reinsurance, si vous voulez tout mon curriculum. Qui êtes-vous ? Mon nouveau biographe ?

— Geoff Hunter, rétorqua Champion en s'asseyant en face de Sol, main tendue et bouche bée. Tour lancé, record de vitesse de la Superpole sur 1 000 cm^3. 346 kilomètres/heure annoncés. 357 s'ils avaient eu les yeux en face des trous. Le nez dans le guidon, le cul en l'air, comme on dit.

— Qui dit ça, fiston ? demanda Sollie, qui rendit à Geoff sa poignée de main avec un enthousiasme modéré.

Une serveuse arborant un tee-shirt des Simpsons s'arrêta devant la table.

— Qu'est-ce que je vous sers, les gars ? Monsieur Roth ?

Je baissai aussitôt les yeux, m'efforçant de me faire le plus discret possible. Deux autres tables la réclamèrent.

— Maintenant, vous comprenez pourquoi je bois, monsieur Roth, lança-t-elle, les yeux levés au ciel.

Je commandai des œufs brouillés avec un peu de cheddar. Champion s'offrit une omelette élaborée agrémentée de poivrons, de pickles, de fromage et de tortillas et accompagnée de pancakes et de frites. Quant à Sollie, il se contenta d'un œuf à la coque et de toasts de pain complet.

Nous discutâmes quelques minutes à voix basse. Après m'avoir assuré que j'avais pris la bonne décision en lui téléphonant, Sol me demanda des détails sur ma cavale.

— Ces gens ne font pas de cadeaux, Ned, remarqua-t-il lorsque je lui racontai la mort de mon frère.

Nos petits déjeuners furent servis. Sollie regarda Champion piocher dans son épaisse omelette.

— Ça fait trente ans que je viens ici et je n'ai jamais vu quelqu'un commander ça. C'est bon ?

— Allez-y, goûtez, monsieur Roth, répondit Geoff en poussant son assiette au milieu de la table. Ce serait un honneur.

— Non merci, j'aimerais autant être encore en vie cet après-midi.

Je posai ma fourchette et me rapprochai de lui.

— Alors, as-tu avancé dans tes recherches, Sol ?

— Un peu, convint-il avec un haussement d'épaules.

Il trempa son toast dans l'œuf coulant.

— Mais ce que j'ai à dire ne va pas te faire plaisir, fiston. Je sais que tu avais le béguin pour cette fille. Je me suis renseigné auprès de mes sources. J'ai bien peur que tu ne sois loin de la vérité, Neddie. Dennis Stratton n'utilisait pas Tess, c'était plutôt l'inverse.

— L'inverse ? Comment ça ? questionnai-je.

Sollie but une gorgée de café.

— Liz était en fait derrière tout ça. C'est elle qui a orchestré l'aventure de son mari avec Tess. Elle tirait toutes les ficelles. Elle avait même versé un acompte à la fille.

Je sourcillai, incrédule.

— Mais pourquoi aurait-elle fait ça ?

— Pour le discréditer, expliqua Sollie en ajoutant un soupçon de crème dans sa tasse. Tout le monde sait que le couple Stratton se cache derrière des apparences trompeuses. Ça fait longtemps que Liz se serait fait la malle si elle n'était pas sous son emprise. Presque tout l'argent est à son nom à lui. Elle voulait le discréditer et récupérer jusqu'à son dernier sou.

— Tu sais, j'ai entendu parler de ces putains qui… tenta Geoff en avalant une bouchée d'omelette.

Mais je l'interrompis.

— Qu'est-ce que tu veux dire, Sollie ? Que Tess était payée pour ça ? Que c'était une sorte d'actrice ?

— Un peu plus que ça, fiston.

Sol sortit une feuille de papier pliée en quatre de la poche de son pull-over.

— C'était une professionnelle, Ned.

Il me mit entre les mains un fax en provenance d'Australie : la copie d'un rapport d'arrestation de la police de Sydney. Je la reconnus sur-le-champ, même si, avec ses cheveux tirés en arrière et ses yeux baissés, elle était très différente de la Tess que j'avais rencontrée. Le rapport indiquait qu'elle se nommait Marty Miller. Elle avait été arrêtée à plusieurs reprises pour trafic de médicaments sous ordonnance et prostitution dans Kong Cross.

Sidéré, je m'enfonçai dans la banquette.

— C'était une prostituée de luxe, Ned. On n'avait rien sur elle ici parce qu'elle était australienne.

— De Nouvelle-Galles du Sud, murmurai-je au souvenir de notre discussion sur la plage.

— Et voilà, grommela Geoff en me prenant la feuille des mains. C'était une Australienne, ça ne m'étonne pas.

Une prostituée ! Payée pour baiser Dennis Stratton, engagée pour accomplir une mission bien précise. Mon sang pulsait dans mes veines. Et dire que je pensais ne pas la mériter !

— Il a tout découvert et l'a fait liquider, déclarai-je, dents serrées.

— Les gens qui travaillent pour Stratton sont capables de tout, affirma Sol.

Je hochai la tête, un peu plus convaincu des soupçons qu'Ellie avait émis au sujet de Lawson, ce flic de Palm Beach qui papillonnait autour de Stratton.

— C'est pour ça que la police traîne des pieds. Elle sait qu'il existe un lien entre Tess et Stratton. Ils sont tous à sa botte, n'est-ce pas ?

— Si tu veux le voir avec les menottes, Neddie, déclara Sollie sans tergiverser, moi aussi j'ai quelques personnes à ma botte.

Je remerciai Sollie d'un sourire, puis reportai le regard sur le rapport de police pour contempler le beau visage de Tess. Comme moi, elle avait voulu croire à une bonne étoile. Le souvenir de ses yeux, brillant d'une insondable lueur d'espoir, s'imprima dans mon esprit. Elle aussi avait cru que la roue tournait.

Je te vengerai, Tess, promis-je silencieusement, les yeux rivés sur le portrait.

Puis je déposai la feuille sur la table.

— Marty Miller, souris-je. Je ne connaissais même pas son nom.

65

Peu après 17 heures, Dennis Stratton quitta son bureau situé dans un des immeubles financiers longeant Royal Palm Way. Lorsque sa Bentley Azure sortit du parking, je fis démarrer ma vieille Impala.

Je ne pourrais pas expliquer les raisons qui me poussaient à le prendre en filature, mais les informations fournies par Sollie avaient semé en moi les graines de la colère. Sans compter que la scène sur la terrasse avec Ellie m'avait offert un bel aperçu des manières du personnage. J'imagine que je voulais juste me tenir au courant de ses magouilles.

Le feu passa au vert et la Bentley s'élança tout droit en direction du pont menant à West Palm. Je la suivis à quelques mètres de distance, constatant que son conducteur était occupé à converser au téléphone. Même s'il me remarquait, il y avait peu de risques qu'il s'alerte à la vue d'un pauvre type dans un vieux tacot.

Sur 45th Street, il s'arrêta chez Rachel's, un grill où la clientèle pouvait dévorer un savoureux chateaubriand devant le spectacle d'appétissantes strip-teaseuses. Le videur le salua comme un habitué. Cette escale ne me surprenait guère de la part d'un type dont la classe ne tenait qu'à son palace et ses tableaux de maître.

Je me garai dans le parking d'un magasin de meubles. Cinquante minutes plus tard, je fus tenté de regagner ma planque chez Geoff, mais ma patience fut récompensée. Moins d'une demi-heure après, Stratton sortit du restaurant en compagnie d'un autre homme. Habillé d'un pantalon vert citron et d'un blazer bleu, sans aucun doute la couleur de son sang, ce quinquagénaire au teint vermillon et aux cheveux blancs semblait être l'un des descendants directs des premiers colons débarqués du *Mayflower*. Les deux milliardaires riaient comme des hyènes.

Ils montèrent tous les deux dans la Bentley, dont ils abaissèrent le toit avant d'allumer un cigare. Je démarrai derrière eux, déterminé à suivre de près ce qui s'annonçait comme une folle virée de l'*upper class*. Ils se dirigèrent vers Belvedere, passèrent l'aéroport et entrèrent dans le Palm Beach Kennel Club, où le parking n'était réservé qu'aux VIP.

Il faut croire que c'était une journée plutôt calme car, si le gardien leva les yeux au ciel avec une grimace de dégoût à l'apparition de ma voiture, il ne dédaigna pas mes vingt dollars et me donna sans broncher un passe d'accès au club. Je vis Stratton et son copain disparaître dans un ascenseur menant aux tribunes d'honneur.

Je m'assis à une table à l'autre bout de la salle entièrement vitrée et commandai un sandwich et une bière. De temps à autre, j'allais au guichet placer quelques petits paris. Stratton, quant à lui, semblait dans son élément. D'humeur loquace, il parlait fort entre deux bouffées de cigare et tirait des centaines de dollars d'une grosse liasse à chaque course de lévriers.

Un nouvel arrivant rejoignit les deux milliardaires à leur table : un gros chauve dont le pantalon était soutenu par des bretelles. Les trois hommes continuèrent à enchaîner les paris en buvant des litres de champagne. Plus ils perdaient, plus ils riaient, allongeant les pourboires.

Vers 22 heures, Stratton passa un appel sur son téléphone portable puis ils se levèrent tous. Après avoir signé la note, sans doute de quelques milliers de dollars, il glissa ses bras autour des épaules de ses compères et quitta l'étage.

Je payai l'addition en toute hâte pour ne pas les perdre de vue. Installés dans la Bentley décapotée, ils tiraient toujours sur leur cigare.

Ils regagnèrent ensuite Palm Beach en zigzaguant puis entrèrent dans la marina.

On s'éclate, hein, les gars ?

Un gardien actionna une barrière pour les laisser passer. Je ne pouvais plus les suivre. La curiosité me poussa cependant à garer ma voiture dans une rue adjacente et à traverser le pont à pied. Je m'approchai de la balustrade. Plus loin, un vieil homme noir pêchait en silence. L'endroit m'offrait une vue d'ensemble de la marina.

Stratton et ses amis déambulèrent sur les quais jusqu'à l'avant-dernier point d'ancrage et grimpèrent à bord d'un vaste yacht d'un blanc immaculé baptisé *Mirabel*. Stratton se comportait comme le propriétaire de ce petit bijou, saluant l'équipage et faisant visiter les lieux aux autres hommes. Des plateaux de nourriture et de boisson circulaient. Les trois milliardaires s'amusaient comme des fous, aidés par l'alcool, les cigares et la conviction d'être les maîtres du monde.

À quelques mètres de moi, le vieux pêcheur émit un sifflement admiratif.

Trois créatures aux mensurations de mannequin et aux jambes interminables longeaient les quais sur leurs talons aiguilles, en direction du *Mirabel*. Elles venaient sans doute tout droit de chez Rachel's.

Stratton paraissait assez intime avec l'une d'entre elles, une blonde en robe rouge très courte. Le bras autour de sa taille, il présenta les deux autres à ses amis. Les coupes passèrent de main en main tandis que les couples se formaient. Le chauve ventripotent esquissa quelques pas de danse avec une rousse très mince vêtue d'un tee-shirt ultracourt et d'une jupe en jean.

Sur l'une des banquettes, Stratton couvrait Robe Rouge de baisers et de caresses. Elle enroula une longue jambe autour de lui. Il se leva alors, la prit par le bras, saisit une bouteille de champagne de sa main libre et disparut dans la cabine, non sans adresser une dernière blague à ses amis.

— Quel spectacle ! fis-je remarquer au pêcheur.

— C'est souvent comme ça, la nuit, répondit-il. Ça mord bien à ce moment-là.

66

— Où as-tu trouvé ça ?

Ellie, qui était assise à la table de sa cuisine, se leva d'un bond à la vue du rapport de police concernant Tess.

— Je ne peux pas te le dire, mais ça vient de quelqu'un d'influent, précisai-je avec la drôle d'impression de jouer un mauvais mélodrame.

— D'influent ? répéta-t-elle avec incrédulité. Ça n'a rien à voir avec l'influence, Ned. La police ne possède même pas cette information. Je risque tout en m'impliquant dans cette affaire et toi, tu ne veux même pas m'indiquer tes sources !

— Si ça peut te rassurer, me défendis-je, un peu embarrassé, je ne lui ai rien dit non plus à ton sujet.

— Oh, génial ! Voilà qui arrange tout ! répondit-elle avec un rire ironique. J'ai toujours su que c'était un coup monté mais, maintenant, je n'ai pas la moindre idée de son instigateur.

Elle réfléchit un instant.

— Si Liz a comploté ça contre son mari…

— Elle pourrait avoir organisé le vol des tableaux, complétai-je pour elle. J'y ai pensé aussi.

Ellie se rassit, partagée entre la stupéfaction et la satisfaction d'obtenir un nouvel éclairage sur l'affaire.

— Nous serions-nous trompés sur toute la ligne à propos de Stratton ?

— Admettons que ce soit elle. Pourquoi ferait-elle assassiner mes amis ? Pourquoi tuer Dave ?

— Non, trancha Ellie avec un mouvement catégorique de la tête. C'est Stratton, j'en suis sûre. On l'a doublé. Et il a cru que c'était toi qui étais à l'origine de tout ça.

— Mais alors, qui est Gachet, Ellie ? Liz ?

— Je ne sais pas.

Elle saisit un bloc de papier pour y griffonner quelques notes.

— Tenons-nous-en aux informations que nous possédons. Nous savons que Stratton a joué un rôle dans le meurtre de Tess. Il a dû découvrir la supercherie, auquel cas il y a de fortes chances qu'il ait appris que sa femme était derrière tout ça.

— Voilà pourquoi elle ne peut pas sortir sans gardes du corps, ricanai-je. Ils ne sont pas là tant pour la protéger que pour la surveiller.

Ellie croisa ses jambes en tailleur, puis attrapa le rapport d'arrestation.

— J'imagine que nous pouvons toujours apporter ça aux policiers de Palm Beach. Qui sait ce qu'ils en feront ?

— La personne qui me l'a donné ne l'a pas fait pour que nous l'apportions à la police.

— D'accord. Et pourquoi te l'a-t-elle donné, alors ? demanda Ellie d'une voix irritée. Je t'écoute. Que voulait-elle que tu fasses avec ça ?

— M'innocenter.

— T'innocenter, hein ? Et qui peut t'innocenter, Ned ? Toi et moi ?

— Cette femme court un grand danger, Ellie. Si on pouvait lui parler… Elle peut sûrement nous aider à prouver le lien entre Stratton et Tess, peut-être même sait-elle quelque chose sur les toiles. Ça suffirait à prouver mon innocence, non ?

— Et que comptes-tu faire ? La kidnapper ? Je te l'ai déjà dit, j'ai essayé…

— Tu as essayé par tes propres moyens. Écoute, continuai-je en me retournant pour lui faire face, ne me demande pas d'où je tiens cette information, mais je sais que Liz Stratton déjeune tous les jeudis au Ta-Boó, sur Worth Avenue. C'est après-demain.

— Qui t'a dit ça ? me questionna Ellie, une pointe de colère dans les yeux.

— Ne me le demande pas, répétai-je en lui prenant la main. Je te l'ai dit, quelqu'un d'influent.

Je cherchai son regard. Je mesurais tous les risques qu'elle avait déjà pris pour moi, mais cette information pouvait me sauver. Liz Stratton détenait sans doute la clé de l'énigme.

Un sourire résigné se dessina sur ses lèvres.

— Cette connaissance a-t-elle assez d'influence pour me sortir de la cellule voisine de la tienne quand je me ferai pincer par mes supérieurs ?

Je lui adressai un sourire reconnaissant en lui serrant la main.

— Tu sais, Ned, ça ne résout quand même pas le petit problème des gorilles de Stratton. Ils sont toujours avec elle. Et tu ne peux pas vraiment faire une apparition en public au Ta-Boó.

— Non, c'est vrai, acquiesçai-je. Mais je connais l'homme de la situation.

67

— De quoi j'ai l'air ?

Geoff composa son plus beau sourire de séducteur, faisant glisser sur son nez des lunettes de soleil Oakley.

— Je crois que je suis assez présentable pour un vieux singe de la jungle néo-zélandaise couvert de cambouis.

Le bar du Ta-Boó était rempli de la population la plus branchée de Palm Beach : des blondes à perte de vue, affublées de pulls de cachemire pastel et de sacs Hermès, et des hommes, cachés derrière des lunettes de soleil, chaussés de mocassins Stubbs & Wootton, pull Trillion noué autour des épaules. Tous picoraient dans de grandes assiettes des morceaux de crabe ou de la salade César. Le gratin de Palm Beach, tout droit débarqué des grandes propriétés d'Ocean Drive.

— Tu n'as rien à envier à George Hamilton, remarqua Ellie en observant la pièce par-dessus l'épaule de Champion.

Assise à une table en coin de salle, Liz Stratton déjeunait avec trois amies. Ses deux gardes du corps étaient accoudés au bar, un œil sur elle et l'autre louchant sur une grande blonde tout juste arrivée en Lamborghini.

— Laissez-moi profiter un peu de la vue avant de

passer à l'action. C'est pas de sitôt que je serai de nouveau invité à Palm Beach.

Ellie sirotait un Perrier agrémenté d'une rondelle de citron vert, l'estomac noué, se reprochant la folie qu'elle commettait en restant dans cette salle. Jusqu'à maintenant, elle pouvait toujours prétendre accomplir son travail. Mais, dans quelques minutes, si les choses tournaient mal, elle tomberait pour complicité. Et encore s'estimerait-elle heureuse si les accusations s'arrêtaient là.

Il leur fallait juste réussir à attirer Liz Stratton à l'extérieur en retenant les gorilles dans le restaurant. Ned attendait derrière l'établissement au volant de la voiture. Avec un peu de chance, loin de ses tortionnaires, Liz se montrerait aussi contente de parler qu'eux de l'écouter.

— Hey, lança Geoff, le cou tendu vers le bar, en donnant un petit coup de coude à Ellie. Dis-moi que c'est pas Rod Stewart, là-bas ?

— Ce n'est pas Rod Stewart. Mais je crois que je viens de voir Tommy Lee Jones.

Un serveur vint leur demander s'ils étaient prêts à commander.

— Ce sera du crabe pour moi.

Geoff ferma le menu à la manière des habitués et Ellie commanda une salade de poulet. Une oreillette et un micro sous son chemisier lui permettaient de communiquer avec Ned. Ils devaient juste attendre le moment opportun pour passer à l'action.

Quelques minutes s'écoulèrent avant que le serveur leur apporte leur plat. Soudain, Liz Stratton se leva en compagnie d'une amie et se dirigea vers les toilettes.

— Maintenant, Ned, murmura Ellie dans le micro.

Elle lança un regard vers le bar.

— Champion, couvre-moi.

— C'est bien le moment. Ça a l'air délicieux, protesta Geoff en bavant devant ses pinces de crabe tout juste servies.

Ellie quitta la table et s'élança derrière Liz, qu'elle intercepta dans le fond du restaurant. La jeune femme sourcilla lorsqu'elle reconnut l'agent fédéral, qui se pencha vers elle comme pour l'embrasser.

— Vous savez qui je suis, madame Stratton. Nous sommes au courant de votre relation avec Tess McAuliffe. Nous aimerions vous parler. Il y a une sortie de secours juste en face, une voiture nous attend dehors. Nous pouvons faire ça sans accroc si vous coopérez.

— Tess ? balbutia Liz en jetant un regard vers ses gardes. Non, c'est impossible…

— Si, c'est possible, madame. C'est ça ou vous tomberez pour extorsion et complicité de meurtre. Ne vous retournez pas et suivez-moi jusqu'à la porte.

Liz Stratton resta immobile, hésitante.

— Croyez-moi, madame Stratton, personne ne veut que vous endossiez tout ça.

Elle répondit d'un geste sec de la nuque.

— Suz, vas-y sans moi, prévint-elle son amie. Je te rejoins dans une seconde.

Ellie glissa son bras autour des épaules de Liz pour l'inviter à avancer.

— Ned, on sort.

L'un des gros bras de Stratton se redressa et scruta la salle, cherchant à comprendre ce qui se passait.

Ellie poussa Liz dehors en priant pour que Geoff

fasse ce qu'il avait à faire. *Maintenant, Champion, à toi de jouer !*

Geoff s'approcha du bar, bloquant la route des deux hommes.

— Salut, les gars. L'un d'entre vous sait-il où je peux trouver un billet pour le concert de Britney Spears au Kravis ? Enfin, je crois que c'est au Kravis…

— Dégage, gronda le gorille au catogan en essayant de le pousser.

— Dégage ? répéta Geoff, les yeux écarquillés de surprise.

Il balaya les deux jambes du garde du corps, qui s'écroula sur le sol.

— Je prends ma Britney très au sérieux, figure-toi, et je n'aime pas qu'on la fasse passer pour une petite pute bon marché.

Il attrapa le deuxième garde par le bras et le précipita contre le bar. Un plateau valsa dans un fracas de verre brisé.

Une jolie barmaid châtain, dont le badge indiquait qu'elle se nommait Cindy, cria :

— Hé, arrêtez ça !

Elle adressa un regard à son collègue.

— Andy ! J'ai besoin d'aide ici. Bobby ! Michael !

Dans l'intervalle, Catogan avait sorti un revolver de la poche intérieure de sa veste.

— Cela dit, mec, je dois admettre qu'une fille qui fourre sa langue dans la bouche de Madonna sous les yeux du monde entier est tout de même une belle salope, reprit Geoff en reculant, les mains en l'air.

Il renversa un tabouret de bar sur les gorilles stupéfaits et se précipita vers la porte d'entrée.

— C'est bien toi ! lança-t-il en entrant en collision avec Rod Stewart au bar. J'ai adoré ton dernier album, mec. Très romantique. Je savais pas que t'avais cette fibre en toi.

68

— Je vous présente Ned Kelly, annonça Ellie en poussant Liz Stratton sur la banquette arrière de sa voiture de fonction.

Liz fixa le conducteur, sous le choc.

— Il est innocent, madame Stratton. Mais on l'accuse de meurtres qui, selon nous, ont été perpétrés par votre mari.

Je me retournai pour regarder Liz Stratton droit dans les yeux. Elle ne semblait ni outragée ni courroucée. Juste apeurée.

— Il va me tuer, déclara Liz. Regardez-moi, je n'en peux plus, il me terrifie.

— Nous allons le mettre sous les verrous, madame Stratton, assura Ellie en s'installant à l'arrière à côté d'elle. Mais, pour cela, nous avons besoin de votre aide.

Dès que j'entendis la portière claquer, je mis le turbo et contournai le pâté de maisons pour m'arrêter dans une rue latérale.

Ellie se positionna face à Liz Stratton. L'heure de vérité avait sonné. Ce que cette femme allait révéler dans les prochaines minutes pouvait me sauver ou me condamner.

— Nous savons que vous avez engagé Marty Miller, connue sous le nom de Tess McAuliffe, pour qu'elle ait une liaison avec votre mari.

Liz déglutit péniblement.

— Oui, c'est vrai, admit-elle, consciente de la nécessité d'abandonner tout faux-semblant.

Cette vérité semblait autant la réjouir que la bouleverser. Ses yeux brillaient de larmes contenues.

— Je sais aussi qu'il l'a appris et qu'il l'a fait assassiner. Je sais que c'était mal, horriblement mal, mais mon mari est un monstre. Il ne me laisse aller nulle part sans ses gorilles.

— Je peux faire en sorte que cela cesse, intervint Ellie, une main sur l'épaule de sa voisine. J'ai de quoi prouver qu'il est lié au crime du Brazilian Court. Il me faut juste la preuve qu'il a découvert votre petit manège.

— Oh, il le savait très bien, rétorqua Liz Stratton avec une grimace. Il a mené une enquête sur Tess et a découvert un transfert d'argent de mon compte bancaire à un compte qu'elle détenait sous son vrai nom. Il m'en a parlé deux jours avant le vol des tableaux.

Liz dégagea le col de son pull-over pour découvrir deux larges hématomes à la base de son cou.

— Est-ce que ça vous suffit comme preuve ?

Incapable de patienter davantage, je me retournai sur mon siège. Cette femme en savait assez pour changer le cours de mon destin.

— Je vous en prie, madame Stratton, dites-nous qui a volé les tableaux. Celui qui a fait ça a assassiné mes amis et mon frère. Qui est Gachet ?

Elle posa sa main sur mon bras.

— Monsieur Kelly, je vous promets que je n'ai rien à voir avec ce qui est arrivé à votre frère et aux autres.

Mais ça ne m'étonnerait pas que ce soit Dennis. Il aime ses toiles plus que tout et serait capable de n'importe quoi pour les retrouver.

J'adressai un regard surpris à Ellie, qui ne cacha pas son étonnement. Si Dennis Stratton n'avait pas volé ses propres tableaux, qui était le coupable ?

— Quelqu'un l'a doublé, madame Stratton. Peut-être savez-vous qui. Qui a volé ces tableaux ? Qui est derrière tout ça ? Est-ce vous ?

— Moi ?

La bouche de Liz se tordit en un sourire amusé.

— Vous voulez savoir quel genre de connard est mon mari ? Eh bien, vous n'allez pas être déçus. Les tableaux n'ont pas été volés.

Une lueur de vengeance embrasa ses yeux.

— Une seule toile a disparu.

69

Une seule toile. Ellie et moi la regardions avec de grands yeux, perplexes.

— Que dites-vous ?

Soudain, un bruit de moteur gronda à nos oreilles. Couché sur sa Ducati, Champion fonçait droit sur nous. Il pila au niveau de la Crown Victoria dans un crissement de pneus.

— C'est l'heure de mettre les voiles, mon pote. Commando spécial sur nos talons, à environ une rue d'ici.

J'aperçus en effet une Mercedes noire s'engager au coin de la rue et accélérer dans notre direction.

— C'est moi qu'ils cherchent, s'empressa de déclarer Liz avec un regard vers Ellie. Vous ne savez pas de quoi sont capables ces terreurs. Ils sont prêts à tout pour mon mari.

Puis elle se retourna vers moi.

— Vous devez partir !

Elle ouvrit la portière, sortit de la voiture et recula de quelques pas.

— Voilà ce que je vais faire. Venez à la maison, vers 16 heures. Dennis sera là. Nous pourrons parier.

— Liz, attendez ! appela Ellie en la suivant. Je croyais qu'il manquait quatre toiles. Pourquoi une seule ?

— Réfléchissez, agent Shurtleff, sourit liz Stratton tandis qu'elle s'éloignait. C'est vous l'expert en art. D'après vous, pourquoi se fait-il appeler Gachet ?

La Mercedes noire vira en direction de Liz, puis ralentit.

— À la maison, insista-t-elle avec un sourire contraint. À 16 heures.

Deux hommes bondirent hors du véhicule et l'attrapèrent pour la pousser sans ménagement sur la banquette arrière, nous adressant au passage un regard noir. L'idée de la laisser seule aux mains de ces truands ne me réjouissait pas mais nous n'avions pas le choix.

— Ohé, Neddie ! appela Champion en faisant vrombir le moteur de sa Ducati. Je crois que les problèmes ne font que commencer.

Au bout de la rue apparut un énorme 4×4 Hummer noir de la taille d'un corbillard, venant droit sur nous sans aucune intention de freiner.

— Ned, pars d'ici, m'ordonna Ellie en m'éjectant de la voiture. C'est *toi* qu'ils veulent !

Je lui serrai la main.

— Je reste avec toi.

— Que crois-tu qu'ils puissent me faire ? Je suis du FBI. Mais il ne faut pas qu'ils me voient avec toi. Allez !

— Ned, magne-toi, me pressa Geoff dans un grondement mécanique.

J'abandonnai la Crown Victoria et grimpai sur la selle de la Ducati. Ellie m'adressa un petit signe.

— Je t'appelle dès que possible, lui lançai-je.

— T'inquiète pas pour elle, mec, me conseilla Champion. Inquiète-toi plutôt pour nous.

Je m'agrippai à sa taille.

— Pourquoi ?

— Tu es déjà monté dans un F-15 ?

— Non.

Je jetai un regard en arrière. Le Hummer mordait l'asphalte à une vitesse phénoménale. Dans moins de trois secondes, il écraserait la moto comme un misérable insecte.

— Moi non plus, repartit Champion en pressant l'accélérateur. Mais accroche-toi, je crois que ça fait cet effet-là.

70

La roue avant décolla du sol. Je me sentis projeté en arrière par une violente rafale et, dans ce qui me parut un éclair supersonique, la Ducati se propulsa sur le bitume.

J'avais l'impression d'être remorqué par un jet en plein décollage, les mains cramponnées au fil de la vie. Je me collai contre le dos de Geoff, persuadé qu'au moindre relâchement de mes muscles je me retrouverais catapulté sur le pavé comme une balle rebondissante.

Nous dévalâmes la rue vers le lac. Je risquai un regard derrière nous. Le 4×4 roulait toujours sur nos traces.

— Plus vite, ils arrivent ! hurlai-je à l'oreille de Geoff pour couvrir le rugissement de la moto.

— Tes désirs sont des ordres !

Le moteur de la Ducati explosa, m'expulsant vers l'arrière. Des rangées de maisons défilaient sous mes yeux à plus de 150 kilomètres/heure tandis que mon estomac éprouvé se contractait. Nous approchions d'un stop à toute allure : Cocoanut Row, la dernière intersection avant le lac. Nous ne pouvions quitter l'île que par le sud. Champion appuya légèrement sur le frein. Le Hummer dévorait toujours la route sur nos talons.

— Quelle direction ? me demanda Geoff avec un regard interrogateur.

— Il n'y en a qu'une. À droite !

Nous ne nous trouvions qu'à quelques blocs de la rue commerçante la plus chic de toute la Floride, un véritable repaire de flics.

— Ça, c'est ce que tu crois ! rétorqua Champion.

Je me sentis aspiré vers le sol et la Ducati glissa dans l'intersection, prenant un virage en épingle à gauche. La moto était presque couchée sur l'asphalte et mon genou frôlait le sol.

Je crois que j'avais déjà abandonné mon estomac quelques centaines de mètres plus tôt.

Geoff évita de justesse la collision avec une Lexus dans laquelle était entassée une famille de touristes aux yeux exorbités.

Nous nous retrouvâmes soudain à zigzaguer dans Cocoanut Row.

— Alors, tu la trouves pas théâtrale, notre sortie ? me questionna Geoff avec un sourire.

J'avais l'impression d'être passé par un saut périlleux d'une piste de ski à une autre, que nous remontions en sens inverse. J'observai les alentours, affolé à l'idée de croiser un uniforme, et soupirai de soulagement en constatant que la voie était libre. Je pivotai vers l'arrière. Le Hummer s'était arrêté dans un crissement de pneus à l'intersection. Son chauffeur n'avait pas le choix, il ne pouvait que tourner à droite. Mais je vis avec horreur la voiture noire virer à gauche et s'élancer à notre poursuite.

— Champion, criai-je en me collant au dos de mon ami. Ils sont toujours derrière nous !

— Putain, constata-t-il avec un mouvement réprobateur de la tête. Ces enfoirés n'ont aucun respect pour le code de la route.

La Ducati marqua un bond en avant lorsque Geoff pressa l'accélérateur. Nous approchions de la rue la plus passante de Palm Beach : Worth Avenue. Il ralentit imperceptiblement.

— J'en ai toujours rêvé.

Puis il relança le moteur.

Nous étions en train de remonter Worth Avenue. *Dans le sens inverse de la circulation.*

71

J'avais confié ma vie à un kamikaze.

Nous serpentions entre les véhicules arrivant dans la direction opposée. Malgré la vitesse, j'aperçus les touristes et les chalands nous montrer du doigt du trottoir, impressionnés par le spectacle. Tous les regards convergeaient vers la Ducati tandis que Geoff esquivait les voitures se trouvant sur notre passage. Je priais pour ne pas entendre de sirènes de police.

La moto fit un écart pour éviter un livreur en train de décharger un utilitaire et renversa un piédestal d'époque dans un bruit d'assiettes brisées. Puis nous passâmes devant les Galeries Phillips. Je me retournai sur la selle et sursautai en constatant que le 4×4 était parvenu à nous suivre dans le flot de voitures, klaxonnant avec rage tous les véhicules qui lui bloquaient la route pour qu'ils s'écartent. À croire que le conducteur était sûr de son immunité si une patrouille débarquait.

— Champion, il faut se tirer de là ! Sortons de cette rue !

— C'est ce que je me disais, convint-il.

Il prit un virage serré sur la droite et fila entre les grilles ouvertes du Country Club Poincietta. Un rapide regard en arrière me suffit à constater que le Hummer n'avait pas perdu notre piste, réussissant à franchir les obstacles dressés par la circulation.

Champion força sur l'accélérateur et la moto s'emballa en direction d'un parcours de golf. À travers une rangée d'arbustes, je distinguai des golfeurs sur le fairway. Le Hummer gagnait du terrain.

Je m'accrochai désespérément à la taille de Champion.

— Je suis à court d'idées, là.

— J'espère que tu aimes le golf, mec ?

— Quoi ?

— Attends !

La Ducati hoqueta, puis dessina un angle droit dans des gerbes d'étincelles avant de s'élancer à travers la haie, dont les branches nous fouettèrent le visage.

Nous étions sortis de la route pour nous retrouver au beau milieu d'un gazon fraîchement tondu.

À une dizaine de mètres, un type se préparait à envoyer la balle sur le green.

— Chaud devant ! cria Champion.

La Ducati fila sur le parcours sous l'œil horrifié de deux golfeurs en voiturette qui semblaient avoir été propulsés dans un cauchemar. Le mien, en l'occurrence.

— Dog leg légèrement sur la droite, commenta Geoff. J'opterais pour un fade si j'étais vous.

La Ducati traversa le fairway vert émeraude et prit de la vitesse devant les golfeurs déconcertés.

— Champion, t'es cinglé ou quoi ? hurlai-je.

Soudain, nous traversâmes d'autres charmilles pour nous retrouver dans un jardin privé, devant une magnifique piscine. En bikini, la propriétaire se prélassait sur une chaise longue au bord de l'eau, un livre sous les yeux.

— Désolés, s'excusa Geoff avec un salut de la main lorsque nous traversâmes la pelouse. On ne fait que passer, ne vous interrompez pas pour nous.

La baigneuse saisit aussitôt son téléphone portable. Je songeai avec amertume que le monstre métallique lancé sur notre piste deviendrait, dans moins de deux minutes, le cadet de nos soucis. La police de Palm Beach se précipiterait, elle aussi, sur nos traces. Si cette course-poursuite avait pris des allures de farce, elle allait vite virer à la tragédie.

Nous nous faufilâmes entre deux buissons et débarquâmes sur South County Road.

— Sauvés ! soupira Geoff avec un clin d'œil à mon adresse.

Le Hummer n'avait certes pas pu passer tous ces obstacles végétaux mais notre problème n'était pas résolu pour autant. L'île de Palm Beach étant parallèle à la côte, elle offrait peu d'échappatoires à des fuyards. Nous nous dirigions vers South Bridge, libérés de l'angoisse que nous inspirait, quelques minutes plus tôt, le grondement du moteur dans notre dos. Nous ne craignions plus rien, du moins jusqu'au pont, et je pris le temps de regarder les grandes propriétés, dont celle de Dennis Stratton, sur le bord de la route. Je commençais à respirer plus librement.

Jusqu'à ce que je regarde par-dessus mon épaule. Le Hummer nous avait rattrapés et, avec lui, la Mercedes noire. Cette fois, nous ne nous en sortirions pas vivants. Le sifflement strident d'un projectile m'effleura l'oreille. Puis un autre.

— Ils nous tirent dessus ! Mets la gomme !

— C'est parti, mon kiki !

La Ducati ricocha sur le bitume avant de fuser dans un tonnerre mécanique, les roues effleurant à peine le sol.

D'autres luxueuses demeures défilèrent sous mes yeux embués par la gifle du vent salé qui soufflait de l'océan. L'aiguille du compteur de vitesse atteignit les cent cinquante, cent soixante, cent quatre-vingts, deux cents… « Le nez dans le guidon, le cul en l'air. » La distance se creusa entre la Ducati et les deux voitures.

Nous approchions du bout de la ligne droite dessinée par la route. Après être passés devant Mar-A-Lago, la résidence de Trump, la moto se coucha dans un virage et le South Bridge apparut.

Je me retournai pour évaluer la distance nous séparant de nos poursuivants. Le Hummer se trouvait à une centaine de mètres. Bientôt, cette course ne serait qu'un mauvais souvenir.

Je fus soudain projeté en avant par un coup de frein brutal.

— Oh, merde, jura Geoff.

Je reportai mon regard sur la route, les yeux agrandis d'effroi.

Un yacht cheminait tranquillement en direction du pont dans un bourdonnement de moteur.

Le pont se levait.

72

Le hurlement métallique de la sonnerie accompagna la lente progression de la barrière de sécurité tandis qu'une file de voitures et de camionnettes de paysagistes se formait devant le pont.

Le Hummer se rapprochait de nous. Nous ne disposions que de quelques secondes pour trouver un moyen de sauver notre peau.

Geoff ralentit et se plaça dans l'une des rangées de voitures. Le Hummer l'imita sans empressement en constatant que nous étions bloqués, pris au piège.

Nous pouvions tenter de faire demi-tour et filer devant eux, mais ils n'auraient alors aucun mal à nous atteindre de leurs balles. Même si nous réussissions à les éviter en contournant toutes les voitures et à mettre le cap vers le sud, au-delà de Sloan's Curve, nous ne pourrions pas quitter l'île avant d'avoir passé Lake Worth, à des kilomètres de là.

— Ne bouge pas ! beuglai-je pour couvrir la toux du moteur. Je cherche une idée, Geoff.

Mais mon ami, lui, en avait déjà trouvé une.

— Accroche-toi ! m'ordonna-t-il en se retournant tout en faisant rugir la mécanique de son engin.

Mais yeux s'élargirent d'angoisse lorsque je compris ce qu'il avait derrière la tête.

— Tu es sûr de toi ?

— Pas le choix, mec, s'excusa-t-il avec un regard confus. C'est une première pour moi aussi.

Il déboîta et la grosse moto bondit vers l'avant, fonçant droit sur la barrière. Je sentis mon estomac remonter dans ma gorge. Un fossé se creusait entre les deux tabliers du pont. Tout d'abord d'un mètre, puis de deux, trois…

La moto s'élança sur la voie, dont la pente s'accentuait au fil des secondes.

— Surtout, couche-toi ! me cria Geoff.

Nous filâmes sur la rampe à plein régime, les flancs fouettés par la vitesse. Tapi derrière Geoff, priant pour notre salut, je ne cherchais même plus à mesurer l'espace qui nous séparait de l'autre côté du pont.

La moto quitta le bitume et s'éleva dans les airs, presque à la verticale. Combien de temps resta-t-elle dans cet état d'apesanteur ? Collé contre le dos de Geoff, je m'attendais à sentir les effets ravageurs d'une folle panique, puis la chute libre avant le crash final qui réduirait mon corps en bouillie.

Mais il n'y eut qu'une étrange fascination, l'extase du décollage, l'impression d'avoir des ailes et de quitter la terre ferme pour un long vol plané, l'oubli du poids des corps et le silence. Puis la voix de Geoff brisa le charme de ses accents réjouis.

— Ça va le faire !

J'ouvris les yeux juste à temps pour voir le pont progresser vers nous et la Ducati le dépasser, la roue avant en hauteur. Mon estomac bondit dans mon ventre lorsque je vis la moto piquer vers l'asphalte. Je m'imaginais déjà valdinguer lorsque Geoff perdrait le contrôle du véhicule, mais le pilote maîtrisa sa machine.

La moto ricocha sur la route puis Champion exerça une courte pression sur les freins et nous glissâmes en douceur le long de la pente formée par le tablier du pont. *Nous avions réussi !* Je n'en croyais pas mes yeux.

— Qu'est-ce que t'en dis ? demanda Geoff, des trémolos de fierté plein la voix.

Il immobilisa la Ducati devant la file de voitures patientant derrière les barrières fermées. Une conductrice au volant d'un monospace nous dévisagea avec des yeux ronds comme des soucoupes.

— D'accord, huit et demi pour la descente, peut-être. Mais l'atterrissage était parfait, lui. Ça mérite un dix.

Geoff se retourna pour m'adresser un sourire de vainqueur.

— C'était cool ! J'aimerais bien essayer de nuit, la prochaine fois.

73

Stationné en face du Ta-Boó, le conducteur de la voiture ocre avait suivi avec attention la scène qui se déroulait devant ses yeux. À son grand déplaisir.

La Mercedes s'était arrêtée dans un crissement de pneus et ses portières s'étaient ouvertes sur deux des hommes de Stratton, qui avaient traîné Liz jusqu'à la banquette arrière.

Son œil se plissa derrière le viseur de son appareil photo. *Clic, clic.*

Puis un Hummer, lui aussi occupé par des hommes à la solde du financier, s'était lancé à la poursuite de Ned Kelly et de cette espèce de cow-boy néo-zélandais avec sa moto de frimeur.

— Des gens dangereux, murmura-t-il pour lui-même en prenant un cliché de plus.

Mieux valait que ce petit flambeur sache conduire son engin à deux roues.

Les gorilles de Stratton étaient ensuite allés toucher deux mots à Ellie Shurtleff.

Ses doigts se crispèrent un instant sur la crosse de son revolver. Devait-il intervenir ? Une dispute éclata. Les brutes commençaient à devenir un peu trop agressifs à l'égard de l'agent fédéral, qui leur brandit son badge du FBI sous le nez. Ce petit bout de femme ne perdait pas la face.

Elle ne manquait pas de cran, il fallait bien reconnaître cette qualité à une fille qui avait monté toute cette mise en scène pour approcher Liz Stratton et pactisé avec le suspect de plusieurs meurtres.

— Du cran, gloussa-t-il, mais pas beaucoup de jugeote.

Il lui suffisait de faire parvenir un seul cliché aux fédéraux pour ruiner sa carrière. Et toute sa vie avec.

Les hommes de Stratton reculèrent de quelques pas. L'agent avait obtenu l'effet désiré en exhibant son insigne car ils finirent par regagner leur véhicule, de toute évidence très énervés. Puis ils lancèrent le moteur de la Mercedes et s'éloignèrent à toute allure dans la direction de l'autre voiture. Sa main relâcha le revolver. Il se félicitait de ne pas s'être interposé ; les choses devenaient de plus en plus intéressantes.

Peut-être devrait-il finalement envoyer ces photos. Après tout, Ned Kelly était recherché sur l'ensemble du territoire. Ellie Shurtleff prenait d'énormes risques. Et si elle était impliquée dans toute cette affaire ?

Il regarda le jeune agent s'éloigner au volant de sa voiture.

— Pas beaucoup de jugeote, maugréa-t-il en rangeant son appareil.

Ses doigts jouèrent avec une petite boîte d'allumettes.

— Mais du cran à revendre !

74

Il était environ 15 h 30 lorsque Ellie nous retrouva au garage de Champion. Heureux de la voir saine et sauve, je la serrai dans mes bras. L'intensité avec laquelle elle m'étreignit m'indiqua qu'elle s'était également inquiétée à mon sujet. Bientôt, nous lui avions relaté toute notre aventure.

— Vous êtes fous, déclara-t-elle avec un mouvement réprobateur à l'adresse de Geoff.

— Je ne sais pas, répondit-il avec un haussement d'épaules et une moue pensive. Selon moi, il est difficile de tracer la frontière entre la folie et l'irresponsabilité. De toute façon, je crois que c'était mieux que de se frotter aux types du Hummer. Étant donné la situation, je trouve qu'on s'en est plutôt bien tirés.

Mon regard fila vers l'horloge pendue au mur de l'atelier. L'heure tournait. Mon sort se jouerait dans les minutes à venir. Peut-être allions-nous enfin découvrir qui avait volé les toiles de Stratton, peut-être allais-je enfin pouvoir prouver mon innocence.

— Tu es prête à aller voir Liz ? Prête à coincer Dennis Stratton ? demandai-je à Ellie.

Je ne l'avais encore jamais vue dans un tel état de nervosité.

— Humm, répondit-elle.

Elle m'attrapa le bras, le visage fermé.

— Il faut juste que tu saches que Stratton ne sera pas le seul à tomber, aujourd'hui.

Elle ouvrit un pan de sa veste pour découvrir une paire de menottes pendue à sa ceinture.

Mon estomac se retourna. Ces derniers jours m'avaient donné une curieuse impression de liberté. Concentré sur l'énigme des crimes et la recherche de l'assassin, j'avais presque oublié qu'Ellie travaillait pour le FBI.

— Si tout se passe comme nous le voulons là-bas, tu devras te rendre, continua-t-elle avec le regard froid d'un représentant de la loi. Tu te souviens de notre marché, n'est-ce pas ?

Je lui rendis son regard, contenant l'amer désespoir qui s'emparait de moi.

— Bien sûr que je m'en souviens.

75

Un lourd silence pesait dans la voiture lorsque nous passâmes le pont de Royal Palm Way en direction de Palm Beach. L'estomac noué, j'avais conscience de vivre ma dernière heure de liberté, quelles que soient les surprises que nous réserverait notre visite à Stratton.

La ville baignait dans un calme inhabituel pour un jeudi après-midi de la mi-avril. Seuls quelques touristes et badauds se promenaient sur Worth Avenue, à la recherche de soldes de fin de saison. À un feu rouge, une septuagénaire aux cheveux blancs traversa la rue devant nous, emmitouflée dans son vison malgré la douceur du temps, son caniche sur les talons. J'échangeai un regard amusé avec Ellie, me raccrochant à n'importe quoi pour oublier le terrible sort qui m'attendait.

Nous nous engageâmes dans le chemin privé de Stratton, face à l'océan. Je sus sur-le-champ qu'il se produisait quelque chose d'anormal.

Deux véhicules de police barraient le passage, gyrophares allumés, et plusieurs autres voitures étaient stationnées devant le portail de la grande demeure.

Le rythme de mon cœur s'accéléra. Ce comité d'accueil avait sans doute été appelé en mon honneur. Liz m'avait attiré dans un guet-apens. Mais une ambulance ne tarda pas à pointer son nez.

— Planque-toi, me commanda Ellie en se retournant.

Je m'affalai sur la banquette arrière, le visage caché sous ma casquette. Ellie baissa sa vitre et montra son badge à un officier bloquant l'accès à la propriété.

— Que s'est-il passé ? le questionna-t-elle.

Le flic lança un regard rapide à son insigne.

— Deux cadavres ont été retrouvés dans la maison. Tous les deux tués par balle. Ça commence à faire beaucoup de meurtres à Palm Beach.

— Stratton ? demanda Ellie.

— Non, répondit l'agent en secouant la tête. Un garde du corps, d'après ce qu'on m'a dit, et la femme de M. Stratton.

Il s'écarta pour laisser passer la voiture d'Ellie. Gagné par la panique, je sentis tout mon sang me quitter.

Liz Stratton était morte. Et, avec elle, tout espoir d'établir la culpabilité de son mari. Nous ne pourrions jamais prouver qu'il avait découvert les manigances de son épouse. Pis encore, nous avions précipité la mort de la pauvre femme.

— Oh, mon Dieu, Ellie, elle est morte à cause de nous.

Je ressentais la même culpabilité que lorsque j'avais découvert le cadavre de mon frère.

Ellie engagea le véhicule dans la longue allée de galets menant à la maison. Trois autres voitures de patrouille et une deuxième ambulance se trouvaient devant la porte d'entrée, ouverte.

— Attends-moi là, m'ordonna Ellie en coupant le moteur. Promets-moi que tu ne vas pas t'enfuir, Ned.

— Je te le promets, je n'irai nulle part.

Ellie claqua la portière et courut jusqu'au perron. Resté seul, je reconnus le goût amer de la fatalité dans ma bouche. Je savais que je ne pouvais pas échapper à mon destin.

— Je te le promets, Ellie, répétai-je en saisissant la poignée de la portière. Je ne fuirai plus.

76

Stratton se trouvait dans la maison.

Ellie le repéra dès qu'elle entra dans le vestibule. Assis sur une chaise, il frottait son visage couleur cendre d'un geste nerveux. Ses traits reflétaient un indéfinissable choc. Carl Breen, l'inspecteur qu'Ellie avait rencontré dans la suite de Tess, était installé sur une chaise à côté du milliardaire. Non loin de là, Catogan, le gros bras à la peau variolée qui avait pris en chasse Ned et Champion, se tenait immobile, dominant la scène de son air suffisant.

— Je n'arrive pas à croire qu'elle en soit arrivée là, bredouilla Stratton. Ils avaient une liaison, elle me l'a avoué. Elle m'en voulait parce que je travaillais trop, que je la négligeais. Mais de là à…

Lorsque Ellie tourna les yeux vers la véranda, un vide douloureux se creusa dans son estomac. Elle reconnut un garde du corps tout en muscles qu'elle avait aperçu à la soirée de Stratton. Il gisait sur le dos, deux balles nichées dans la poitrine. Mais le spectacle offert par Liz Stratton se révélait bien plus abominable. Vêtue du tailleur-pantalon blanc qu'elle portait le midi, elle était affalée sur un tête-à-tête fleuri, un filet de sang s'écoulant de sa tempe. Vern Lawson était agenouillé près du corps.

En entrant dans la maison, Ellie avait discerné les paroles d'un officier. La police privilégiait la thèse du meurtre-suicide.

De qui se moquait-on ? L'agent fédéral sentait son sang pulser dans ses veines. Elle observa Lawson, Stratton, puis de nouveau Liz. *Quelle comédie !*

— Elle était bouleversée, continuait Stratton à l'attention de l'inspecteur Breen. Elle a fini par m'avouer sa liaison et m'a annoncé qu'elle allait rompre. Peut-être que Paul n'a pas voulu la laisser partir. Mais de là à… Mon Dieu, elle semblait si heureuse il y a encore quelques heures.

Stratton croisa le regard d'Ellie.

— Elle était allée déjeuner avec des amies.

La jeune femme ne put contenir sa rage plus longtemps.

— C'est vous qui vous l'avez tuée ! lança-t-elle à Stratton.

— Pardon ?

Il leva les yeux avec une mine étonnée.

— C'est un coup monté, poursuivit Ellie, bouillant de colère. Votre femme n'avait pas de liaison. La seule liaison dans votre couple était la vôtre, avec Tess McAuliffe. Liz nous a tout raconté, y compris qu'elle avait tout manigancé et que vous aviez découvert le pot aux roses. C'est vous qui avez commis ou, du moins, commandité ces meurtres, Stratton.

— *Non mais, vous entendez ça ?* hurla Stratton, aussitôt sur pieds. Vous entendez les accusations que porte à mon encontre ce petit agent merdeux spécialiste en art !

— J'étais avec elle il y a à peine deux heures, expliqua Ellie à l'adresse de Breen. Elle m'a tout raconté : la liaison qu'elle avait arrangée pour discréditer son mari et la façon dont il avait découvert son petit manège et organisé le vol de ses propres tableaux. Vérifiez donc au Brazilian Court, faites-y circuler sa photo. Vous verrez bien. Stratton était l'amant de Tess McAuliffe. Demandez-lui aussi ce que Liz insinuait lorsqu'elle a déclaré *qu'un seul* tableau avait été volé.

Toute la pièce plongea dans un profond silence. Breen posa son regard sur Stratton, qui détourna nerveusement les yeux.

— Peut-être Liz détenait-elle des informations au sujet des tableaux, intervint Lawson, un sachet en plastique contenant l'arme du crime dans la main. C'est un Beretta .32, le même revolver que celui utilisé pour le massacre de Lake Worth.

Le chef de la police regarda Breen. Stratton se rassit, abattu. Toute couleur avait quitté son visage.

— Ne me dites pas que vous y croyez ! s'exclama Ellie. Vous pensez que Liz Stratton a volé les toiles puis tué tous ces gens ?

— Elle ou son amant, corrigea Lawson avec un haussement d'épaules en plaçant le sachet sous ses yeux. Le labo nous le dira.

— Vous avez tout faux, tenta encore Ellie.

Du coin de l'œil, elle pouvait voir les lèvres de Stratton se contracter en un imperceptible rictus.

— Liz voulait nous voir pour tout nous expliquer. C'est pour cette raison qu'elle est morte.

— Vous parlez à la première personne du pluriel, agent spécial Shurtleff, remarqua Lawson. Pourriez-vous nous indiquer à qui vous faites référence ?

— À moi, articula une voix provenant de l'entrée.

Ils se retournèrent de concert.

Ned se trouvait sur le palier de la pièce.

77

— Mais… c'est Ned Kelly ! bafouilla Lawson, les yeux écarquillés.

Deux officiers de la police de Palm Beach m'attrapèrent pour me précipiter sur le sol carrelé. Je sentis un genou s'enfoncer dans le creux de mes reins tandis que mes bras étaient bloqués dans mon dos. Puis je reconnus la froide morsure des menottes sur mes poignets.

— Je me suis rendu à l'agent Shurtleff cet après-midi, déclarai-je, la joue collée sur le carrelage. Elle a rencontré Liz Stratton aujourd'hui. Elle s'apprêtait à témoigner contre son mari. Liz ne s'est pas plus suicidée que je n'ai assassiné Tess McAuliffe. L'agent Shurtleff est venue ici avec moi pour confronter les témoignages de Stratton et de son épouse avant de me conduire au poste de police.

Je levai des yeux résignés vers Ellie pendant qu'un des flics me fouillait. Elle me retourna un regard vide. *Pourquoi ?* semblait-elle demander. Les policiers me forcèrent à m'agenouiller, les mains garrottées dans le dos.

— Prévenez le central, aboya Lawson à l'adresse d'un jeune officier en civil. Le FBI aussi. Informez-les qu'on vient d'appréhender Ned Kelly.

Je fus conduit jusqu'à une voiture pie dans laquelle les agents m'enfournèrent sans un mot avant de claquer la portière. Je lançai un dernier regard par-dessus mon épaule à Ellie, qui me suivit des yeux, immobile.

Moins d'un quart d'heure plus tard, j'étais en détention au commissariat de Palm Beach. Je fus déshabillé, fouillé, photographié et jeté dans l'une des cellules. Une extrême agitation régnait dans les locaux. Chaque officier cherchait, l'air de rien, à apercevoir le fameux meurtrier de Palm Beach à travers les barreaux.

Personne ne m'informa des charges à mon encontre. J'imagine qu'ils attendaient d'avoir éclairci la situation, d'autant qu'ils ne possédaient aucune véritable preuve contre moi puisque je n'avais commis aucun des meurtres dont on m'accusait, sauf celui de l'assassin de mon frère, à Boston.

Contre toute attente, je fus assez bien traité par les flics de Palm Beach, de braves types. Ils m'autorisèrent même à passer un coup de fil à Boston. Ma mère décrocha et m'apprit que mon père était absent.

— Écoute, m'man, tu dois lui dire d'avouer ce qu'il sait. C'est ma vie qui est en jeu.

Elle marqua une courte hésitation, puis laissa libre cours à ses larmes.

— Demande-lui, s'il te plaît. Il sait que je suis innocent.

Je regagnai ensuite ma cellule, où je pris mon mal en patience.

Derrière ces barreaux, je commençai à prendre conscience de la terrible réalité. Je repensai à Mickey, Bobby, Barney et Dee, et à la manière atroce dont ils avaient été éliminés. Sans oublier Tess, cette pauvre Tess ! Cette histoire avait fait tant de victimes… Gachet était-il responsable de tous ces meurtres ? Qui se cachait derrière ce pseudonyme ? Une chose était certaine : quelle que soit son identité, il était encore dehors, en liberté, alors que je m'apprêtais à croupir en prison pour des crimes que je n'avais pas commis.

78

Un officier m'apporta un repas, puis un drap et une couverture. Assis sur le lit de camp de la cellule, j'égrenais les minutes d'une interminable nuit solitaire en prison. La première d'une longue série. Des bruits étranges emplissaient le couloir : le fracas des portes métalliques, les éructations étranglées d'un détenu vomissant par terre…

Je ne vis personne jusqu'au matin, lorsqu'un Noir baraqué que j'avais croisé la veille et deux de ses coéquipiers vinrent me sortir de ma cellule.

— Je parie que je suis libre, tentai-je de plaisanter, un sourire résigné sur les lèvres.

— Gagné, ricana-t-il. Tu es attendu au jacuzzi. N'oublie pas ton peignoir !

Ils m'accompagnèrent à l'étage, jusqu'à une petite salle d'interrogatoire meublée d'une table et de deux chaises. Un miroir, probablement sans tain, couvrait un pan de mur. Au bout d'une dizaine de minutes d'attente, je commençais à perdre patience lorsque la porte s'ouvrit enfin. Deux inspecteurs pénétrèrent dans la pièce.

Je reconnus le grand policier aux cheveux blancs que j'avais rencontré chez Stratton : Lawson, le chef de la police de Palm Beach. Un petit homme au torse large vêtu d'une chemise bleue et d'un costume ocre le suivait. Il fit claquer son badge sous mon nez, comme s'il cherchait à m'impressionner avec son nom.

Agent spécial Frank Moretti. FBI.

Le supérieur d'Ellie.

— Alors, monsieur Kelly, commença Lawson en pliant son grand corps sur la chaise en bois placée en face de moi. Qu'allons-nous faire de vous ?

— Quelles sont les charges ? demandai-je.

— À votre avis ? reprit-il avec son accent traînant du Sud. Vous nous laissez l'embarras du choix ! Commençons par les meurtres de Tess McAuliffe et de vos amis.

Il posa les yeux sur une feuille de papier.

— Michael Kelly, Robert O'Reilly, Barnabas Flint et Diane Lynch.

— Je n'ai commis aucun de ces crimes.

— Très bien ! Passons au plan B, alors. Infraction, vol, recel entre États, délit de fuite. L'assassinat d'un certain Earl Anson, à Brockton.

— Il a tué mon frère, éclatai-je. Et ensuite il a essayé de me tuer. Qu'auriez-vous fait à ma place ?

— Moi ? Pour commencer, je ne me serais pas fourré dans un tel guêpier, monsieur Kelly, rétorqua l'inspecteur. Et, au cas où vous l'ignoreriez, ce sont *vos* empreintes qu'on a retrouvées sur le couteau, pas les siennes.

— Vous vous êtes mis dans un beau pétrin, intervint l'agent fédéral en avançant une chaise supplémentaire. Le seul moyen de sauver votre peau, c'est de répondre à deux questions. Un : où sont les tableaux ? Deux : que vient faire Tess McAuliffe dans cette affaire ?

— Je n'ai pas les tableaux, répondis-je. Et Tess n'a rien à voir avec tout ça. Je l'ai rencontrée sur la plage.

— Bien sûr, déclara-t-il avec un hochement de tête entendu en approchant son visage du mien. Si tu ne te mets pas à table maintenant, mon gars, ta vie ne sera plus qu'un souvenir à partir d'aujourd'hui. Tu sais à quoi ressemble une prison fédérale, Ned ? Il n'y a pas de plage là-bas, pas de piscine à nettoyer.

— Je vous dis la vérité, l'interrompis-je. Voyez-vous un avocat dans cette pièce ? En ai-je demandé un ? Oui, je suis impliqué dans le vol de ces toiles. J'ai déclenché l'alarme de trois maisons de Palm Beach. Vérifiez ! Vous avez bien des rapports sur plusieurs tentatives de cambriolage dans la ville cette nuit-là, non ? Je peux vous donner les adresses si vous voulez. Quant à mes amis, je ne les ai pas tués, comme vous devez déjà le savoir. Dee m'a appelé pour m'informer de la disparition des tableaux, pour me dire qu'on nous avait doublés. Un certain Dr Gachet. Elle m'a demandé de les retrouver chez eux, à Lake Worth, et ils étaient déjà morts quand je suis arrivé là-bas. Alors j'ai pris peur et je me suis enfui. Je n'aurais sûrement pas dû. Mais je venais de voir mes amis d'enfance emportés dans des housses mortuaires. Qu'est-on censé faire après ça ?

L'agent du FBI cilla puis fronça les yeux, comme pour me signifier : « Assez de conneries ! Tu n'imagines même pas comme je peux t'en faire baver. »

— Et puis, vous ne posez même pas les bonnes questions, conclus-je à l'adresse de Lawson.

79

— Très bien, accepta le flic avec un haussement d'épaules. Alors, dites-moi quelles sont les bonnes questions.

— Par exemple, qui d'autre savait que les tableaux allaient être volés ? répondis-je. Et qui a rendu visite à Tess McAuliffe dans sa suite après moi ? Qui a envoyé cet assassin à Boston pour tuer mon frère ? Et qui est Gachet ?

Les deux hommes échangèrent un regard rapide, puis un sourire fendit les lèvres de l'agent fédéral.

— Ne vous est-il jamais venu à l'esprit que c'est parce qu'on en connaît déjà les réponses ?

Mon regard se durcit. Je gardai les yeux fixés sur Moretti jusqu'à ce qu'il baisse les siens. Ils savaient. Ils savaient que j'étais innocent. Ils me détenaient prisonnier et me cuisinaient comme un meurtrier alors qu'ils savaient pertinemment que je n'avais assassiné ni Tess ni Dave. Connaissaient-ils l'identité de Gachet ? Plus l'explication de l'agent tardait, plus je pensais en deviner la substance. Je me préparais à entendre l'affreuse vérité : *Le Dr Gachet est votre père*.

— Les empreintes balistiques le confirment, annonça l'inspecteur de Palm Beach. Comme nous le supposions, l'arme que nous avons retrouvée chez Stratton est aussi celle qui a servi à Lake Worth. Elle appartenait à Paul Angelos, l'un de ses gardes du corps. Angelos avait une liaison avec Liz Stratton, un de ses collègues l'a confirmé. Il accomplissait le sale boulot pour sa maîtresse, qui cherchait à escroquer son mari. C'est clair comme de l'eau de roche. Elle voulait partir avec tout l'argent. En outre, elle était en contact avec Tess McAuliffe. Vous voulez savoir qui est Gachet, Ned ? Qui a envoyé cet homme à Boston ? C'est Liz Stratton. L'agent spécial Shurtleff a déclaré qu'elle l'avait plus ou moins avoué au restaurant.

Liz… Gachet ? Je leur lançai un regard incrédule, m'attendant à voir apparaître un sourire moqueur sur leur visage grave.

Non, Liz et Gachet ne pouvaient pas être une seule et même personne. Stratton s'était servi d'elle pour se couvrir, il avait tout manigancé. Et les flics avalaient son histoire.

— En fait, il nous reste une seule question à vous poser, continua Lawson en se penchant vers moi. Où sont ces tableaux ?

80

Lorsque je passai devant le juge, la liste des chefs d'accusation à mon encontre s'était considérablement réduite : cambriolage, refus d'obtempérer avec les forces de l'ordre et délit de fuite dans plusieurs États.

Cette fois, je n'avais rien à redire. J'étais coupable de tous ces forfaits.

L'avocat commis d'office me suggéra toutefois de plaider non coupable, un conseil que je suivis. Ma caution fut établie à cinq cent mille dollars.

— Le défendant peut-il acquitter sa caution ? demanda le juge, du haut de son estrade.

— Non, Votre Honneur.

Je fus donc raccompagné jusqu'à ma cellule.

Les yeux rivés sur le mur de béton froid, je tentais d'accepter l'idée d'interminables jours en prison.

— Ned.

Une voix familière s'éleva du couloir. Je bondis de mon lit de camp juste à temps pour voir Ellie apparaître de l'autre côté des barreaux.

Une belle jupe imprimée et une veste en lin courte accentuaient sa beauté. Je me précipitai jusqu'à la grille d'acier, animé d'une irrépressible envie de sentir le contact de sa peau. Mais j'étais si honteux de me retrouver en cellule, affublé de cette combinaison orange, que mon geste mourut avant même que je l'esquisse. Je vécus sans doute le moment le plus humiliant de ma vie.

— Ça va aller, Ned, me rassura Ellie d'un ton qui se voulait optimiste. Tu vas répondre à toutes leurs questions. Il faut tout leur dire. Je te le promets, je vais voir ce que nous pouvons faire.

— Ils pensent que c'est Liz Stratton, Ellie, l'informai-je avec un geste dépité. Ils pensent qu'elle était Gachet, qu'elle a tout combiné avec son garde du corps. Les tableaux et le reste. C'est ridicule.

— Je sais.

Elle avala péniblement sa salive, les mâchoires serrées.

— Il ne sera pas puni pour ses meurtres…

— Si, m'interrompit-elle avec un geste sec de la tête. Il ne s'en sortira pas comme ça. Mais surtout, coopère. Fais preuve d'intelligence, d'accord ?

— Ce n'est pas dans mon habitude, tu le sais bien, répondis-je avec mon plus humble sourire, cherchant à croiser son regard. Et toi, comment vas-tu ?

Elle haussa les épaules.

— Tu as fait de moi un super-héros, Ned. Les journalistes se battent pour m'interviewer.

Elle saisit le barreau près de ma main et inspecta du regard le couloir pour s'assurer que personne ne regardait dans notre direction. Puis elle enroula son petit doigt autour du mien.

— J'ai honte que tu me voies ici, dans cet état, comme mon père. J'imagine que ça change tout entre nous.

— Non, ça ne change rien, Ned, corrigea-t-elle en secouant la tête.

J'acquiesçai, peu convaincu. J'allais moisir en prison et elle faisait toujours partie du FBI. *Tout* avait changé !

— Il faut que tu saches une chose, continua-t-elle, les yeux brillants.

— Quoi ?

— Je vais le coincer pour toi, Ned. Je le jure. Pour tes amis, ton frère. Tu peux me faire confiance.

— Merci, murmurai-je dans un souffle. Ils ont établi ma caution à cinq cent mille dollars. J'imagine que je vais rester là un bout de temps.

— Il faut voir le côté positif des choses.

— Parce qu'il y en a un ?

Ses lèvres esquissèrent un sourire malicieux.

— Tu vas pouvoir laisser pousser tes cheveux blonds.

Je souris en retour puis plongeai mes yeux dans les siens.

J'aurais tellement aimé la prendre dans mes bras… Elle me serra la main puis m'adressa un clin d'œil.

— Alors, je m'arrange pour que Champion traverse le mur à moto à… disons, 10 h 05.

Je ris de bon cœur.

— Ne t'inquiète pas, Ned, me tranquillisa-t-elle en me caressant la main avec son pouce avant de s'éloigner. On se verra bientôt. Plus tôt que tu ne le penses.

— Tu sais où me trouver.

Elle s'immobilisa.

— Je suis sincère, Ned, précisa-t-elle en me regardant droit dans les yeux.

— Pour Stratton ?

— Pour tout. Pour toi aussi.

Elle me salua de l'index et disparut dans le couloir. Je retrouvai ma couchette et promenai le regard sur la pièce minuscule qui me ferait office de domicile pendant un bon moment : des murs, un lit de camp et des toilettes en métal rivées au sol. Je me préparais mentalement à vivre les plus beaux jours de mon existence.

Ellie ne m'avait quitté que depuis quelques minutes lorsque le flic noir s'approcha de ma cellule. Il inséra la clé dans le verrou.

— L'heure du jacuzzi, je suppose…

Je me levai, prêt à retrouver la salle d'interrogatoire.

— Pas cette fois, rit-il. Ta caution a été payée.

81

Il me conduisit jusqu'au bureau des admissions, où il me rendit mes vêtements et mon portefeuille. Après avoir signé quelques formulaires, je jetai un regard curieux dans le hall d'entrée pour découvrir l'identité de mon mystérieux bienfaiteur.

Sollie Roth m'attendait de l'autre côté de la vitre.

La porte s'ouvrit dans un bourdonnement électrique à mon passage. Mon paquet sous le bras, je tendis la main à Sol.

Il l'accueillit dans la sienne, le sourire aux lèvres.

— Te souviens-tu de ce que je t'ai dit au sujet des amis, fiston ? De la grande qualité. Très grande qualité.

Il passa son bras autour de mes épaules et me conduisit jusqu'au parking du sous-sol.

— Je ne sais pas comment te remercier, balbutiai-je.

Une Cadillac, la dernière acquisition de Sol, s'arrêta devant nous. Son chauffeur en descendit d'un mouvement prompt pour m'ouvrir la portière arrière.

— Ce n'est pas moi que tu dois remercier, précisa Sol tandis que je m'approchais du véhicule. C'est elle.

Ellie me souriait de la banquette arrière.

— Décidément, tu es géniale ! lançai-je en me jetant dans la voiture pour la prendre dans mes bras.

Après ce qui se révéla la plus belle étreinte de ma vie, je me noyai dans ses yeux d'un bleu profond et l'embrassai ardemment sur les lèvres. J'oubliai tout, les éventuels témoins comme les convenances.

— Si ça ne vous gêne pas, les tourtereaux, il est tard et nous avons encore du pain sur la planche, déclara Sol, depuis le siège avant, en s'éclaircissant la voix.

— Du pain sur la planche ?

— Je croyais que tu voulais coincer un meurtrier.

Un irrépressible sourire illumina mon visage. Je serrai avec gratitude le bras de Sollie, incapable d'exprimer la chaleur qui embrasait mon cœur envers ces deux êtres chers, prêts à partir en croisade avec moi.

— Je crois qu'on pourra éviter les journalistes en passant par-derrière, indiqua avec un petit coup de coude Sollie à son chauffeur. Ça ne te dérange pas de retrouver ton ancienne chambre à la maison ?

— Tu veux dire que je peux revenir chez toi ?

— Tu es libre d'aller où bon te semble, Ned, m'informa Ellie. Du moins jusqu'au procès. M. Roth s'est porté garant.

— Alors ne va pas te fourrer dans le pétrin, me conseilla Sol avec un regard sévère. En outre, tu me dois toujours deux cents dollars et je compte bien les revoir un jour.

Muet d'émotion, j'avais du mal à croire ce qui m'arrivait. J'avais vécu l'angoisse d'un animal traqué pendant des jours et voilà que deux personnes m'accordaient leur confiance et se montraient déterminées à m'aider.

Quelques minutes plus tard, la Cadillac passa le portail automatique de la propriété de Sol et s'arrêta dans la cour d'honneur en briques. Mon bienfaiteur se tourna vers moi.

— Tu vois, rien n'a bougé depuis ton départ. Demain matin, on se chargera de te trouver un bon avocat. Ça te va ?

— Oui, Sol, c'est parfait.

— Dans ce cas, je vais me coucher, conclut-il avec un soupir fatigué.

Après nous avoir souhaité bonne nuit avec un clin d'œil malicieux, il nous laissa seuls, Ellie et moi. Je levai les yeux en direction de mon ancien domicile, au premier étage du garage, grisé par la sensation d'être un homme libre, sans personne à mes trousses.

Ellie m'observait en silence. La brise marine nous caressait de ses doigts chauds à travers les branches des palmiers. Je l'attirai contre moi et enveloppai son visage de mes mains. Je voulus la remercier pour tous les risques qu'elle avait pris pour mot mais aucun son ne sortit de ma gorge.

Je me penchai pour lui donner un baiser, m'enivrant de son souffle brûlant, goûtant ses lèvres plus impatientes qu'hésitantes, tout en laissant flâner ma main sur son buste.

— Dites-moi, agent Shurtleff, quelle est la procédure à suivre, à présent ?

— Maintenant ? réfléchit-elle. Nous pourrions peut-être monter pour étudier l'affaire plus en détail ?

— Je pensais que c'était mal, rétorquai-je en nichant sa main dans la mienne.

Je m'approchai un peu plus d'elle pour sentir son cœur battre contre ma poitrine et son corps menu et ferme épouser le mien.

— Très très mal, reprit Ellie en plantant ses pupilles dans les miennes. Mais ce sera notre petit secret.

82

Les quelques secondes nécessaires pour monter l'escalier conduisant à ma chambre nous semblèrent une éternité. À peine avions-nous franchi la porte en trébuchant que nos bouches étaient scellées en un baiser passionné et que nos mains avides s'activaient sur nos vêtements.

— De quels détails désirais-tu discuter ? lui demandai-je, tout sourires, en déboutonnant sa veste.

— Je ne sais pas.

Elle se trémoussa pour se débarrasser de son chemisier, découvrant un corps magnifique. J'en avais déjà deviné les courbes le jour où je l'avais surprise après sa séance de kayak mais, cette nuit, il s'offrait sans réserve à mes yeux. Je la pressai contre mon torse.

Elle déboucla ma ceinture et passa sa main dans mon jean pour y trouver mon sexe, dur comme du granit.

— Il faut que tu le saches : tu iras en prison, quoi qu'il arrive cette nuit.

— J'ai connu mieux comme préliminaires.

Mes mains voyagèrent le long de sa colonne vertébrale jusqu'à sa taille. Je fis glisser la fermeture Éclair et sa jupe tomba sur le sol.

— Oserais-tu me tenir tête ?

Je la portai dans mes bras jusqu'au lit. J'ôtai mon pantalon, à grand renfort de coups de pied, en la regardant faire courir sa culotte le long de ses jambes, le dos arqué et un grand sourire tissé sur les lèvres.

Les yeux ancrés dans les siens, je m'étendis sur elle. Chaque muscle de mon corps, chaque cellule de mon organisme vibrait de désir pour cette fille incroyable. Je goûtai au doux contact de sa peau lisse sur la mienne, enflammée par l'ardeur et couverte d'un voile de sueur. Son corps était ferme et vigoureux sous mes mains. Ses bras, ses cuisses, tous ses muscles étaient tendus tandis qu'elle ondulait sous moi avec grâce.

— J'ai du mal à croire ce que l'on fait, remarquai-je.

— À qui le dis-tu !

J'entrai en elle avec lenteur. Elle laissa échapper un gémissement à faire frémir, s'agrippant à mes bras. Elle était si menue et légère que j'aurais presque pu la soulever. Nos corps se bercèrent au rythme des vagues s'échouant sur la plage. Une pensée s'immisça alors dans mon esprit :

Regarde, gros veinard. Cette nana formidable risque tout pour toi. Et maintenant, que vas-tu faire pour elle ? Comment vas-tu réussir à garder Ellie Shurtleff ?

83

La lune brillait dans l'encadrement de la fenêtre et une brise fraîche, qui prenait son souffle au large de l'océan, nous effleurait gentiment. Adossés aux oreillers, nous étions blottis l'un contre l'autre, incapables d'exécuter le moindre geste tant nous étions exténués.

Nous avions certes fait l'amour à trois reprises, mais c'était surtout la tension accumulée au cours des derniers jours qui nous avait achevés. Je posai ma tête sur l'épaule d'Ellie et oubliai pendant un instant toute l'affaire.

— Alors, que fait-on maintenant ? finis-je par demander tandis qu'elle se pelotonnait dans mes bras.

— Toi, tu fais ce que Sol t'a dit. Tu te trouves un excellent avocat, tu évites les ennuis, pour changer un peu, et tu te concentres sur ta défense. Ils n'ont pas grand-chose contre toi et ton casier judiciaire est encore vierge. Tu ne devrais pas en prendre pour plus d'un an, dix-huit mois maximum.

— M'attendras-tu tout ce temps ? la taquinai-je.

Elle haussa les épaules.

— Sauf si on me confie une nouvelle affaire et que je rencontre un autre suspect. On ne peut jamais prévoir ce genre de choses.

Nous rîmes ensemble. Mais, tandis que je la serrais dans mes bras, je ne pouvais oublier que j'allais moisir en prison alors que Stratton, qui avait réussi à manipuler tout le monde, s'en sortait blanc comme neige.

— Dis-moi… Pourquoi fais-tu confiance aux flics locaux pour résoudre cette affaire ? Lawson, Moretti… Tu penses qu'ils sont fiables ?

— Je crois qu'il y en a un à qui je peux faire confiance. Un inspecteur de Palm Beach. Je ne pense pas qu'il soit sous la coupe de Lawson, ni même de Stratton.

— J'ai encore une dernière carte à jouer, repris-je.

Elle se retourna pour poser sur moi de grands yeux étonnés.

— Mon père.

— *Ton père ?* Tu ne l'as pas dénoncé lors de l'interrogatoire ?

Je secouai la tête.

— Non. Et toi, tu n'en as pas parlé ?

Ses yeux se perdirent dans le vide. Elle ne prononça aucun mot, mais ses traits imperturbables m'indiquèrent qu'elle n'avait pas vendu la mèche. Elle plongea de nouveau son regard dans le mien.

— Ned, il manque une pièce au puzzle. Tu te souviens de ce que Liz Stratton nous a révélé dans la voiture, qu'un seul tableau avait été volé, et de ce qu'elle a dit avant de partir : « C'est vous l'expert en art. D'après vous, pourquoi se fait-il appeler Gachet ? »

— Qu'a-t-il de si spécial, ce Gachet ?

— C'est l'une des toutes dernières œuvres de Van Gogh. Il l'a peinte en juin 1890, un mois avant de mettre fin à ses jours. Gachet était un médecin d'Auvers qui rendait souvent visite au peintre. Tu as vu la reproduction, non ? Il est accoudé à une table, coiffé d'une casquette, le visage appuyé sur sa main. Ce sont ses yeux bleus, d'une profonde tristesse, qui rendent cette toile si particulière.

— Oui, je me souviens.

— Son regard, si lointain et obsédant, est rempli de douleur et de reconnaissance. Ce sont les yeux de l'artiste. Beaucoup pensent que cette toile annonçait le suicide de Van Gogh. En 1990, un Japonais l'a achetée aux enchères pour plus de quatre-vingts millions de dollars. À l'époque, c'était la plus grosse somme jamais déboursée pour une œuvre d'art.

— Je ne vois toujours pas le rapport. Stratton ne possédait aucun Van Gogh.

— Non, effectivement.

Un éclair de lucidité illumina son visage.

— À moins que…

Je me redressai pour lui faire face.

— À moins que quoi, Ellie ?

Elle se mordit la lèvre inférieure.

— Une seule toile a été volée.

— Pourrais-tu être un peu plus claire ?

Un sourire se dessina sur ses lèvres.

— Il n'a pas encore gagné, Ned. Pas encore. Il n'a pas récupéré sa toile.

Elle envoya valser les draps, les yeux brillant de joie.

— Sollie a raison, Ned. Nous avons du pain sur la planche.

84

Deux jours plus tard, j'obtins la permission de me rendre à Boston. Ce n'était malheureusement pas pour les raisons espérées. La police avait finalement restitué la dépouille de Dave à notre famille et nous l'enterrions dans l'église St Ann, dans notre quartier de Brockton.

Comme les funérailles avaient lieu hors de l'État de Floride, que j'avais interdiction formelle de quitter tant que j'étais en liberté provisoire, et que les autorités craignaient une nouvelle escapade de ma part, un marshal fut chargé de m'escorter. Hector Rodriguez, un jeune bleu tout juste sorti de l'école, m'accompagna donc dans ce pénible voyage.

Nous inhumâmes Dave à côté de mon grand frère, John Michael, devant un petit comité dont les joues ruisselaient de larmes. Je restai au bras de ma mère pendant toute la cérémonie. Il paraît que les Irlandais n'ont pas leur pareil pour enterrer leurs enfants et résister aux coups du sort. En tout cas, dans le Bush, nous avions malheureusement l'habitude de ces départs prématurés.

Lorsque le prêtre demanda si quelqu'un désirait prononcer un dernier mot, je fus surpris de voir mon père s'avancer. Il demanda à rester un moment seul avec Dave.

Il grimpa les quelques marches jusqu'au cercueil de cerisier poli et posa sa main sur le couvercle, murmurant des paroles inaudibles. Que pouvait-il bien dire ? « Cela n'aurait jamais dû se produire ? Ned n'aurait pas dû t'embarquer dans cette histoire ? »

Je croisai le regard du père Donlan, qui m'adressa un signe de tête. Je m'approchai donc à mon tour de la bière pour prendre place au côté de Frank. Une pluie fine commençait à ricocher sur le bois et un vent froid me balayait le visage. Nous restâmes immobiles pendant un moment, sans que mon père m'adresse un seul regard. Puis il passa sa main sur le couvercle lisse et déglutit péniblement.

— Ils avaient besoin d'un intermédiaire, Ned, marmonna-t-il, les dents serrées. Ils avaient besoin de quelqu'un pour organiser l'équipe et le cambriolage.

Je me retournai vers lui. Ses yeux étaient toujours perdus dans le lointain.

— Qui, p'pa ?

— Pas la femme, si c'est ce que tu veux savoir. Ni le nigaud qu'ils ont supprimé.

— Je sais déjà tout ça, p'pa.

Il ferma les paupières.

— Ce devait être une partie de rigolade, personne n'était censé être blessé. Tu crois que j'aurais trempé Mickey dans une sale affaire ? Bobby, Dee… Réfléchis, Ned, je connais le père de Dee depuis plus de trente ans.

Il se tourna vers moi, son visage émacié couvert de larmes. Je n'avais jamais vu mon père pleurer. Il planta ses yeux durs dans les miens.

— Tu crois que je les aurais laissés t'embobiner dans tout ça s'il y avait eu le moindre risque ?

Je sentis soudain quelque chose se déchirer dans ma poitrine, au plus profond de mon être. Sous la pluie, devant le cercueil de mon frère, ma résolution de dire ses quatre vérités à mon père et toute la haine que j'avais emmagasinée se transformèrent en une puissante marée salée inondant mes yeux. Pris au dépourvu, je posai doucement ma main sur la sienne, sur le cercueil. Le tremblement de ses doigts décharnés trahissait la tristesse qui le rongeait de l'intérieur. À cet instant précis, je crus comprendre ce qu'était la peur de mourir.

— Je sais de quoi je suis responsable, continua-t-il en se redressant. Et je vais porter le poids de mes erreurs le peu de temps qu'il me reste à vivre. Quoi qu'il en soit, Neddie, remarqua-t-il avec l'ombre d'un sourire, je suis content que tout se soit bien terminé pour toi.

Ma voix se déchira.

— Tout ne s'est pas bien terminé, p'pa. Dave est mort, je vais en prison. Dis-moi qui c'est !

Sa main se contracta en un poing noueux. Il émit une longue expiration, comme s'il s'apprêtait à briser un serment respecté pendant de longues années.

— Je l'ai rencontré il y a bien longtemps, à Boston, mais il a déménagé depuis. Le changement lui a réussi d'ailleurs. Lui et ses complices m'ont demandé des gens en dehors de Palm Beach.

— *Qui ?*

Lorsque mon père me révéla le nom, je restai paralysé, le souffle coupé. En une seconde, tout s'éclaircit dans mon esprit.

— Il voulait une équipe qui ne venait pas de Palm Beach, répéta mon père. J'en connaissais une, non ?

Il me regarda droit dans les yeux.

— Il n'y avait aucun risque, Ned. C'était aussi facile

que de tirer de l'argent à un distributeur, sauf qu'il s'agissait d'un million pour chacun d'entre vous. Le jackpot ! Tu vois ce que je veux dire, non ?

Il frotta sa main contre le couvercle de bois poli trempé d'eau de pluie.

— Même Davey aurait compris.

Je m'approchai pour lui poser la main sur l'épaule.

— Oui, p'pa. Je vois très bien ce que tu veux dire.

85

Assis sur un banc face à la marina, près du pont prolongeant Flagler Drive, l'inspecteur Carl Breen vidait un gobelet Starbucks. Ellie se tourna vers lui.

— J'ai besoin de votre aide, Carl.

Ils observèrent un moment les luxueux yachts, dont la blancheur immaculée contrastait avec les eaux du lac, et les équipages en uniforme tout aussi impeccable qui aidaient de riches beautés à débarquer.

— Pourquoi moi ? Pourquoi pas Lawson ? Vous et lui semblez bons amis.

— Nous sommes inséparables. Tout comme il l'est avec Stratton. C'est pour ça que je suis là.

— Vern est un bon flic, déclara l'inspecteur de Palm Beach avec un sourire. Ça fait juste un peu trop longtemps qu'il traîne dans le coin.

— Je n'en doute pas. C'est juste la personne pour qui il bosse qui ne m'inspire pas confiance.

Perchée sur une amarre à quelques mètres d'eux, une mouette poussa un cri rauque. Breen secoua la tête.

— Vous avez fait un bon bout de chemin en deux semaines, depuis que vous avez fait irruption sur ma scène de crime. L'homme le plus traqué des États-Unis vous tombe tout cuit dans le bec et, maintenant, vous voulez épingler l'une des personnalités les plus éminentes de Palm Beach.

— L'art est un secteur porteur, Carl. Je n'y suis pour rien. Je n'irai toutefois pas jusqu'à dire que Kelly m'est « tombé tout cuit dans le bec ». J'ai tout de même été prise en otage.

Breen leva les mains au ciel.

— Du calme ! C'était juste un compliment. Bon, et quel rôle ai-je à jouer dans tout ça ?

— Le plus beau de votre carrière.

Breen laissa échapper un petit rire amusé puis, après avoir bu la dernière gorgée de son café, écrasa le gobelet cartonné entre ses mains pour former une petite balle.

— D'accord, je vous écoute.

— C'est Stratton qui a commandité le meurtre de Tess McAuliffe, annonça Ellie, les yeux plantés dans ceux de l'inspecteur.

— Je savais que vous alliez dire ça, remarqua Breen avec une moue dépitée.

— Ah oui ? Eh bien, ce que vous ne savez probablement pas, c'est que Tess McAuliffe n'était pas son vrai nom. C'était Marty Miller. Et si vous n'avez trouvé aucun renseignement sur elle, c'est parce qu'elle était australienne. C'était une prostituée engagée pour accomplir une mission bien précise : séduire Stratton.

— Et d'où tenez-vous ça ?

— Là n'est pas le problème, vous pouvez facilement le vérifier. Dennis Stratton a effectivement eu une liaison avec elle, et votre équipe était au courant. Lorsqu'il s'est aperçu qu'on l'avait piégé, il a tué sa femme en représailles et leur a fait porter le chapeau, à elle et son garde du corps, pour tous les meurtres.

— Tué sa femme ? répéta Breen, les yeux brillant de curiosité. En représailles de quoi ?

— Pour avoir comploté avec la prostituée. Liz Stratton voulait quitter son mari, elle allait passer aux aveux. C'est Stratton qui l'a tuée, pour se débarrasser d'elle et écarter les soupçons.

— Il y a quelque chose que je ne comprends pas, intervint Breen d'un ton réfléchi. Vous dites que mon équipe connaissait l'existence de la liaison de Tess avec Stratton. Mais comment l'aurions-nous su ?

— Des témoins ont vu Stratton au Brazilian Court avec Tess à plusieurs reprises. Chez lui, j'ai trouvé un tee de golf identique à celui retrouvé sur les lieux du crime. Je suis moi-même allée faire circuler sa photo parmi les employés de l'hôtel. La police de Palm Beach *sait* tout ça !

L'étonnement qu'elle lut sur les traits déconfits de Breen la désarçonna.

— Ça n'est certainement pas une surprise pour vous, Carl. Ne vous a-t-on pas communiqué ces informations ?

— Vous croyez vraiment que nous n'aurions pas suivi une telle piste ? Nous aurions interrogé Stratton, au moins, et Lawson le premier ! Je vous assure qu'il hait ce clown arrogant autant que vous.

Breen la regarda droit dans les yeux.

— Qui était censé nous en informer ?

Silencieuse, Ellie renvoya à l'inspecteur un regard aussi vide que le sien, la poitrine comprimée par une oppressante angoisse. Sa vision de la situation changea du tout au tout. Elle avait l'impression de glisser sur une pente raide, tout doucement au début, puis de plus en plus vite, sans rien trouver pour se raccrocher.

— Ça n'a aucune importance, Carl, murmura-t-elle.

Tous les éléments de l'affaire défilaient dans sa tête par ordre chronologique. Une seconde avait suffi à changer la donne.

86

Le vol pour la Floride fut long et silencieux. J'échangeai à peine un mot avec Rodriguez. Je venais d'enterrer mon frère et avais sans doute vu mon père pour la dernière fois. En outre, j'étais ébranlé par les nouvelles que je rapportais en Floride. Une information troublante.

Le nom de l'assassin de mon frère et de mes amis les plus chers.

Je repérai Ellie au bout du couloir de l'aéroport de Palm Beach. À l'écart des familles euphoriques qui accueillaient leurs proches, elle semblait encore en service avec son tailleur-pantalon noir et ses cheveux tirés en queue-de-cheval. Malgré le sourire qu'elle m'adressa, je la sentis préoccupée.

Hector Rodriguez s'accroupit pour détacher le détecteur posé à ma cheville et me souhaita bonne chance avec une chaleureuse poignée de main.

— Je vous laisse entre les mains du FBI.

Il s'éloigna, nous laissant, Ellie et moi, immobiles l'un en face de l'autre. Je savais qu'elle lisait tout dans mes yeux tourmentés.

— Ça va ?

— Ça va, mentis-je.

Après avoir inspecté du regard les alentours, je la serrai dans mes bras.

— J'ai du nouveau.

Son visage frôla mon torse. Un moment, je ne sus plus lequel d'entre nous soutenait l'autre.

— Moi aussi, Ned.

— Je sais qui est Gachet, Ellie.

Ses yeux s'embuèrent et elle hocha la tête.

— Viens, je te raccompagne.

Sur la route, je lui révélai le nom que m'avait donné mon père, m'attendant à la voir abasourdie. Mais elle se contenta d'un mouvement entendu de la tête. La voiture s'engagea sur Okeechobee Bridge.

— Les inspecteurs de Palm Beach n'ont jamais suivi la piste de Stratton, m'annonça-t-elle.

Elle se rangea sur le bord de la route et coupa le moteur.

— Je croyais que tu les en avais informés, répondis-je, étonné.

— Moi aussi.

Il me fallut quelques secondes pour comprendre où elle voulait en venir.

Trop occupé à échapper aux autorités pour prouver mon innocence, je n'avais pas mesuré la puissance de la colère qui sourdait en moi. Mais, à cet instant, je la sentis gronder au plus profond de mon être comme un violent orage. Stratton était aidé d'un flic depuis le début. Il avait tous les atouts dans son jeu.

— Que peut-on faire ? demandai-je à Ellie.

— On peut prendre la déposition de ton père. Mais il s'agit des forces de l'ordre, et il faudra plus que le témoignage d'un pauvre type au passé douteux qui a, en outre, des comptes à régler. Ce n'est pas vraiment une preuve infaillible.

— Mais tu as une preuve, toi.

— Non. Tout ce que je peux dire, c'est que quelqu'un a essayé d'étouffer l'affaire Tess McAuliffe. Si je vais voir mon supérieur pour lui annoncer ça, il ne lèvera même pas les yeux de son bureau.

— Je viens d'enterrer mon frère, Ellie. Tu ne t'attends tout de même pas à ce que je reste assis pendant que Stratton et ces fumiers s'en tirent avec tous ces meurtres ?

— Non, je n'attends pas ça de toi, Ned.

Une pointe de résolution perça ses yeux bleu clair dans un appel silencieux qui signifiait très clairement : « J'attends que tu m'aides à prouver leur culpabilité. »

Sans lui laisser le temps de prononcer un seul mot, je déclarai :

— Tu peux compter sur moi.

87

Il fallut deux jours à Ellie pour réunir les preuves nécessaires.

Tout au long de ses recherches, c'était comme si elle devait étudier un tableau sous différents angles, à travers un prisme qui émettait un nouveau reflet pour chaque image, chaque parcelle de lumière. Elle savait que l'issue de l'affaire dépendait des preuves qu'elle fournirait. Toute erreur de sa part pouvait être fatale.

Le jeune agent commença par éplucher le rapport de la police de Palm Beach concernant le meurtre-suicide de Liz Stratton, dans lequel elle trouva l'expertise du NIBIN, réseau d'information balistique national, sur l'arme du crime. Comme Lawson l'avait suspecté, c'était l'un des revolvers utilisés pour le massacre de Lake Worth, une information *a priori* suffisante pour boucler l'affaire Liz Stratton et Paul Angelos.

Elle tourna la page.

Le Beretta .32 avait été saisi deux ans auparavant lors du démantèlement d'un trafic de drogue, une opération menée conjointement par la police du comté de Miami-Dade et le FBI. Conservé comme pièce à conviction dans un local de Miami, il faisait partie d'un lot d'armes mystérieusement disparu un an plus tôt.

Ellie découvrit que Paul Angelos, l'ancien garde du corps de Stratton, avait servi dans les forces de l'ordre de Miami. Mais pourquoi l'un des hommes du financier porterait-il une arme volée ?

Pensant y retrouver Angelos, elle rechercha l'identité des officiers chargés de l'enquête sur le trafic de drogue et resta paralysée de stupeur à la vue du dernier nom de la liste.

Après tout, ce pouvait n'être qu'une simple coïncidence, se raisonna-t-elle. Des preuves tangibles, voilà ce qu'il lui fallait pour soutenir sa thèse.

Elle entreprit donc de fouiller le passé d'Earl Anson, l'assassin du frère de Ned. Comment en était-il arrivé à travailler pour Stratton ?

Criminel de longue date dans l'État de Floride, Anson avait séjourné dans les prisons de Tampa et Glades pour vol d'armes, extorsion de fonds et trafic de drogue. Rien d'étonnant jusque-là. En revanche, sa libération sur parole à chacune de ses peines de prison, et ce malgré un casier judiciaire bien fourni, interpellait la jeune femme. Ses quatre à six ans pour vol avaient été réduits à quatorze mois et il avait rapidement purgé sa peine pour récidive.

Cet homme était forcément de mèche avec un flic.

Ellie décrocha le téléphone et composa le numéro du directeur de la prison de Glades, un établissement de grande capacité situé à une soixantaine de kilomètres à l'ouest de Palm Beach. Elle réussit à joindre le directeur adjoint, un certain Kevin Fletcher, qu'elle interrogea sur la libération conditionnelle d'Earl Anson.

— Anson… répéta Fletcher pour stimuler sa mémoire. Je crois avoir lu qu'on vient de lui faire la peau à Boston, non ?

— En effet, vous ne le reverrez pas, confirma Ellie.

— Ce n'est pas une grosse perte, soupira le directeur adjoint. Pourtant, cet homme avait apparemment des relations intéressantes. Un ange gardien.

— Un ange gardien ?

— Oui, quelqu'un qui le protégeait, agent Shurtleff. Et pas pour ses beaux yeux. Vous voulez mon avis ? Je pense que c'était un indic.

Un informateur !

Ellie remercia Fletcher. Si cette donnée constituait une avancée capitale dans son enquête, elle n'aiderait pas vraiment la jeune femme à éclaircir l'affaire. Chercher l'identité du contact d'Earl Anson reviendrait à crier haut et fort qu'elle pensait que le coupable appartenait aux forces de police.

Non, elle devait recourir à une autre tactique. Elle téléphona à son amie Gail Silver, assistante de l'attorney de Miami.

— Je cherche des informations sur un ancien malfrat du nom d'Earl Anson, un tueur à gages. Il est impliqué dans le vol de tableaux sur lequel j'enquête. Je me demandais si tu pouvais me trouver la liste des procès dans lesquels il a témoigné.

— Que faisait donc ce type ? Témoin sur commande ? plaisanta Gail.

— Indic. J'essaie de voir s'il entretenait des liens avec des receleurs ou des spécialistes du vol d'art pour retrouver les toiles.

Ce n'était finalement qu'un petit mensonge.

— Que veux-tu savoir ? s'enquit l'attorney adjoint, qui semblait considérer sa requête comme une demande routinière.

— Le nom des accusés, les condamnations… répondit Ellie d'un ton qui se voulait anodin.

La jeune femme retint son souffle.

— Les agents qui ont travaillé sur les affaires aussi, si c'est possible.

88

L'après-midi suivant, Ellie frappa à la porte du bureau de Moretti. Occupé à feuilleter un dossier, son supérieur lui fit signe d'entrer, à contrecœur.

— Vous avez quelque chose à me dire ?

Ses rapports avec l'agent spécial Moretti se détérioraient de jour en jour. Elle ne doutait pas qu'il nourrissait une certaine rancœur à son égard depuis l'arrestation de Ned, lors de laquelle il s'était vu voler la vedette par une petite diplômée en art.

— J'aimerais vous parler des toiles volées, déclara Ellie depuis la porte. Un nouvel élément de l'enquête me pose quelques problèmes.

Moretti s'adossa à son fauteuil et ferma le dossier sur lequel il travaillait.

— Ned Kelly a mentionné quelque chose, continua Ellie en s'asseyant, une chemise cartonnée à la main. Vous savez qu'il s'est rendu à Boston pour les obsèques de son frère.

— Oui, je voulais justement vous en parler, intervint-il en croisant les jambes.

— Il a parlé à son père à cette occasion. Ça tombe un peu comme un cheveu dans la soupe, monsieur, mais il a suggéré qu'il connaissait la véritable identité du Dr Gachet.

— Qui ? la questionna-t-il en se redressant.

— Le père de Kelly. Mais ce n'est pas tout. Il a insinué qu'il s'agissait d'un policier. De Floride.

Moretti plissa les yeux.

— Qu'est-ce que le père de Kelly vient faire là-dedans ?

— Je ne sais pas mais j'aimerais le savoir. En fait, je commençais à me demander pourquoi la police de Palm Beach n'avait jamais suivi la piste de Stratton pour le meurtre de Tess McAuliffe. Vous savez, ce dont je vous avais parlé. Vous leur avez pourtant communiqué l'information, n'est-ce pas ?

— Bien sûr, affirma Moretti avec un hochement de tête.

— Connaissez-vous Lawson, le chef de la police locale ? J'ai toujours eu des doutes à son sujet.

— Lawson ?

— Il se trouvait chez Stratton à chacune de mes visites.

— Votre cerveau n'arrête donc jamais de travailler, agent spécial Shurtleff !

— J'ai remonté la piste du calibre .32 qu'a utilisé Liz Stratton, continua-t-elle en ignorant son intervention. Vous ne devinerez jamais d'où il vient ! Il a été volé dans les pièces à conviction de la police.

— Croyez-vous que je ne voie pas clair dans votre petit jeu ? Tout ce tapage médiatique autour de l'arrestation de Ned Kelly ne vous a pas suffi, vous voulez continuer à jouer les Mme Kojak. N'étions-nous pas tombés d'accord ? En ce qui concerne le Bureau, ces affaires de meurtres sont résolues. Balistique, mobile, tout y est. L'enquête est close !

— Je travaille sur le vol des tableaux, répliqua Ellie, catégorique. J'ai pensé que je pourrais peut-être me rendre à Boston pour entendre ce que le vieux Kelly a à dire.

Moretti haussa les épaules.

— Je peux toujours envoyer une équipe locale…

— Une équipe locale ne connaîtra pas le milieu des receleurs aussi bien que moi et ne saura pas quelles questions poser au sujet des toiles, le coupa Ellie.

Moretti garda le silence, puis joignit les deux mains en triangle devant son visage.

— Quand voulez-vous partir ?

— Demain matin, à 6 heures. S'il est aussi malade qu'on le prétend, il n'y a pas de temps à perdre.

— Demain matin… répéta Moretti d'un ton pensif.

Puis son visage s'éclaira et il haussa de nouveau les épaules, visiblement convaincu.

— Soyez prudente, sourit-il. Souvenez-vous de ce qui est arrivé la dernière fois que vous êtes montée à Boston.

— Ne vous inquiétez pas. Combien de chances y a-t-il pour qu'une telle aventure se reproduise ?

89

Ce soir-là, Ellie passa un vieux tee-shirt froissé, s'aspergea le visage d'eau et se glissa dans ses draps à environ 23 heures.

Malgré la fatigue, elle se trouvait dans un état de fébrilité extrême. Plutôt que d'allumer la télévision, elle préféra feuilleter un livre sur le peintre néerlandais du XVIIe siècle Van der Heyden, mais se surprit en pleine réflexion, les yeux dans le vide.

Maintenant qu'elle était en possession des informations qu'elle recherchait, il s'agissait de prendre les bonnes décisions. Après avoir enfin éteint les lumières, elle resta étendue dans le noir, incapable de trouver le sommeil.

La jeune femme tira la couverture sur ses épaules, puis dirigea son regard vers l'horloge : vingt minutes s'étaient écoulées depuis que tout était plongé dans l'obscurité. Elle écouta le silence de la maison.

Soudain, elle crut entendre un craquement dans le salon. Son sang se glaça dans ses veines. *C'est le plancher qui grince. Ou un intrus qui se glisse par la fenêtre.* Elle la gardait toujours entrouverte pour laisser passer l'air frais.

Elle tendit l'oreille, guettant le moindre décibel, les yeux écarquillés dans l'obscurité et tous les muscles tendus.

Rien.

Soudain, le grincement perça de nouveau le silence de la pièce voisine.

Ellie compta vingt secondes, paralysée dans son lit. Ces bruits n'étaient pas le fruit de son imagination, elle n'hallucinait pas. Un intrus pénétrait chez elle.

La jeune femme aspira une longue bouffée d'air pour apaiser son cœur emballé. Puis elle glissa sa main sous son oreiller et enroula ses doigts autour de son revolver. Elle le laissait généralement sur le portemanteau de la cuisine mais avait préféré le garder sous la main cette nuit-là. Avec une infinie précaution, elle ôta le cran de sûreté et sortit l'arme de sa cachette, s'efforçant de conserver son calme, la bouche aussi râpeuse que du papier de verre.

Elle ne s'était pas trompée, c'était ce soir que tout allait se jouer !

Les craquements gagnaient en volume. Tout son être percevait le danger, une présence qui avançait dans le noir en direction de la porte de sa chambre. Elle serra la crosse de son arme entre ses deux mains.

Tu peux le faire, l'encouragea une voix intérieure. *Tu savais que ça allait arriver. Attends encore un peu. Allez, Ellie !*

Elle glissa un regard par-dessus les draps et vit une silhouette se glisser dans l'entrebâillement de la porte.

Puis un son lui envoya une décharge glaciale le long de la colonne vertébrale. Le cliquetis du cran de sûreté d'un revolver.

Oh merde, pensa Ellie, dont le cœur avait cessé de battre. *Ce salaud va me flinguer.*

Maintenant, Ned !

Une clarté électrique illumina la chambre. Debout à l'autre bout de la pièce, Ned tenait l'intrus en joue.

— Lâche ça, fils de pute. Maintenant !

Ellie bondit sur son lit et, bras tendus, pointa son Glock sur le buste du visiteur. Aveuglé par la luminosité soudaine, celui-ci orientait son arme au hasard, entre Ellie et Ned.

Moretti.

— Lâchez ça, intervint à son tour Ellie. S'il ne tire pas, c'est moi qui le ferai.

90

Qu'allait-il se passer ? Moretti allait-il céder ? Nous restâmes tous les trois figés dans un interminable arrêt sur image. Ni moi ni Ellie n'avions jamais tiré sur un homme.

— Dernier avertissement, articula Ellie en se redressant sur son matelas. Posez-le ou je vous abats !

— OK, accepta Moretti.

D'un grand calme, il essayait de nous garder tous les deux dans son champ visuel et se comportait comme s'il avait déjà vécu ce genre de situation. Il baissa doucement son revolver jusqu'à ce qu'il ne présente plus aucun danger pour nous et le posa lentement sur le lit d'Ellie.

— Nous avons fait surveiller la maison, Ellie. Quelqu'un a vu Kelly rôder aux alentours. Nous avons eu peur qu'il prépare un mauvais coup. Je sais que ça peut paraître bizarre, mais j'ai préféré m'assurer que…

— Ça ne prend pas, Moretti, le coupa Ellie en descendant de son lit. Je vous ai dit que j'avais cherché l'origine du revolver de Liz Stratton, que je savais d'où il venait. D'une affaire sur laquelle *vous* avez bossé ! Et ce pistolet-là ? Vous l'avez volé à Miami, lui aussi ?

— Ellie, soupira l'agent fédéral. Vous ne croyez tout de même pas que…

— Si, espèce d'enfoiré. Je sais tout ! Je sais que vous connaissiez Earl Anson. Je sais qu'il était votre indic. Il est trop tard pour vous en tirer avec des mensonges. Je n'ai pas besoin d'aller à Boston, le père de Ned a déjà parlé. Il lui a dit qu'il vous a connu à l'époque où vous viviez là-bas.

Moretti déglutit bruyamment.

— Vous avez mis mon domicile sous surveillance, n'est-ce pas ? Où sont les renforts, alors ? Allez-y, appelez-les !

Le visage de l'agent spécial se ferma, puis ses épaules se soulevèrent en un geste résigné.

— Est-ce la façon dont vous vous y êtes pris avec Tess McAuliffe ? l'interrogea Ellie en s'emparant de son arme. Vous l'avez surprise dans son bain avant de lui enfoncer la tête sous l'eau, hein ?

— Je ne peux pas le savoir, je n'ai pas tué Tess McAuliffe. Un homme de Stratton s'en est chargé.

Mes mains se crispèrent sur la crosse en acier de mon arme.

— Et mes amis de Lake Worth ? C'est toi, fils de pute !

— C'est Anson, rectifia Moretti avec un haussement d'épaules indifférent. Désolé, Neddie, ta mère ne t'a jamais appris ce qui arrive lorsque l'on s'approprie les biens des autres ?

Je lui aurais brisé la mâchoire si Ellie ne m'avait pas retenu.

— Vous ne vous en tirerez pas aussi facilement, Moretti. Deux armes ont été utilisées à Lake Worth. Le Beretta et un fusil. Ces crimes ne sont pas le fait d'une seule personne.

— Pourquoi ? demandai-je en fouillant son regard, les doigts serrés sur le revolver. Pourquoi les avoir tués ? Nous n'avons pas volé les toiles.

— Évidemment que non puisque c'est Stratton qui l'a fait. Pour tout vous dire, il les avait déjà vendues avant même que vous en entendiez parler.

— Vendues ?

J'adressai un regard déconcerté à Ellie dans l'espoir d'obtenir d'elle une explication. Moretti souriait.

— Vous l'aviez deviné dès le début, n'est-ce pas, Ellie ? Le gros coup de Ned, ce n'était qu'une couverture. Que ressentez-vous maintenant que vous savez que vos amis ont perdu la vie pour une simple arnaque à l'assurance ?

Moretti me dévisageait avec un rictus, jouissant déjà du douloureux effet de surprise qu'il s'apprêtait à produire.

— Une arnaque ? Pourquoi alors les avoir poursuivis si les tableaux étaient déjà vendus ? Pourquoi Dave ?

— Vous ne savez toujours pas ? constata-t-il avec un mouvement satisfait de la tête.

Des larmes me piquaient les yeux.

— Quelque chose d'autre a disparu, continua-t-il. Quelque chose qui ne figurait pas dans le contrat.

Ellie me jeta un regard avant d'affirmer :

— Le Gaume.

91

— Bravo ! applaudit Moretti. Je savais que l'un d'entre vous finirait par dire quelque chose d'intelligent.

Les yeux d'Ellie glissèrent de son supérieur à moi.

— Le Gaume intéresserait à peine un collectionneur. Personne ne tuerait pour ça.

Moretti haussa les épaules.

— J'ai bien peur qu'il soit temps d'appeler un avocat, Ellie, déclara-t-il en lui adressant un sourire arrogant. Vous ne pourrez rien faire avec ce que je vous ai dit, vous devrez tout prouver. Et je doute que ce soit possible. Le revolver, Anson… Vous n'avez rien d'autre que des présomptions contre moi et Stratton me protégera. Désolé de briser vos beaux rêves, mais je dégusterai des margaritas au soleil pendant que vous cotiserez encore pour votre retraite.

— Et ça, ce sont des présomptions ? lui lançai-je, en même temps que mon poing dans la figure.

Il manqua de tomber et une tache de sang apparut sur ses lèvres.

— Celui-là, c'est pour Mickey et mes amis.

Puis je lui envoyai une autre droite, qui le propulsa à terre.

— Et celui-là, c'est pour Dave.

Les pneus de deux voitures de patrouille crissèrent devant la maison cinq minutes après que j'eus appelé le 911. Ellie présenta l'affaire aux quatre officiers présents avant de téléphoner au FBI. Les gyrophares teintaient le voisinage de leurs reflets colorés lorsque les policiers embarquèrent Moretti menotté.

— Hé, Moretti ! appela Ellie.

Il se retourna sur la pelouse.

— Pas mal pour une diplômée en art, non ? lança-t-elle avec un clin d'œil.

Je le regardai s'éloigner, me réjouissant à l'idée de bientôt connaître le fin mot de l'histoire. Tout cela ne pouvait plus durer, Moretti allait parler. Du moins l'espérais-je.

Mais un nouveau cauchemar se déroula sous mes yeux.

La main dans la poche, un homme descendit d'une voiture stationnée au bout de la rue et se dirigea tout droit vers la pelouse d'Ellie. Il marcha d'un pas régulier devant les voitures de police, sous les lumières bleues et rouges, et sortit la main de sa veste tout en s'approchant de Moretti, encadré par deux policiers.

Deux balles traversèrent la poitrine de l'agent.

— Non ! criai-je en m'élançant sur le gazon.

Ma voix se transforma en murmure et je m'immobilisai, horrifié.

— P'pa, non…

Mon père venait d'abattre l'agent spécial Moretti.

92

Hank Cole contemplait l'horizon depuis la fenêtre de son bureau de Miami. Sous ses yeux, la mer déployait ses flots d'un bleu féerique à perte de vue. *Rien à voir avec Detroit,* pensa le directeur adjoint du FBI. Ou Fairbanks ! L'Alaska devait d'ailleurs compter très peu de parcours de golf. Peut-être même aucun. L'ADIC savait mieux que quiconque qu'il devait mettre de l'ordre dans cette affaire au plus vite s'il désirait conserver ce joli acronyme devant son nom et admirer encore quelques années cette vue paradisiaque.

Pour commencer, son équipe avait lancé sur tout le territoire une chasse à l'homme colossale contre un innocent. Certes, personne n'était à l'abri de l'erreur, d'autant que tout incriminait Kelly. Mais que l'agent chargée de l'enquête accuse son propre supérieur de tentative d'assassinat, arguant qu'il avait cherché à couvrir son rôle dans tous ces crimes, n'était pas pour lui faciliter la tâche. Enfin, pour couronner le tout, Moretti s'était fait abattre lorsque les policiers l'emmenaient.

Et par qui ? Cole froissa un morceau de papier dans son poing serré. *Par le père du suspect initial !*

Il pouvait dire adieu à sa carrière ! Il serra les dents. La presse allait s'en donner à cœur joie, son bureau ferait l'objet d'une enquête interne et le FBI le mettrait en charpie. Cole sentit sa poitrine se comprimer. *Une crise cardiaque... Ah, si seulement ce pouvait être ça !*

— Directeur adjoint Cole ?

Il détourna son regard de la fenêtre pour reporter son attention sur la réunion qui se déroulait dans son bureau.

Autour de la table de conférence, James Harpering, avocat en chef du FBI pour la région de Miami, Mary Rappaport, district attorney du comté de Palm Beach, et Art Ficke, le successeur de Moretti, avaient tous trois les yeux rivés sur lui. Tout comme la principale responsable de son malheur, l'agent spécial Ellie Shurtleff.

— Bien ! Qu'avons-nous pour prouver les allégations de l'agent Shurtleff contre Moretti ? demanda Cole en s'efforçant de garder son calme.

— La piste du revolver, intervint Ficke. Et les accointances de Moretti avec Earl Anson. Tout cela s'intègre dans une enquête rondement menée, continua-t-il avec un mouvement approbatif de la tête à l'adresse d'Ellie. Cela dit, il est vrai que ce ne sont guère plus que des présomptions.

— Il y a le témoignage de Frank Kelly, remarqua Ellie.

— Les aveux d'un criminel invétéré qui a, en outre, assassiné l'inculpé ? Non, ça ne sera recevable que si nous réussissons à établir des liens antérieurs entre les deux hommes, observa Harpering avec un haussement d'épaules.

— Il nous reste environ quarante-huit heures avant que l'affaire soit reprise par Washington, insista sèchement Cole. Si on s'en tient aux déclarations de l'agent

Shurtleff, qu'avons-nous sur Stratton ? Pouvons-nous établir une relation entre lui et Moretti ?

— Ce ne sera pas suffisant, intervint de nouveau l'avocat. Moretti s'occupait de l'affaire des toiles volées.

— Et avant le cambriolage ?

— Moretti était un pro, monsieur, déclara Ficke.

— Bon sang ! s'exclama Cole en poussant sa chaise d'un geste brusque. Si Moretti a les mains sales, j'en veux les preuves. Pareil pour Stratton. Alors, pour prêter main-forte au groupe de travail et sauver votre carrière, agent spécial Shurtleff, vous allez nous raconter une dernière fois comment l'agent spécial Moretti s'est retrouvé à votre domicile.

93

Ellie s'éclaircit la voix. Elle se sentait nerveuse. Non, cet adjectif ne suffisait pas à traduire l'état d'anxiété dans lequel elle se trouvait. Elle relata une fois de plus son histoire : le retour de Ned des obsèques de son frère, la confession de son père, la révélation de Liz Stratton, la petite mise en scène qu'ils avaient imaginée pour piéger Moretti après qu'elle eut remonté la piste du revolver.

Si insensé que cela puisse paraître, ils semblaient la croire. Du moins, en partie.

— Juste une petite question, intervint l'ADIC Cole. Pouvons-nous savoir depuis combien de temps vous et ce Kelly… *coopérez* sur l'affaire ?

— Depuis qu'il s'est rendu, répondit Ellie en avalant sa salive. Peut-être un peu avant, finit-elle par admettre, tête basse.

— Peut-être un peu avant…

Mâchoires serrées, Cole jeta un regard interrogateur à l'assistance, comme s'il attendait une explication. Ellie toussota.

— Je peux coincer Stratton, avança-t-elle d'une voix dans laquelle perçait une pointe de doute.

— Vous marchez déjà sur des charbons si ardents que vos genoux sont sur le point de prendre feu, agent spécial Shurtleff, la rembarra Cole avec un regard sévère.

— Je peux le coincer, monsieur, insista-t-elle d'un ton plus ferme.

Les yeux de Cole se fixèrent sur les siens. Elle tourna la tête vers Harpering et Ficke pour s'assurer qu'ils n'avaient pas accueilli sa remarque avec des sourires narquois.

— Très bien, soupira l'ADIC. Comment ?

— Il pense que nous sommes en possession de quelque chose qu'il recherche.

— Cette toile, précisa Cole avec un hochement de tête. Le… Gaume ? Qu'a-t-elle donc de si spécial ?

— Je ne le sais pas encore, répliqua Ellie. Mais Stratton ne sait pas non plus que nous ne le savons pas.

Cole considéra un moment Harpering et Ficke. Un lourd silence pensif s'abattit sur la pièce.

— Vous êtes spécialisée dans le vol d'œuvres d'art, n'est-ce pas, agent Shurtleff ? demanda Cole.

— Oui, monsieur, répondit Ellie, consciente qu'il s'agissait là d'une question purement rhétorique.

Cole joignit ses deux paumes de mains.

— Dans de telles circonstances, toute personne sensée penserait que je cours droit à la catastrophe en vous confiant une affaire de cette importance, surtout après ce que vous avez fait. En cas d'échec, vous bousillerez le reste de ma carrière.

— Et la mienne avec, monsieur.

— Fantastique, observa l'ADIC en se tournant vers Ficke et Harpering.

— Étant donné la situation, si Stratton s'en sort, nous aurons autant de nettoyage à faire qu'après le naufrage de l'*Exxon Valdez*, intervint l'avocat.

Cole se frotta les tempes énergiquement.

— Juste pour satisfaire ma curiosité, agent spécial Shurtleff : que vous faut-il pour l'épingler ?

— Il faut que quelqu'un du Bureau laisse échapper que Moretti n'a pas parlé, qu'il n'a pas ouvert la bouche au sujet de Stratton. Il faut aussi laisser croire à tout le monde que j'ai été destituée de l'affaire et que je fais l'objet d'une enquête.

— Ça ne devrait pas être bien difficile.

— Une dernière chose, continua Ellie, enhardie par l'urgence de la situation.

— Quoi encore ? s'enquit l'ADIC, les yeux levés au ciel en signe d'impatience.

— Ce n'est pas très orthodoxe, monsieur…

— C'est vrai que l'enquête a été menée en conformité avec les règles, jusque-là ! déclara Cole en réprimant difficilement un sourire.

Ellie prit une grande bouffée d'air pour s'instiller du courage.

— Il me faut Ned, monsieur.

94

Confortablement installé dans le jardin, dans l'ombre rafraîchissante du gazebo, je jouais au gin-rami avec Sollie au bord de la piscine. J'avais reçu l'ordre formel de ne pas mettre un pied hors de sa propriété jusqu'à ce que la police ait éclairci mon rôle dans l'arrestation de Moretti.

Inutile de préciser qu'une violation de ma liberté conditionnelle pour port d'arme à feu n'arrangeait pas mon cas.

Je savais qu'Ellie était sur la sellette. Le piège que nous avions tendu à Moretti pouvait lui coûter son poste. Le FBI possédait désormais tous les éléments de l'affaire : l'implication de mon père, les informations qu'Ellie avait découvertes sur Moretti, notre conversation avec Liz Stratton. *Moi.*

Moretti et Mme Stratton morts, les chances de coincer le milliardaire devenaient extrêmement minces. Cette idée me mettait dans une rage folle, tout comme l'attitude de mon père. Frank avait cru régler ses comptes avec le responsable de tous ces meurtres mais, en appuyant sur la détente, il avait surtout garanti l'impunité à Stratton.

— Ça fait un moment que je prends tous les cœurs que tu jettes et tu continues à m'en donner, soupira Sol.

— Je crains de ne pas avoir la tête au jeu, répondis-je en tirant une carte.

— Qui parle de jeu ? Il s'agit de réinsertion, Ned. J'ai promis au juge. D'ailleurs, à ce rythme, tu auras remboursé ta caution d'ici demain après-midi. Après, tu pourras faire ce qui te chante.

J'adressai un sourire au vieil homme.

— Je me fais du souci pour Ellie, Sol.

— C'est ce que je vois, fiston, mais je crois que tu n'as pas à t'inquiéter. Elle s'en sortira très bien toute seule.

— Elle a voulu m'aider et je ne lui ai apporté que des ennuis. Je veux que Stratton paye, Sollie. J'étais persuadé que nous le coincerions.

— Je le sais bien.

Il posa son jeu sur la table.

— Si tu veux mon avis, rien n'est encore perdu. Écoute bien ce que j'ai à te dire. Connais-tu le point faible des hommes comme Dennis Stratton ? Ils croient toujours être le plus gros poisson de la mare. Et, crois-en mon expérience, Ned, il y en a toujours un légèrement plus gros.

Ses yeux captèrent mon regard.

— Mais, avant tout, tu dois t'acquitter d'un devoir plus important, Ned.

— Quoi ? Distribuer les cartes ? demandai-je avec un petit sourire.

— Non, je parle de ton père, fiston.

— Mon illustre père est la principale cause de cette pagaille. Sans lui, nous aurions un témoin à charge contre Stratton. Ne va pas croire qu'il a agi par noblesse de sentiments.

— Je crois qu'il a agi de la seule manière qu'il connaisse. Il est malade, Ned. Nom de Dieu, le quatre !

— Hein ?

— Tu viens de me donner le quatre de pique que j'attendais.

Je baissai le regard sur mon jeu, constatant le chaos total qui y régnait. Mon esprit vagabondait à des lieues de là.

— Occupe-toi de tes affaires de famille, fiston, continua Sollie. Pour Stratton, les choses s'arrangeront d'elles-mêmes. Mais, puisque nous en parlons, je peux peut-être te donner un coup de main.

Il récupéra son jeu et déploya les cartes dans sa main, ancrant ses yeux dans les miens.

— Que veux-tu dire par là ?

— Tu dois jeter une carte, fiston. Tout ça n'est finalement qu'une histoire de poissons. Mais nous verrons ça plus tard.

Je me débarrassai d'un dix de carreau.

— Gin ! lança Sollie, les yeux brillants, en posant toutes ses cartes. C'est vraiment trop facile avec toi !

Il sortit la feuille de scores pour y inscrire son troisième gin consécutif.

— Si c'était pour que tu joues comme ça, j'aurais mieux fait de te laisser croupir en prison.

Au même moment, Winnie, la gouvernante philippine, apparut pour annoncer l'arrivée d'un visiteur, Ellie dans son sillage.

Je bondis hors de ma chaise.

— Vous devez avoir les oreilles qui sifflent, ma chère, sourit Sollie. Regardez votre petit ami ! Il est tellement inquiet à votre sujet qu'il en oublie les rudiments du gin.

— Il n'a pas tort, reconnus-je en la prenant dans mes bras. Alors, comment ça s'est passé ?

Elle s'assit avec un haussement d'épaules.

— Entre la mort de Moretti et mon copinage avec toi, je suis un parfait contre-exemple pour les élèves de Quantico. L'ADIC a pris la décision qui s'imposait. Je fais l'objet d'une enquête disciplinaire.

— Mais tu gardes ton poste ? m'assurai-je, plein d'espoir.

— Peut-être, répliqua Ellie avec un geste d'ignorance. Ça dépend.

— De quoi ? demandai-je, préoccupé par la perspective d'une interminable procédure d'inspection.

— De nous, rétorqua-t-elle, et de l'arrestation de Dennis Stratton.

Je n'étais pas certain d'avoir bien entendu et restai immobile, adressant à Ellie un regard surpris.

— Tu as bien dit *nous* ?

— Oui, Ned, répondit-elle, un imperceptible sourire sur les lèvres. Toi et moi. Nous.

95

Ellie devait commencer par effectuer quelques recherches dans le domaine de l'art. Où d'autre trouver le secret que recelait cette quatrième toile ?

Elle n'avait que l'embarras du choix pour dénicher des informations sur un peintre, même un artiste qui lui était presque inconnu et s'était éteint une centaine d'années plus tôt.

Elle commença par consulter Internet, mais la toile se révéla très peu bavarde au sujet d'Henri Gaume. À croire que le peintre, boudé des biographes, avait mené sa vie dans l'anonymat le plus complet. Elle continua donc ses recherches dans les volumes du Bénézit, encyclopédie française des peintres et sculpteurs. L'entrée sur Gaume, qu'elle traduisit elle-même du français, ne contenait aucun détail significatif. Né en 1836 à Clamart, l'artiste s'était consacré à la peinture pendant quelques années, à Montmartre, et avait exposé entre 1866 et 1870 au prestigieux Salon de Paris, avant d'être rayé de la carte artistique. Le tableau volé, pour lequel Stratton n'avait même pas pris la peine de contracter une police d'assurance, s'intitulait *Faire le ménage* et représentait une domestique contemplant un miroir au-dessus d'une cuvette. L'œuvre n'étant pas répertoriée, la jeune femme ne possédait aucune piste pour trouver son origine.

Ellie téléphona à la galerie française où Stratton prétendait avoir acheté la toile. Le propriétaire, qui dut fouiller sa mémoire pour se souvenir de ce bien, lui indiqua qu'il provenait d'une ancienne demeure provençale appartenant à une vieille femme.

Ce n'est pas la toile qui intéresse Stratton, finit par conclure Ellie. *Gaume est un peintre des plus ordinaires.*

La peinture cachait-elle quelque chose ? Un message ? Pourquoi Stratton voulait-il mettre la main dessus à n'importe quel prix, même celui de six vies humaines ?

La jeune femme ressentait déjà les premiers assauts de la migraine.

Elle écarta les énormes ouvrages sur les peintres du XIXe siècle qui recouvraient son bureau. Si la réponse n'était pas couchée dans ces pages, elle se trouvait ailleurs.

Stratton s'était satisfait des indemnités de l'assurance pour couvrir la perte d'un Cézanne, d'un Picasso et d'un Pollock. En revanche, il ne digérait pas la disparition de cette toile sans valeur.

Réfléchis, Ellie. Que cache le Gaume ?

Soudain, elle comprit. La solution de l'énigme lui apparut dans toute sa clarté, plus comme une lueur blafarde qui gagne petit à petit en intensité que comme un flash de vérité.

Liz Stratton la lui avait soufflée tandis qu'elle retournait vers la voiture de son mari, ses traits trahissant une profonde résignation, comme si elle devinait l'imminence de sa fin.

« C'est vous l'expert en art. D'après vous, pourquoi se fait-il appeler Gachet ? »

Bien sûr ! La clé du mystère se cachait dans ce nom : Dr Gachet.

Ellie écarta sa chaise du bureau. L'histoire avait alimenté bien des rumeurs, apocryphes sans aucun doute. Rien n'avait jamais été retrouvé, ni dans la propriété de Van Gogh lorsque son frère avait vendu ses œuvres, ni chez les mécènes de l'artiste, Tanguy et Bonger.

L'un des livres d'art posés sur son bureau affichait, en couverture, le célèbre portrait réalisé par le peintre néerlandais. Ellie le plaça devant elle pour contempler ce médecin de campagne aux yeux bleus d'une infinie mélancolie.

Un homme pouvait tuer pour une toile de cette valeur.

Soudain, elle réalisa qu'elle s'adressait aux mauvaises personnes et consultait les mauvais ouvrages. Elle s'était plongée dans la vie du mauvais peintre.

96

— Prêt ? s'assura Ellie en me tendant le téléphone.

J'acquiesçai d'un hochement de tête et empoignai le combiné comme s'il s'agissait d'une arme destinée à abattre un ennemi. L'anxiété m'asséchait la gorge, mais je rêvais de ce moment depuis que j'avais reçu le coup de fil de Dee et découvert, une heure plus tard, les cadavres de mes amis.

Le téléphone à la main, je m'enfonçai dans l'un des fauteuils disposés sur la terrasse de Sollie.

— Prêt.

Je savais que Stratton lâcherait le morceau. J'imaginais avec plaisir son pouls s'accélérer au son de ma voix. Il était persuadé que je détenais sa toile. Il avait déjà tué pour elle et il était le genre d'homme à accorder une foi aveugle à son instinct. Je composai le numéro. Lorsque la sonnerie bourdonna dans mon oreille, je m'adossai au fauteuil en prenant une profonde inspiration. Une Hispanique, probablement la gouvernante, répondit :

— Résidence de Dennis Stratton.

Après que je lui eus indiqué mon nom, elle alla chercher son patron. Cette histoire touchait à sa fin. J'allais honorer ma promesse à Dave, Mickey, Bobby, Barney et Dee.

— C'est donc le célèbre Ned Kelly ! Que me vaut cet honneur ? ironisa Stratton au terme d'une longue attente.

Je n'avais jamais eu affaire à lui directement, mis à part le bref épisode de la terrasse, mais je ne voulais pas lui laisser l'occasion de me servir ses foutaises au téléphone.

— Je l'ai, Stratton, me contentai-je de déclarer.

— Qu'avez-vous, monsieur Kelly ?

— J'ai ce que vous cherchez, Stratton. Vous avez raison depuis le début. J'ai le Gaume.

Un silence s'empara de la ligne. Il pesait sa réponse, cherchant à détecter les traces de vérité et de mensonge dans mes paroles. Flairait-il un piège ?

— Où êtes-vous, monsieur Kelly ? finit-il par demander.

— Où suis-je ?

Je marquai une pause, dérouté par sa question.

— Je vous demande d'où vous appelez, monsieur Kelly ? Est-ce si difficile de répondre ?

— Je ne suis pas loin, répondis-je. Mais, ce qui importe, c'est que j'ai le tableau.

— Pas loin, hein ? Et si nous vérifiions ça ? Connaissez-vous Chuck & Harold's ?

— Bien sûr.

J'adressai un regard angoissé à Ellie. Nous n'avions pas envisagé ce scénario dans notre plan. Chuck & Harold's était un café très fréquenté de Palm Beach, où aimaient pavoiser des habitués branchés.

— Vous y trouverez un téléphone public près des toilettes pour les hommes. Je vous y appelle dans… disons quatre minutes. Quatre minutes pile, pas une seconde de plus, monsieur Kelly. Nous allons voir si vous êtes si près que ça. Si vous décrochez à la sonnerie, alors nous pourrons avoir une petite conversation privée, juste vous et moi.

— Je ne suis pas sûr d'y arriver, répondis-je en regardant ma montre.

— Alors, si j'étais vous, je me dépêcherais, monsieur Kelly. Il vous reste trois minutes et cinquante secondes. Le compte à rebours a commencé. Et je vous conseille de ne pas manquer cet appel. Ce sera votre dernière chance de discuter avec moi.

Je raccrochai et me tournai vers Ellie.

— Vas-y, me pressa-t-elle.

Je traversai la maison en direction de la cour et bondis dans la voiture de fonction d'Ellie. Elle me suivit et monta dans un autre véhicule avec deux de ses collègues. Je passai le portail puis, dans un crissement de pneus, dessinai un large virage sur County Road. Je filai pied au plancher jusqu'à Poinciana Way, six ou sept blocs plus loin, pris le dernier virage à plus de 60 kilomètres/heure et freinai brusquement devant le café.

Je regardai de nouveau ma montre. Quatre minutes pile. Heureusement que je connaissais ce bar et l'emplacement des toilettes.

La sonnerie retentit lorsque j'arrivais devant le téléphone. Je décrochai :

— Stratton ?

— Je vois que vous êtes dégourdi, constata-t-il d'un ton qui indiquait qu'il avait pris un malin plaisir à me jouer ce petit tour. Très bien, monsieur Kelly. Maintenant, ça se passe entre vous et moi. Pourquoi avoir cette conversation sur une ligne probablement sur écoute ? Vous avez mentionné une œuvre d'Henri Gaume, il me semble. Je suis tout ouïe.

97

— Je songeais à la remettre à la police. Je suis sûr qu'elle serait intéressée.

Ma remarque fut accueillie par un silence.

— À moins que nous ne trouvions un arrangement, ajoutai-je.

— Malheureusement, j'ai pour principe de ne pas pactiser avec les meurtriers présumés, monsieur Kelly.

— Ça nous fait un point commun, Stratton.

— Content de l'apprendre, ricana-t-il. Et pourquoi renier vos principes, alors ?

— Je ne sais pas. Peut-être suis-je un peu trop sentimental… J'ai entendu dire que c'était le tableau favori de votre épouse.

Cette fois, Stratton ne broncha pas.

— D'accord, on m'a volé une toile d'Henri Gaume. Mais qu'est-ce qui me prouve que celle que vous avez est la bonne ?

— Oh, ne vous en faites pas, c'est la bonne. Une lavandière vêtue d'un tablier blanc qui contemple son reflet devant un évier.

Je n'ignorais pas que cette description constituait une preuve peu convaincante. N'importe qui aurait pu mettre la main sur la déposition de Stratton.

— Il était accroché dans le corridor de votre chambre le soir où vous avez fait assassiner mes amis.

— Le soir où ils m'ont cambriolé, vous voulez dire. Pouvez-vous me décrire le cadre ?

— Il est doré, plutôt ancien. Avec des décorations en filigrane.

— Retournez-le. Une inscription figure-t-elle au verso ?

— Je ne l'ai pas devant moi, répliquai-je. Avez-vous oublié que je suis à Chuck & Harold's ?

— Vous auriez dû prévoir, monsieur Kelly, si vous teniez à avoir une conversation sérieuse.

— Par contre, je me souviens de l'inscription, repris-je, le cœur battant à l'idée que j'allais marquer un point. « Pour Liz, avec tout mon amour, pour l'éternité. Dennis. » Très touchant, Stratton. Quel ramassis de conneries !

— Il ne me semble pas vous avoir demandé de commentaires.

— Profitez-en, ils sont livrés avec la toile. Pour le même prix.

— Ce n'est pas très malin de provoquer la personne avec qui vous essayez de négocier, monsieur Kelly. Simple curiosité : combien en voulez-vous ?

— Cinq millions de dollars.

— *Cinq millions de dollars ?* La propre mère de Gaume ne l'achèterait pas plus de trente mille dollars.

— Cinq millions de dollars, monsieur Stratton, ou c'est la police qui le récupère. Si je me souviens bien, c'est le prix dont Mickey et vous étiez convenus, non ?

Stratton plongea dans le silence révélateur, non pas des pensées qui l'habitaient, mais de son envie de m'étrangler.

— Je ne vois pas de quoi vous parlez, monsieur Kelly, mais vous avez de la chance : j'ai promis une récompense à celui qui me rapporterait cette toile. Toutefois, je veux d'abord m'assurer d'une dernière chose. Il y a une autre indication derrière le cadre. Dans le coin droit.

Je fermai les yeux une seconde, m'efforçant de me souvenir du moindre détail concernant cet objet. Il ne bluffait pas, le cadre portait une autre inscription. Je me sentis envahi d'un sentiment de culpabilité, comme si j'avais trahi quelqu'un. Des êtres chers.

— C'est un numéro, indiquai-je dans un souffle. 4-3-6-1-0.

Stratton marqua une longue pause.

— Bien joué, Ned ! Vous méritez votre récompense pour avoir si bien roulé tout le monde. Y compris la police. Ce soir, j'assiste à un dîner de charité au Breakers, pour la fondation Make-A-Wish, l'une des causes chères à Liz. Je réserverai une suite à mon nom et m'arrangerai pour m'éclipser de la soirée vers 21 heures. Ça vous va ?

— J'y serai.

Lorsque je raccrochai le téléphone, je n'entendis plus que mon cœur battre dans ma poitrine. En sortant du restaurant, j'aperçus une voiture noire garée au coin de la rue. Ellie et ses deux équipiers me regardaient avec des yeux interrogateurs.

— Les tractations sont engagées, lançai-je. 21 heures au Breakers.

— On a du boulot d'ici là ! remarqua l'un des agents.

— Commencez sans moi. J'ai une petite chose à faire.

98

Un garde me fouilla avant de me conduire jusqu'aux cellules de détention de la prison du comté de Palm Beach.

— Mais qu'est-ce que vous avez, chez les Kelly ? C'est génétique ? s'exclama-t-il avec un mouvement désapprobateur de la tête.

Mon père était allongé sur un lit de camp métallique, les yeux grands ouverts, perdus dans le vide. Je l'observai un instant en silence. Une scène de mon enfance me revint à l'esprit : le retour triomphal de Frank à la maison, un énorme paquet sous le bras. Maman était penchée au-dessus de l'évier tandis que JM, Dave et moi goûtions à table. Je devais avoir neuf ans.

— Evelyn Kelly ?

Mon père fit tourner ma mère et annonça, avec la voix d'un présentateur d'émission télévisée :

— C'est votre tour !

Il lui tendit la boîte. Je n'oublierai jamais l'expression de ma mère lorsqu'elle l'ouvrit pour en sortir un magnifique manteau de fourrure. Frank le lui passa cérémonieusement et la fit virevolter dans la cuisine. Le visage de ma mère, rouge d'émotion, traduisait une excitation teintée d'incrédulité.

Puis il la fit basculer en arrière comme un danseur de salon en nous adressant un clin d'œil :

— Attendez un peu de voir ce qui se cache derrière le troisième rideau !

Mon père était un charmeur-né. Il aurait pu chiper son arme à un flic rien qu'en lui faisant son petit numéro.

— Salut, p'pa, lançai-je, debout devant les barreaux.

Il roula sur le flanc.

— Neddie ! s'étonna-t-il en clignant des yeux.

— Je ne savais pas quoi apporter, alors j'ai pris ça.

Je lui tendis un sac rempli de barres chocolatées Kit Kat et de pastilles contre la toux Luden, à la cerise sauvage. Maman lui en apportait chaque fois que nous lui rendions visite en prison.

Frank s'assit avec un sourire.

— J'ai toujours dit à ta mère qu'une scie à métaux me serait plus utile.

— Ce n'est pas faute d'avoir essayé, mais c'est mission impossible avec tous les détecteurs.

Il se lissa les cheveux.

— Ah, la technologie…

Je l'examinai de plus près. Bien qu'amaigri et le teint jauni, il semblait calme et détendu.

— As-tu besoin de quelque chose ? Je peux demander à Sollie de te trouver un avocat.

— Georgie s'en est déjà occupé, répondit-il en secouant la tête. Je sais très bien ce que tu penses, continua-t-il. J'ai encore tout raté. Mais je devais le faire, Ned. Même les fumiers comme moi obéissent à un code d'honneur. Moretti ne l'a pas respecté. Il a tué ma chair et mon sang. Certains actes sont impardonnables. Tu comprends ça, non ?

— Si tu voulais faire quelque chose pour Dave, c'était sur Dennis Stratton qu'il fallait tirer. C'est lui qui est derrière tout ça. Tu n'as fait que gâcher notre meilleure chance de le coincer.

— Alors pourquoi ai-je l'impression d'avoir enfin fait quelque chose de bien ? sourit-il. De toute façon, je n'ai jamais été qu'une petite frappe. Mais je suis content de te voir, Ned. Je voulais te parler de certaines choses.

— Moi aussi, repris-je, les mains serrées autour des barreaux.

Il se redressa pour se servir un verre d'eau.

— Je n'ai jamais vraiment cherché à te connaître ou à te comprendre. Pas même lorsque tu as été innocenté après cette histoire, au collège. Aujourd'hui, je voudrais que tu me pardonnes d'avoir douté de toi, Ned. Tu es un bon garçon, un homme bon.

— Écoute, p'pa, nous ne sommes pas obligés de revenir sur tout ça maintenant.

— Si, trancha-t-il en se mettant difficilement sur pieds. Après la mort de John Michael, je crois que je n'ai pas eu la force de porter le poids de ma responsabilité. Une partie de moi se répétait : *Et voilà, tel père, tels fils. C'est dans le sang des Kelly*. Pour dire la vérité, j'ai rarement été aussi fier que quand tu as décroché ce boulot à Stoughton.

Ne trouvant rien à répondre à cet aveu, je me contentai de hocher la tête.

— L'autre jour, j'ai vécu le pire moment de ma vie, poursuivit-il en levant les yeux vers moi.

— L'enterrement de Dave, acquiesçai-je avec un long soupir. Moi aussi.

— Aussi, reprit-il avec un regard rempli de tristesse. Mais je parlais de notre rencontre à Fenway Park. Lorsque je t'ai laissé partir, j'ai réalisé ce que je venais de faire. Je crois que c'est alors que j'ai compris combien j'avais gâché ma vie, combien tu étais un grand homme et combien j'étais devenu petit ou, plutôt, combien j'avais été minable tout au long de mon existence. J'ai toujours été un escroc à deux balles, Neddie. Pas toi.

Frank s'approcha d'un pas incertain de la grille métallique.

— Ça fait longtemps que j'aurais dû te le dire, Ned, mais je suis désolé. Désolé de vous avoir tous abandonnés.

Il posa sa main sur la mienne.

— Je sais que ça ne suffit pas de le dire, que ça ne répare rien du mal que j'ai fait, mais c'est tout ce dont je suis capable.

Des larmes me piquaient les yeux.

— Si Dave nous regarde de là-haut, remarquai-je avec un rire forcé, il doit se dire que cette soudaine sagesse lui aurait été bien utile.

Frank laissa échapper un son, entre le rire et le grognement.

— Ça a toujours été le problème avec moi : de grandes idées et un timing de merde ! Mais j'ai laissé les choses en ordre pour ta mère. Pour toi aussi, Ned.

— On va le coincer, p'pa.

Je répondis à la pression de sa main, en pleurs.

— Oui, fiston. Occupe-toi de lui.

Nos yeux se rencontrèrent dans une étreinte silencieuse et émue et, comme Sol l'avait prédit, je lui pardonnai. Tout. Je n'eus même pas besoin de prononcer un mot.

— Je dois y aller, déclarai-je en serrant ses doigts noueux. Il se peut que tu ne me voies pas de sitôt.

— C'est tout le mal que je te souhaite, fiston, rit-il. Pas où je vais en tout cas.

Il relâcha ma main et je fis un pas dans le couloir, en direction de la sortie.

— Hé, p'pa ! lançai-je en me retournant, l'écho de ma voix percutant les barreaux de fer. Juste une chose : le manteau en fourrure de maman, celui que tu as rapporté à la maison un jour, tu l'avais volé, hein ?

Il me fixa en silence, une étincelle de dureté dans ses yeux creux. *Comment oses-tu me poser cette question ?* semblait-il me reprocher. Puis ses lèvres se soulevèrent en un sourire malicieux.

— Évidemment !

Je souris une dernière fois à mon père avant de lui tourner le dos.

99

Un agent du FBI passa un fil sous ma chemise.

— Le micro restera toujours branché, m'indiqua Ellie. Les lieux seront cernés par nos hommes. Il te suffira de prononcer le code pour que Dennis Stratton soit fait comme un rat.

Nous nous trouvions chez Sol, dont la résidence, transformée en quartier général, était envahie par une armée de fédéraux. Le successeur de Moretti, l'agent spécial Ficke, orchestrait les opérations. Sous ses cheveux bruns lissés, il portait des lunettes à monture d'écaille qui renforçaient l'austérité de ses lèvres fines.

— Voici les règles élémentaires, intervint-il. Surtout, n'acceptez de négocier qu'avec Stratton. Pas d'intermédiaire. Pas un mot sur Moretti non plus, je ne veux pas qu'il croie qu'il a divulgué quoi que ce soit. N'oubliez pas que Stratton n'a probablement jamais rencontré Anson ou votre père. Essayez plutôt de le faire parler du cambriolage, cherchez à savoir qui en a été l'instigateur. Le chèque suffira à prouver sa culpabilité. Vous en sentez-vous capable ?

— Oui, agent spécial Ficke. Et pour la toile ?

— Ici, regardez.

Une de ses subalternes apporta un paquet soigneusement emballé et scellé avec des mètres de bande adhésive.

— Qu'y a-t-il dedans ? demandai-je.

— De gros ennuis si vous le laissez le découvrir, répondit Ficke. Surtout, demandez à voir le chèque avant qu'il l'ouvre. Si la situation se complique, nous viendrons à votre secours.

Je me tournai vers Ellie.

— Tu seras là ?

— Bien sûr.

— Il y aura des renforts à tous les étages, expliqua Ficke. Dès qu'il aura dit ce que nous voulons entendre ou qu'il ouvrira le paquet, nous entrerons en action. Il n'y aura aucun problème.

Il n'y aura aucun problème, me répétais-je en le regardant. J'avais l'impression d'être de la chair à canon, un fantassin envoyé en repérage dans un champ de mines. Aucun problème. Pourtant, s'il y avait une certitude que nous partagions tous, c'était que Stratton n'avait pas l'intention de me laisser quitter cette chambre d'hôtel vivant.

— Je voudrais parler à Ellie.

— Elle n'a pas la direction des opérations, répliqua Ficke d'un ton cassant. Si vous avez des questions, c'est à moi qu'il faut les poser.

— Je n'ai pas de question. Il faut que je parle à Ellie. Pas ici, ni devant tout ce monde. Dehors.

100

Nous nous dirigeâmes tout d'abord vers le bord de la piscine, mais je me ravisai en surprenant Ficke en train de nous observer derrière les stores. J'entraînai donc Ellie jusqu'à la plage, mon quartier général, aussi loin que possible du regard de son supérieur.

Elle déposa ses chaussures dans l'escalier et retroussa son pantalon pour marcher sur le sable. Il était près de 17 heures et le soleil entamait sa course vers l'océan.

Je lui pris la main.

— Ce n'est pas mal ici, non ? Ça me donnerait presque la nostalgie de mon passé de sauveteur. Je ne réalisais pas la chance que j'avais, à l'époque.

Je passai mon bras autour de ses épaules et dégageai une mèche de cheveux de ses yeux.

— Ellie, me fais-tu confiance ?

— Tu ne penses pas qu'il est un peu tard pour me poser cette question, Ned ? Je ne t'ai pas arrêté lorsque j'en avais l'occasion, nous avons volé une voiture ensemble, caché des informations à la police, enlevé un témoin… Si ce ne sont pas des preuves de confiance !

Je souris.

— Tu aurais dû descendre de ce monospace quand je t'en ai donné l'occasion. Rien de tout cela ne serait arrivé.

— C'est vrai. À l'heure qu'il est, tu serais sous les verrous ou en train de manger les pissenlits par la racine. Quant à moi, je bénéficierais encore d'une certaine sécurité de l'emploi. De toute façon, je n'avais pas le choix. Si je me souviens bien, tu me menaçais avec un revolver.

— Et, si je me souviens bien, le cran de sûreté était encore en place.

Je l'attirai contre moi. Son cœur battait fort contre mon torse. Si aucun de nous deux ne pouvait prévoir ce que cette soirée nous réservait, nous savions qu'elle annonçait des changements radicaux. Même si nous arrivions à prouver que je n'étais pas un assassin, je resterais passible d'une longue peine de prison pour mes délits. À ma sortie, je serais toujours un criminel et Ellie serait toujours agent fédéral.

— Ellie, je voudrais juste que tu continues à me faire confiance. Juste un tout petit peu.

Elle s'écarta de moi, cherchant à lire dans mes yeux.

— Tu me fais peur, Ned. Nous avons une chance de le coincer. Après, tout sera terminé. Je t'en prie, essaie de faire ça dans les règles, pour une fois.

Je la gratifiai d'un sourire.

— Seras-tu là pour moi, Ellie ?

— Je te l'ai dit, répondit-elle avec des yeux brillant de détermination. Je serai juste dehors. Je ne te laisserais jamais t'embarquer seul dans une entreprise aussi risquée.

Je le sais bien. Je la serrai contre mon cœur, laissant mes yeux se perdre dans le lointain, sur le coucher de soleil.

Je ne trouvai pas le courage de lui préciser que je parlais de l'avenir.

101

Le simple fait de tourner dans la longue allée menant au Breakers me projeta dans un autre univers.

Devant mes yeux, ses deux tours majestueuses, resplendissantes de lumière, composaient sans doute le tableau le plus représentatif de la ville de Palm Beach. De somptueuses loggias, bordées de palmiers parés de reflets chatoyants, conduisaient jusqu'à la réception. Les visiteurs évoluaient dans ce décor avec suffisance, persuadés de marcher sur les traces de leurs illustres prédécesseurs, les magnats du pétrole Flagler, Mellon et Rockefeller, qui avaient parcouru ce chemin dans de luxueux wagons privés.

Ce soir, j'allais pénétrer dans le temple de l'*upper class*.

Je garai la Crown Victoria d'Ellie derrière une Mercedes SL 500 et une Rolls, sur la place de briques rouges marquant l'entrée de l'hôtel. Des couples sortaient des véhicules, les hommes en smoking et les femmes en robe de soirée relevée de bijoux étincelants. Quant à moi, je portais un polo Lacoste vert que je n'avais pas pris la peine de rentrer dans mon jean. Même le gardien de parking me regarda de travers.

J'avais entendu parler de ces galas et y avais parfois travaillé comme serveur, à mon arrivée en Floride. À Palm

Beach, ces soirées étaient au centre de la vie mondaine. Si les invitations mentionnaient toutes sortes de bonnes causes, ces réceptions donnaient surtout l'occasion à de riches douairières de dépoussiérer leurs rivières de diamants et de parader dans des robes de grand couturier en dégustant du caviar, une coupe de champagne à la main. Qui sait combien d'invités se souciaient réellement de l'œuvre de bienfaisance à l'honneur ? Je me souviens d'avoir entendu qu'une femme dont le mari était subitement décédé avait congelé le cadavre plusieurs semaines pour ne pas avoir à porter le deuil avant la fin de la saison.

Concentre-toi un peu, Ned.

Je pris l'épais emballage que les fédéraux m'avaient confié sous mon bras et pénétrai dans le hall d'entrée, animé d'une foule composite. Les invités étaient en habit de soirée, les employés en veste rouge et les clients de l'hôtel en vêtements décontractés. N'importe laquelle de ces tenues pouvait cacher l'un des hommes de Stratton ou un agent du FBI.

Ma montre indiquait 20 h 40. J'avais vingt minutes d'avance sur le planning, mais les fédéraux devaient déjà être en état d'alerte.

Je me dirigeai tout droit vers le comptoir, derrière lequel se tenait une séduisante réceptionniste du nom de Jennifer.

— Je dois avoir un message de M. Stratton, annonçai-je.

— Monsieur Kelly, me sourit-elle, comme si elle m'attendait.

Elle me remit un pli scellé estampillé du nom de l'hôtel. Après lui avoir présenté une pièce d'identité, je déchirai l'enveloppe pour en sortir un bristol sur lequel figuraient deux mots : « Chambre 601. »

OK, Ned. Il est temps de régler cette affaire. Je retins mon souffle quelques secondes dans l'espoir de chasser la nervosité, puis demandai à Jennifer où se tenait le dîner Make-A-Wish. Elle m'indiqua la Circle Ballroom, à gauche au fond d'un couloir à la décoration surchargée.

Je replaçai le colis sous mon bras et suivis deux couples en tenue de soirée en direction de la salle de bal.

Soudain, j'entendis une voix grésiller dans mon oreillette.

— Putain, Kelly, que faites-vous ? Vous avez vingt minutes d'avance ! hurla Ficke.

— Désolé, Ficke. Changement de programme.

102

Je pressai le pas jusqu'à distinguer la Circle Ballroom au sommet d'une volée de marches, juste après le bar de la réception.

Un petit attroupement s'était formé à la porte de la salle où des convives donnaient leur nom et présentaient leur carton d'invitation. Je m'attendais à des mesures de sécurité plus drastiques. Un orchestre, qui venait sans doute d'interpréter des morceaux sur lesquels toute personne sensée refuserait de danser, quitta la pièce. Je profitai de la confusion pour me glisser dans la file.

Une femme aux cheveux blancs, qui portait aux oreilles des diamants aussi gros que des boules de sapin de Noël, me regarda comme si je débarquais de la planète Mars. Je me faufilai devant elle. Elle chercha à m'interpeller, mais j'entrai dans la salle sans un regard en arrière.

Tu as intérêt à ne pas te planter, Neddie.

La magnificence de la pièce me stupéfia. Elle était parée de fleurs fraîches et de splendides lustres pendaient de son plafond à caissons. L'orchestre jouait *Bad, Bad Leroy Brown* sur un air de cha-cha-cha. Chacune des femmes que je croisais croulait sous le poids des diamants. Colliers, bagues, diadèmes… Il y en avait partout. Les hommes arboraient leur traditionnel smoking empesé, un mouchoir parfaitement plié dans la poche de poitrine. L'un d'entre eux portait même un kilt.

Je promenai un regard fébrile sur la salle pour y repérer Stratton, conscient d'être autant à ma place dans cette pièce qu'un Maori à la garden-party de la reine d'Angleterre.

Soudain, je sentis une main se poser sur mon bras et m'attirer à l'écart de la foule.

— Les livraisons se font par-derrière, monsieur Kelly.

Faisant volte-face, je découvris Champion, le sourire jusqu'aux oreilles.

— Je t'ai bien eu, hein !

Tiré à quatre épingles, il portait un plateau en argent rempli de blinis de caviar. Sans ses cheveux orangés, il aurait fait un parfait serveur.

— Où est Stratton ? lui demandai-je.

— Derrière. Où veux-tu que soit un pareil trou du cul ? plaisanta-t-il en me gratifiant d'un coup de coude. C'est celui qui porte un smok'.

Il leva sa main en signe d'excuse.

— Cool, mec, j'essaie juste de détendre un peu l'atmosphère.

Apercevant Stratton dans la foule, je cherchai ses gorilles du regard.

Champion abandonna son plateau sur une table et posa ses mains sur mes épaules.

— Ça va aller, Ned. OK, je dis ça avant chaque saut et il y a toujours une ou deux de mes vertèbres, esquintées à jamais, pour prétendre le contraire. Mais ne te fais aucun souci, mec, tu as des amis dans la place. Je surveille tes arrières, m'assura-t-il avec un clin d'œil en cognant son poing serré contre le mien.

— Ned ! intervint Ellie dans mon oreillette. Ned, tu fais quoi, là ? Arrête !

— Désolé, Ellie, l'interrompis-je en entendant sa voix affolée. Contente-toi de rester là. S'il te plaît. On va l'avoir.

Je reconnus quelques personnes parmi les invités : Henry Kissinger, Sollie Roth, qui conversait avec deux autres convives aux allures d'hommes d'affaires, et Lawson.

Mon regard se posa de nouveau sur Stratton, au fond de la salle. Une coupe de champagne à la main, il discutait avec une blonde vêtue d'une robe longue décolletée. Quelques personnes riaient autour de lui. Il y avait de quoi : Liz était à peine enterrée qu'il était déjà l'un des célibataires les plus courtisés de Palm Beach.

Je remplis mes poumons d'une longue bouffée d'air avant de me faufiler à travers la foule dans sa direction.

Ses yeux s'élargirent lorsqu'il me vit approcher. L'ombre d'une seconde, ses traits trahirent sa surprise, puis il retrouva son aplomb et un petit sourire narquois souleva le coin de ses lèvres. Ses amis me dévisagèrent comme si je venais leur livrer le courrier.

— Vous êtes en avance, monsieur Kelly. Ne devions-nous pas nous retrouver dans la chambre ?

— Je suis pile à l'heure, Stratton. Changement de programme. J'ai pensé que ce serait dommage de vous obliger à quitter cette merveilleuse réception. Nous pouvons très bien conclure l'affaire ici.

103

À l'étage, dans l'une des chambres de l'hôtel, Ellie laissait libre cours à sa panique dans le microphone :

— Ned, que fais-tu ?

Mais Ned ne répondait plus.

— Abandonnez tout, ordonna Ficke. Arrêtons tout de suite ce fiasco.

— Nous ne pouvons pas faire ça, contesta Ellie en se levant de son poste d'écoute. Ned se trouve dans la salle de bal, il est avec Stratton. L'opération est en cours d'exécution, en ce moment même.

— Si nous descendons, agent spécial Shurtleff, soyez assurée que ce sera pour lui passer les menottes, pas pour l'aider. La fête est finie, rétorqua Ficke en plantant ses yeux dans les siens.

Il arracha son casque d'un geste brusque.

— Je ne laisserai pas ce kamikaze ruiner la réputation du Bureau.

Il adressa un signe de tête au technicien.

— Coupez tout.

— Non, s'insurgea Ellie. Laissez-moi deux hommes. Nous ne pouvons pas l'abandonner, nous lui avons promis. Il a encore besoin de renforts. L'opération continue, il est avec Stratton.

— Alors restez et écoutez, si ça vous chante, agent spécial Shurtleff, conclut Ficke de la porte. Je vous laisse le matériel.

Ellie n'en croyait pas ses oreilles. Il pliait bagage, tout simplement, alors que Ned était seul face à un criminel à l'étage inférieur.

— Il a dit qu'il allait nous livrer Stratton et c'est ce qu'il est en train de faire, reprit-elle. Nous ne pouvons pas le laisser tomber. S'il lui arrive quelque chose, ce sera notre faute.

— Vous pouvez garder Downing, annonça Ficke. Et récupérez Finch à la réception.

Il lui adressa un regard indifférent.

— C'est votre plan, agent spécial Shurtleff. Votre problème.

104

— Conclure l'affaire ici ?

Stratton n'en menait pas large sous son imperturbable sourire suffisant. J'affichai, moi aussi, mon plus beau sourire.

— Vous avez tué mon frère, Stratton. Vous ne pensiez tout de même pas vous en sortir aussi facilement ?

Quelques têtes se tournèrent dans notre direction. Stratton regarda alentour, décontenancé.

— Je ne vois pas de quoi vous voulez parler, monsieur Kelly. Mais je ne crois pas qu'un homme en liberté conditionnelle et poursuivi par la justice fédérale soit en position d'émettre des accusations contre moi.

— Il a aussi assassiné sa femme, déclarai-je à la cantonade. Il a essayé de couvrir son crime en inventant cette histoire ridicule avec le garde du corps. Mais, la vérité, c'est qu'elle s'apprêtait à le dénoncer. Il a volé ses propres toiles pour les revendre, puis a assassiné quatre personnes à Lake Worth pour faire croire qu'il s'agissait d'un cambriolage qui avait mal tourné. Mais, depuis, il est à la recherche d'un tableau. Le seul qui n'aurait pas dû disparaître. N'est-ce pas, monsieur Stratton ?

Je lui présentai le paquet soigneusement emballé. Ses yeux s'agrandirent.

— Qu'avez-vous donc là, monsieur Kelly ?

Je le tenais, il ne pouvait plus m'échapper. J'assistais triomphalement à sa décomposition. La couche de vernis de l'homme d'affaires tout-puissant se fissurait. Sur son front perlaient des gouttes de sueur.

Je vis Lawson s'approcher de nous à travers la foule. Plus inquiétant encore, le sbire de Stratton coiffé d'une queue-de-cheval, Catogan, suivait son exemple.

— Dommage que Moretti ait été abattu par votre propre père, rétorqua Stratton. Pourquoi ne pas le mentionner, tant que vous y êtes ? C'est plutôt vous qui nous cachez quelque chose. *C'est vous qui avez été libéré sur parole*. Vous ne possédez pas la moindre preuve contre moi.

— Une preuve, répétai-je en souriant. La preuve est là, indiquai-je en lui montrant le paquet. Dans ce que vous m'avez demandé d'apporter ce soir, monsieur Stratton. Le Gaume.

Il posa les yeux sur mon colis en humectant ses lèvres d'un mouvement nerveux. Une pellicule de sueur couvrait son front.

Des murmures s'élevaient de l'assemblée, regroupée autour de nous dans l'espoir de saisir la conversation.

— C'est… c'est absurde, bégaya-t-il en balayant la salle du regard à la recherche d'un visage amical.

Je me réjouissais presque de voir tous ces gens pendus à ses lèvres dans l'attente d'une réponse. Il se retourna vers moi et m'offrit, au lieu d'un visage décomposé, son masque habituel. Ses yeux s'illuminèrent.

— Cette farce grotesque aurait pu fonctionner si vous aviez vraiment la toile dans ce paquet. Mais ce n'est pas le cas. Je me trompe ?

La salle de bal tomba dans un profond silence. Je sentis tous les regards rivés sur moi. Stratton savait.

Il savait que je n'étais pas en possession du tableau. Comment ?

— Ouvrez-le donc. Montrez au monde entier cette fameuse preuve ! Je ne sais pas pourquoi, je ne pense pas que ce petit scandale plaidera en votre faveur devant le juge.

Comment savait-il ? Je fis défiler dans ma tête toutes les possibilités. Ellie ? Inconcevable ! Lawson ? Il n'était pas au courant de l'opération. Stratton était en contact avec une taupe du FBI.

— Je vous avais prévenu, monsieur Kelly, n'allez pas dire le contraire. Je déteste qu'on me fasse perdre mon temps, continua Stratton avec un sourire glacial.

Catogan me saisit le bras. Du coin de l'œil, je vis Champion se frayer un chemin à travers la foule pour venir à mon secours.

Je lançai un dernier regard à Stratton et, impuissant, formulai la question à laquelle je ne trouvais aucune réponse :

— Qui ?

— *Moi*, Ned, articula une voix dans la foule.

Je la reconnus sur-le-champ, et une vague d'amertume me submergea. Toute ma foi, toutes mes certitudes s'effondrèrent en une seconde.

— Ned Kelly, intervint Stratton avec un sourire triomphal, je ne vous présente pas Sol Roth.

105

— Désolé, Neddie, déclara Sol en se détachant d'un pas lent du bloc formé par les convives.

Son intervention me fit l'effet d'une claque. Ce soir, Sol était supposé me servir d'arme secrète, de joker. Sans savoir que penser, je regardais fixement le vieil homme d'un air atterré. Désormais, je savais que les riches ne copinaient qu'avec les riches, dans un petit club fermé dont je ne faisais pas partie.

— Tu avais vu juste, reconnut Sol avec un soupir coupable. J'ai négocié une vente privée entre Dennis et un collectionneur du Moyen-Orient très patient. À l'heure qu'il est, les toiles sont en sécurité dans un coffre-fort, où elles resteront gentiment pendant les vingt prochaines années. Une transaction des plus légales, dans une certaine mesure. Et très lucrative, tu t'en doutes.

Je n'en croyais pas mes oreilles. Chaque mot qui sortait de sa bouche était un coup de couteau de plus dans mon dos. *J'espère que tu profites bien de cet argent, Sol. Et que tu en fais bon usage. C'est le prix de la vie de mon frère et de mes meilleurs amis.*

Stratton adressa un signe de tête à Catogan et je sentis un objet s'enfoncer entre mes côtes. Le canon d'un revolver.

— Mais ce qui n'était pas prévu, sale rapace, c'est qu'il y aurait tant de victimes.

La voix de Sol prit des accents haineux lorsqu'il se tourna vers Stratton, qui reçut l'insulte avec un clignement de paupières surpris. Son rictus hautain mourut sur ses lèvres.

— Ou que tu oserais assassiner Liz. Et dire que je connais sa famille depuis plus de quarante ans… Espèce de traître, salaud !

Les mâchoires de Stratton se contractèrent. Il ne savait plus comment réagir.

— Tu as fait de sa vie un enfer, espèce de monstre. Et nous tous, qui t'avons regardé faire sans réagir, sommes autant responsables que toi de sa mort. S'il y a quelque chose que je me reproche dans cette sordide affaire, c'est bien ça. Liz méritait d'être heureuse.

Sollie fouilla dans sa poche de veste pour en sortir un sachet en plastique. À l'intérieur se trouvait une clé. Une clé d'hôtel. Il tenait à la main le passe de la chambre de Tess au Brazilian Court, comme nous en étions convenus. Il se tourna vers Catogan.

— Tu avais oublié ça dans ta poche, grand dadais. La prochaine fois, vérifie bien tes vêtements avant de les mettre au linge sale.

Comme hypnotisé, Stratton gardait les yeux fixés sur la clé, son teint virant au grisâtre. Toutes les personnes présentes dans la Circle Ballroom virent la vérité se peindre sur son visage.

Liz !

Liz Stratton avait retrouvé la clé de la chambre de Tess et lui avait tendu un piège posthume.

Je ne savais pas ce qui me plaisait le plus : regarder Stratton se décomposer devant ses amis de la haute société ou imaginer combien cette revanche aurait plu à Dave et Mickey. Sol m'adressa un clin d'œil satisfait, curieux de savoir si le spectacle était à mon goût. Mais je ne pensais qu'à mon petit frère. *J'espère que tu regardes, Dave, j'espère que tu savoures ce moment.*

Puis Sollie se retourna vers Lawson.

— Je crois que c'est la preuve que vous attendiez.

Le chef de la police s'avança pour attraper Stratton par le bras. À cet instant, aucun témoin de la scène n'afficha plus grand étonnement que le mien. Ellie et moi étions persuadés que Lawson obéissait aux ordres de Stratton.

— Dennis Stratton, vous êtes en état d'arrestation pour les meurtres de Tess McAuliffe et Liz Stratton.

L'inculpé resta immobile, lèvres tremblantes, dévisageant Sollie avec des yeux horrifiés.

Soudain, tout s'accéléra. Catogan ôta le revolver de mon dos et, se servant de moi comme bouclier, pointa son arme sur le policier de Palm Beach. Champion émergea alors de la foule et le chargea violemment. Tous deux trébuchèrent au beau milieu de la salle de bal, à la lutte, jusqu'à ce que Geoff immobilise le gorille sur le dos.

— Ça ne me fait pas plaisir de te faire ça, mec, mais tu me dois une grille de calandre chromée.

Il asséna un violent coup de tête à Catogan. Dans un craquement sonore, le crâne du malfrat bascula en arrière.

C'est alors qu'une détonation retentit.

L'assemblée se bouscula en direction de la sortie avec des cris affolés. Mon regard balaya la salle, Stratton, Lawson, Sollie… Puis mes yeux tombèrent sur Champion, immobile, à califourchon sur son opposant. Ses lèvres se détendirent en un timide sourire. « Je t'avais dit que je surveillais tes arrières, mec », eus-je l'impression de lire dans sa moue surprise. Puis j'y discernai l'incrédulité. Du sang apparut sur sa chemise blanche.

— Geoff ! hurlai-je.

Il commençait à perdre l'équilibre. Je me précipitai sur lui pour l'étendre doucement sur le sol.

— Merde, Neddie, articula-t-il en me voyant. Ces salauds me doivent au moins une moto neuve maintenant.

J'entendis un autre coup de feu, suivi d'un immense chaos. Le deuxième homme de Stratton tirait dans le tas. Lawson se jeta à terre, imité par tous les invités.

Une balle atteignit la poitrine du garde du corps, qui s'écroula devant la fenêtre, emportant dans sa chute un lourd rideau brodé et sa tringle. J'aperçus alors Stratton. Délivré de la poigne de Lawson, il s'éloignait à pas furtifs en direction de la porte des cuisines.

— Champion est à terre, il est touché ! criai-je désespérément dans le micro pour prévenir Ellie.

Mais je n'obtins aucune réponse. J'avais modifié le plan à l'insu de tous, que pouvais-je espérer maintenant ?

— Allez, mec, vas-y, murmura Champion en s'humectant les lèvres. Qu'est-ce que t'attends ? Tout est sous contrôle ici.

— Tiens le coup, le suppliai-je en lui serrant la main. Les flics vont bientôt arriver. Dis-toi juste que tu attends une putain de bière.

— Ouais, j'en aurais bien besoin.

Attrapant l'arme de Catogan au passage, je m'élançai alors à la poursuite de l'homme qui avait commandité le meurtre de mon frère.

106

Les coups de feu avaient cessé lorsque Ellie et ses deux collègues atteignirent la réception. En état de choc, des dizaines de convives tirés à quatre épingles se précipitaient vers la sortie de l'hôtel. À la vue des badges du FBI, ils indiquèrent la direction de la Circle Ballroom :

— Il y a eu une fusillade ! Il y a un blessé !

Ellie courut jusqu'à la vaste pièce, revolver au poing. Le personnel de sécurité de l'hôtel se trouvait déjà sur les lieux, presque totalement évacués. Les chaises et les tables étaient sens dessus dessous, au milieu des fleurs éparpillées. La scène ne présageait rien de bon.

La jeune femme remarqua Lawson, adossé au mur, l'épaule tachée d'une auréole rouge. Agenouillé devant lui, Carl Breen hurlait dans une radio. Trois autres corps gisaient sur le sol. Deux d'entre eux ressemblaient fort à des hommes de Stratton. Le premier, empêtré dans un rideau, ne semblait plus respirer. L'autre était Catogan, l'ordure qui avait poursuivi Ned. Inconscient, il ne risquait pas de s'enfuir.

Le troisième… Ellie reconnut aussitôt les cheveux orangés.

Champion !

— Non !

La jeune femme se précipita vers Geoff, étendu sur le dos, un genou replié. Son flanc gauche était maculé de sang, son visage livide et ses yeux voilés.

— Champion, non…

Elle s'agenouilla et se pencha pour le regarder dans les yeux. Un agent de sécurité aboyait dans une radio afin d'avertir les premiers secours.

— Tiens bon, tout va bien se passer.

Elle posa une main sur sa joue, inondée d'une sueur glaciale. Sa vue se brouilla sous l'assaut des larmes.

— Je sais, ça va me coûter cher, maugréa Geoff avec un sourire crispé. Me faire passer pour un serveur, tout ça…

Ellie lui rendit son sourire en pressant doucement sa main. Puis elle promena son regard sur la pièce.

— Il est parti à sa poursuite, chuchota Geoff en braquant les pupilles vers les cuisines. Avec le pistolet de Catogan.

— Oh merde ! s'exclama Ellie.

Le Néo-Zélandais passa la langue sur ses lèvres desséchées.

— Il devait le faire.

Elle vérifia le chargeur de son Glock avant de serrer une dernière fois la main de Champion.

— Je sais. Mais je sais aussi comment Ned se sert d'une arme.

107

Je m'engouffrai dans les cuisines à la suite de Stratton. Alertés par les coups de feu dans la pièce voisine, les cuistots se tenaient immobiles, collés contre les murs. Ils me regardèrent passer avec des yeux interrogateurs, cherchant à distinguer le bon du truand.

Je me tournai vers un Noir coiffé d'une toque.

— Où est l'homme en smoking qui est venu ici ?

— Il a pris la porte du fond, finit par répondre le chef en m'indiquant une sortie. Elle donne accès à la réception et aux chambres, à l'étage.

Chambre 601.

Je trouvai les escaliers, dans lesquels je me précipitai sans hésitation. Sur le chemin, je croisai deux adolescents.

— Avez-vous vu un homme en smoking en train de courir ? leur demandai-je.

Ils pointèrent le doigt vers le haut des marches.

— Ouais, il a un de ces flingues !

Au sixième étage, je poussai une lourde porte pour me retrouver dans un couloir recouvert d'une somptueuse moquette rouge. Je m'immobilisai afin de détecter les bruits de pas de Stratton. Rien. La chambre 601 se trouvait sur la gauche, vers les ascenseurs. Je suivis cette direction.

Arrivé au coin du couloir, je l'aperçus enfin. Il essayait désespérément d'ouvrir la dernière porte avec une carte magnétique. Qu'y avait-il dans cette chambre ? Et s'il allait y chercher des renforts ?

— Stratton ! criai-je en dirigeant le canon de mon revolver vers lui.

Il se retourna pour me faire face.

J'eus presque envie de sourire à la vue de son visage. Son masque impassible avait laissé place à un irrépressible affolement. Son bras se souleva d'un mouvement brusque et ses doigts pressèrent la détente de son arme. Le choc de la balle produisit des étincelles sur le mur, à quelques centimètres de ma tête. Je pointais toujours mon arme sur lui, l'index engourdi. J'avais beau le haïr de tout mon être, je ne désirais pas sa mort.

Stratton profita alors de mon hésitation pour emprunter un autre couloir au pas de course.

Je m'élançai à ses trousses.

Avec la détresse d'un animal traqué, il força en vain la poignée de plusieurs portes du palier, devant les ascenseurs. Le balcon, quant à lui, ne menait nulle part.

Soudain, une porte finit par céder sous la main du milliardaire.

108

Tandis que, revolver au poing, je me lançais à la poursuite de Stratton dans une cage d'escalier en béton plongée dans l'obscurité, des images inattendues s'imprimèrent dans mon esprit.

Une scène qui s'était déroulée des années auparavant, à Brockton : une bagarre avec Dave. Je crois que j'avais quinze ans, et lui dix. Avec un de ses copains débiles, il m'avait suivi et s'était amusé à pousser des cris de singe alors que j'essayais de peloter Roxanne Petrocelli dans Buckley Park, juste au bout de notre rue. Je l'avais poursuivi jusqu'à la cage à poules, où je l'avais rattrapé et immobilisé. C'était sans doute la dernière fois que je faisais encore le poids face à Dave. Je lui avais bloqué les bras derrière le cou, dans une prise de lutteur, en exigeant des excuses :

— Rends-toi ! Rends-toi !

Mais le petit dur n'avait pas bronché. J'avais alors forcé un peu plus sur ses bras. Son visage avait pris une teinte cramoisie. Je crois qu'il aurait suffi que j'augmente à peine la pression pour le tuer. Enfin, il s'était écrié :

— D'accord, je me rends.

Libéré de mon étreinte, il était resté assis un moment, à avaler de grandes bouffées d'air, ses joues reprenant progressivement leur couleur naturelle. Puis il m'avait chargé de toutes ses forces, me renversant sur le dos. Il avait roulé sur moi avec un sourire narquois.

— Je me rends… compte que t'es un enculé de première.

Pourquoi cette scène me revenait-elle en mémoire tandis que je grimpais ces marches sur les talons de Stratton ? Sans doute était-ce l'une de ces étranges connexions qui s'établissent dans le cerveau à l'approche du danger.

Dans l'escalier, situé dans l'une des immenses tours du Breakers, régnait une inquiétante pénombre. À l'extérieur, d'énormes projecteurs sondaient la nuit de leurs flèches de lumière vive. Si je ne voyais Stratton nulle part, je pouvais sentir sa présence.

« Je me rends… compte que t'es un enculé de première. » L'écho de cette phrase se répercutait contre les parois de mon crâne, comme un lointain battement de tambour.

Je poussai une porte métallique et foulai le sol cimenté du toit de l'hôtel, plongé dans un univers presque surréel. Palm Beach s'étendait à mes pieds : les lumières du Biltmore, Flagler Bridge, les immeubles de West Palm… Disposés comme des obusiers, d'imposants projecteurs diffusaient de larges faisceaux de lumière aveuglante sur les tours et la façade de l'hôtel.

Je cherchai Stratton du regard. Où pouvait-il bien se cacher ? Je ne distinguai que des ombres : des bâches, des remises et des antennes satellites. Un frisson me parcourut de la tête aux pieds, la sensation d'une menace imminente.

Soudain, un coup de feu retentit et une balle ricocha sur le mur au-dessus de ma tête. Quelques centimètres plus bas et j'y passais.

— Est-ce la vengeance qui vous guide, monsieur Kelly ? Quel goût a-t-elle ?

Une autre balle vint percuter le mur de la tour. Je fronçai les yeux pour essayer de l'apercevoir malgré la lumière éblouissante mais ne le trouvai nulle part.

— Si vous aviez tenu votre promesse, nous serions tous les deux dans une position plus confortable. Mais c'est cette histoire avec votre frère, n'est-ce pas ? Ça c'est votre truc, à vous, les Kelly. Cette stupide fierté !

Je m'accroupis dans l'obscurité, scrutant l'espace autour de moi. Une autre balle siffla au-dessus de mon crâne et transperça une bâche.

— Mais c'est bientôt fini pour vous, s'esclaffa Stratton. C'est dommage, vous et moi avions finalement un point commun, non ? C'est bizarre que nos conversations ne nous aient jamais amenés à parler d'elle.

Mon sang se mit à bouillir dans mes veines. *Tess.*

— Ah, un beau petit cul, je dois dire ! Vos amis, votre frère, ça fait partie du métier. Mais Tess ! Pour elle, je dois avouer que j'éprouve quelques regrets. Vous aussi, j'imagine. Mais bon, ce n'était finalement qu'une petite pute parmi tant d'autres.

S'il essayait de me provoquer, sa méthode fonctionnait à merveille. Je bondis hors de ma cachette et tirai deux coups furieux en direction de sa voix. Un projecteur éclata.

Il répliqua par un autre coup de feu et une brûlante morsure envahit mon épaule. Mon revolver glissa de ma main lorsque je voulus comprimer la blessure.

— Voyons, Ned, déplora Stratton en apparaissant derrière la base d'un projecteur. Faites un peu attention !

Je dévisageai ce fumier, qui arborait toujours, sous son front chauve brillant, ce sourire arrogant que j'avais appris à détester.

C'est alors que j'entendis un faible bruit pulser dans le lointain. *Tchac tcbac tchac.* Il semblait se rapprocher, gagnant en puissance.

Des lumières clignotantes apparurent ensuite dans le ciel et se dirigèrent vers le toit à toute allure. Un hélicoptère.

— Vous avez encore tout faux, monsieur Kelly, sourit Stratton. Ce n'est pas pour vous.

109

Ellie grimpait deux à deux les marches de l'escalier derrière la porte de la cuisine.

Elle percuta un serveur qui descendait d'un pas rapide, bafouillant une histoire au sujet d'un homme lancé à la poursuite d'un fou furieux, vers la chambre 601. *Ned.* Après lui avoir demandé de lui envoyer le premier flic ou agent fédéral qu'il croiserait, elle continua son ascension et quitta l'escalier au sixième. Sur le palier, une femme d'étage agrippée à un téléphone essayait de contacter la sécurité à grands cris. Selon elle, les deux hommes armés se trouvaient sur le toit.

Ellie vérifia de nouveau son chargeur et s'engagea dans la cage d'escalier de la tour.

Mais qu'est-ce qui t'a pris, Ned ?

La jeune femme essuya les gouttes de sueur qui ruisselaient sur ses joues. Elle distinguait des voix sur le toit. Ses deux mains se resserrèrent autour de la crosse de son revolver.

Arrivée à la dernière marche, elle trouva la porte ouverte. Elle inspecta alors rapidement le toit, qui, baigné de lumière par les projecteurs, dominait les illuminations de Palm Beach. Elle s'appuya un instant contre le mur de l'escalier. Que devait-elle faire maintenant ? Elle savait que Stratton et Ned étaient dehors. *Garde ton calme, Ellie,* se recommanda-t-elle. Elle devait procéder comme elle l'avait appris : rester hors de la ligne de tir, évaluer la situation et attendre les renforts.

Elle se répéta une dernière fois qu'elle savait gérer ce genre de situation avant de s'élancer à découvert avec une profonde inspiration.

Elle entendit alors résonner deux détonations.

La donne avait changé en une seconde.

Il s'agissait d'une fusillade.

110

J'avais tout gâché, en parfait amateur que j'étais.

— Ne faites pas cette tête, Ned, déclara Stratton d'une voix triomphale. Nous partons tous les deux en voyage. Malheureusement, le vôtre sera un peu plus court.

Il apprécia l'avancée de l'hélicoptère d'un regard, puis agita son revolver pour m'indiquer d'avancer le long du toit. Je ne voulais pas lui donner la satisfaction de céder à ses ordres ou à la panique, mais je savais que ma seule chance de m'en sortir était de jouer le jeu. L'hôtel était infesté de fédéraux, quelqu'un ne tarderait pas à arriver. Je devais juste gagner du temps.

Devant moi courait une petite corniche de pierre, seul rempart avant une chute de six étages.

— Allez, monsieur Kelly, insista Stratton d'un ton persifleur. L'heure est venue de tirer votre révérence. C'est comme ça que vous entrerez dans l'histoire.

Des rafales de vent balayaient le toit. L'hélicoptère de Stratton dessinait un cercle de plus en plus réduit en s'inclinant dans notre direction. Les lumières de Palm Beach s'étalaient à mes pieds.

Stratton se tenait à un mètre cinquante de moi, son revolver pointé vers mon dos.

— Quelle impression ça fait, Ned, de savoir que vous serez mort alors que je serai en train de siroter des mai tai au Costa Rica grâce à ce sympathique traité de non-extradition ? Ça paraît presque injuste quand on y pense, non ?

— Allez vous faire foutre, Stratton.

J'entendis le cliquetis glaçant de son revolver.

Mes ongles s'enfoncèrent dans mes paumes. *Non, tu ne sauteras pas pour lui.* S'il voulait me tuer, il lui faudrait appuyer sur la détente, trouver le courage de se salir les mains.

— Allez, monsieur Kelly, soyez un homme.

Stratton s'approcha. Le bruit assourdissant des pales d'hélicoptère se répercutait contre les murs de l'hôtel. J'entendis sa voix moqueuse :

— Si ça peut vous consoler, vous n'auriez de toute façon pas fait le poids contre moi au tribunal. J'ai beaucoup d'influence, vous savez.

Il avança encore d'un pas. *Ne lui facilite pas la tâche, Ned.*

Poings serrés, je m'apprêtai à pivoter lorsqu'une voix couvrit le grondement de l'hélicoptère.

La voix d'Ellie.

— Stratton !

111

Nous nous retournâmes. Ellie se trouvait à un peu plus de cinq mètres de nous, en partie éclipsée par la marée de lumière qui inondait le toit, bras tendus en position de tir.

— Vous allez poser ce revolver à terre, Stratton. Tout de suite. Ensuite, vous vous éloignerez de Ned. Sinon, je vous explose le crâne. Je le jure devant Dieu.

Stratton s'immobilisa, son arme toujours pointée sur moi. Un filet de sueur dégoulinait le long de mes tempes.

Je ne me souviens pas d'avoir jamais été aussi terrifié de ma vie. Je ne bougeais pas d'un millimètre, conscient que cet homme mourait d'envie de me tuer et qu'il lui suffisait d'exercer une petite poussée pour que je bascule par-dessus le bord du toit.

Il regarda du coin de l'œil l'hélicoptère, à une dizaine de mètres au-dessus de nos têtes. Une des portes latérales de l'appareil s'ouvrit et une échelle de corde se déroula dans les airs.

— J'aimerais voir ça ! cria-t-il à Ellie.

Il m'attrapa par le col et braqua son revolver sur ma tempe.

— Vous ne voulez tout de même pas blesser votre petit copain ! Je suis sûr que vous n'arriveriez même pas à atteindre *La Cène* placardée sur le mur d'une grange.

— Je vous ai dit de *poser ce revolver à terre, Stratton.*

— Je crains que ce ne soit moi qui donne les ordres ici, répliqua Stratton en secouant la tête. Or, ce que nous allons faire, c'est nous diriger vers cette échelle. Et vous, vous allez rester bien sage, parce qu'il en va de la vie de votre copain. Et surtout, faites *très attention*, Ellie. *Très attention* à ce que personne dans cet hélicoptère ne veuille s'exercer au tir sur la charmante cible que vous faites.

— Ellie, va-t'en ! criai-je.

— Non. Je n'irai nulle part, et lui non plus. Dès que j'ai un centimètre de marge, je lui fais sauter la boîte crânienne. Et, pour votre gouverne, Stratton, sachez que toute diplômée en art que je suis, je peux, de cette distance, non seulement atteindre *La Cène*, mais aussi faire mouche dans l'œil de saint Jean Baptiste.

Pour la première fois, je sentis la nervosité s'emparer de Stratton. Il jeta un regard désespéré autour de lui pour trouver un moyen de se sortir de cette situation.

— Par ici, Ned, aboya-t-il dans mon oreille, son arme toujours pressée contre ma tempe. Et ne t'avise pas de faire une connerie. Ta seule chance de t'en tirer vivant est de me laisser arriver à cette échelle.

Nous reculâmes de deux pas le long de la corniche. L'hélicoptère vira, réduisant la distance qui nous séparait de la corde dans un grondement assourdissant. L'échelle pendait désormais trois mètres au-dessus de nous.

Je regardais Ellie, essayant de lire dans ses yeux un message, des consignes. J'aurais pu tenter de déséquilibrer Stratton pour lui donner assez de champ, mais nous nous trouvions bien trop près du bord.

Stratton suivait des yeux les oscillations pendulaires de l'échelle, presque à sa portée.

J'espère que tu comprends ce que je suis en train de faire, Ellie.

Je me décalai d'un pas sur la gauche, obligeant Stratton à suivre mon mouvement. Soudain, il se trouva sous l'éblouissant faisceau d'un des puissants projecteurs. Il tenta d'attraper l'échelle, à seulement quelques centimètres de lui.

— Ellie, *maintenant !*

Je le poussai de toutes mes forces et Stratton chancela, revolver au poing, aveuglé par la lumière. Il poussa un cri de rage.

Ellie appuya sur la détente et une étincelle orange jaillit dans la nuit. La balle se ficha dans la poitrine de Stratton avec un bruit sourd. L'impact le propulsa en arrière, au bord de la corniche. Il vacilla un bref instant, les yeux fixés dans le vide, puis parvint à retrouver l'équilibre, un bras tendu en l'air. L'échelle sembla trouver sa main et ses doigts s'agrippèrent désespérément au dernier barreau.

L'hélicoptère reprit de l'altitude.

Stratton tangua dans le ciel pendant une seconde avant de réussir à trouver une position stable. Un sourire narquois se dessina alors sur ses lèvres. Il me narguait. Soudain, il leva sa main libre. La scène à laquelle je venais d'assister m'avait tellement décontenancé que je ne compris pas ses intentions sur-le-champ.

Il braquait le canon de son arme sur moi. Ce fumier voulait ma peau, coûte que coûte.

Une détonation éclata. La chemise de Stratton se couvrit d'une teinte écarlate et son arme tomba dans le vide. Ses doigts glissèrent sur le bois et il disparut dans la nuit avec un hurlement déchirant. Je dois admettre que je savourai particulièrement ce cri.

Je courus jusqu'à la corniche pour apercevoir Stratton gisant sur le dos au centre de la place dessinée par le parking de l'hôtel. Un attroupement de curieux en smoking et en uniforme se formait autour de lui.

Lorsque je me tournai vers Ellie, son visage revêtait une expression impénétrable. Elle se tenait raide, bras tendus.

— Ça va, Ellie ?

Elle hocha la tête, le regard vide.

— C'est la première fois que je tue un homme.

Je passai mon bras valide autour d'elle et elle s'abandonna contre moi. Nous restâmes un moment au sommet du Breakers, immobiles et silencieux. Nous étions cloués sur ce toit comme si… Oh, je ne sais pas… Mais certainement pas une expérience qu'il est donné de vivre souvent dans une existence.

— Tu as modifié le plan sans me prévenir, enfoiré !

— Je sais, répondis-je en la serrant contre moi. Je suis désolé.

— Je t'aime.

— Moi aussi.

Pendant quelques secondes encore, nous goûtâmes cet instant, bercés dans les bras l'un de l'autre. Puis Ellie murmura :

— Une promesse est une promesse. La prison t'attend, Ned.

J'essuyai une larme sur sa joue.

— Je sais.

112

Seize mois plus tard, les portes du centre de détention fédéral de Coleman s'ouvrirent dans un bourdonnement métallique et le soleil de Floride illumina mes premiers pas d'homme libre.

Pour seules possessions, je portais un sac BUM Equipment et une sacoche d'ordinateur pendue à mon épaule. J'avançai sur l'esplanade devant la prison, protégeant mes yeux d'une main. Comme dans les films, je ne savais pas vraiment à quoi m'attendre.

J'avais passé ma peine d'emprisonnement, avec une réduction de six mois pour bonne conduite, dans le quartier de sécurité minimale de Coleman, parmi les petits fraudeurs coupables d'évasion fiscale, les arnaqueurs de la finance et les barons de la drogue. J'avais mis à profit cette période pour m'inscrire en master d'éducation sociale à l'université de South Florida. J'avais suivi le programme par correspondance et il ne me manquait désormais plus que quelques modules pour obtenir mon diplôme. Il fallait croire que j'avais ça dans la peau. Je savais parler aux jeunes en difficulté des choix que j'avais dû faire avant eux et, surtout, capter leur attention. Des leçons de vie, voilà ce que j'avais tiré de la mort de mes meilleurs amis et de mon frère et d'un séjour carcéral de seize mois. Tout cela ne me disait toutefois pas où allaient me mener mes pas à ma sortie.

Je balayai du regard le visage des quelques personnes dispersées devant les portes, cherchant celle que j'attendais de retrouver depuis tant de mois. Nous nous étions donné rendez-vous le 19 septembre 2005. La date de ma sortie. *Aujourd'hui.*

Ellie m'avait régulièrement rendu visite au début de mon incarcération. Elle venait presque tous les dimanches pour éclairer mes week-ends, chargée de livres, de DVD et de mots doux. Coleman n'était qu'à deux heures de route de Delray. Elle plaisantait souvent en s'imaginant venir me chercher à ma sortie de prison dans un monospace, comme celui que nous avions volé le jour où nos chemins s'étaient croisés. Peu lui importaient mon casier judiciaire et son badge du FBI. Dans des éclats de rire, elle répétait que notre relation la sortirait du lot des fédéraux et ferait d'elle un agent hors du commun, le seul à avoir passé les menottes à son conjoint.

— Tu peux compter sur moi, m'avait-elle assuré.

Mais le FBI avait fini par lui offrir une promotion, la direction de la division Vol et trafic d'art international, à New York. Elle était désormais au sommet de l'échelle et partait souvent en mission à l'étranger. D'hebdomadaires, les visites étaient devenues mensuelles, avant de s'interrompre subitement au printemps dernier.

Elle continuait toutefois à me donner des nouvelles plusieurs fois par semaine, par e-mail ou téléphone, m'assurant qu'elle m'attendait toujours et qu'elle était fière de moi, qu'elle avait toujours cru en moi. Mais le changement dans sa voix ne m'échappait pas. Ellie était une jeune femme intelligente, une battante, et même une vedette depuis qu'elle avait fait la une des journaux à la mort de Stratton. À l'approche du mois de septembre, elle m'avait envoyé un e-mail pour me prévenir qu'elle devait se rendre à l'étranger. Je n'avais pas insisté. Les rêves ne sont pas immuables et la prison les altère. Au fur et à mesure que les jours s'écoulaient, je m'étais fait une raison. Si elle était au rendez-vous, tant mieux. Je serais l'homme le plus heureux de Floride et je repartirais de zéro. Si elle n'y était pas… Eh bien, tant pis. Nous continuerions la route chacun de notre côté.

Un taxi et quelques véhicules étaient stationnés dans le parking de la prison. Une famille hispanique se dirigea d'un pas impatient vers un autre détenu. Ellie n'était pas là, pas plus que le monospace.

Mais une voiture garée juste derrière le grillage, au bout de la longue allée, attira mon regard et fit naître sur mon visage un irrépressible sourire. Je connaissais cette Cadillac vert clair. Elle appartenait à Sollie. Un homme était adossé au capot, jambes croisées. Il portait un jean et un blazer bleu marine. Et des cheveux orangés.

— Je sais que ce n'est pas exactement le comité d'accueil espéré, mec, lança Champion avec un sourire navré. Mais tu m'as tout l'air d'avoir besoin d'un taxi.

Je restai immobile sur ce trottoir brûlant, dévisageant mon ami. Je sentis l'émotion monter en moi. Je n'avais pas vu Champion depuis qu'on lui avait tiré dessus. Il avait passé six semaines à l'hôpital, la rate et un poumon perforés, et il ne lui restait plus qu'un rein. La balle avait ricoché sur sa colonne vertébrale. Ellie m'avait annoncé qu'il ne pourrait plus jamais participer à des courses de motos.

Je ramassai mon sac et avançai vers lui.

— Un taxi pour aller où ? demandai-je.

— Tu ne connais pas le fameux proverbe australien ? Chez soi, c'est où les femmes ronflent et la bière est gratuite. Pour ce soir, c'est donc mon canapé.

Nous nous jetâmes dans les bras l'un de l'autre.

— Tu as l'air en forme, Champion. J'ai toujours su que tu finirais par te ranger.

— Je travaille pour M. Roth maintenant. Il a racheté la concession Kawasaki, sur Okeechobee.

Il me tendit une carte de visite :

« Geoff Hunter. Champion du monde de Superbike. Directeur commercial. »

— Quand on sait conduire ces engins, on sait aussi les vendre.

Geoff me débarrassa de mon sac.

— Et si on s'arrachait, mec ? j'ai hâte de retrouver mes motos. Je ne me suis jamais senti en sécurité au volant d'un engin avec un toit et quatre roues.

Je m'assis sur le siège du passager tandis que Geoff fourrait mon sac dans le coffre. Il s'installa ensuite à côté de moi avec prudence, pour ne pas brusquer son corps encore ankylosé.

— Voyons voir, rit-il en jouant avec la clé. Je crois avoir un vague souvenir de la manière dont ça marche…

Le moteur rugit et la voiture démarra avec un à-coup. Je me retournai pour regarder une dernière fois derrière moi, avec l'espoir illusoire de voir survenir l'irréalisable. Les tours du centre de détention de Coleman disparurent dans le lointain et, avec elles, une partie de mes espérances et de mes rêves.

Champion appuya sur l'accélérateur et la vieille Cadillac retrouva des allures de jeunesse. Il se tourna vers moi, impressionné, et m'adressa un clin d'œil.

— Et si on faisait un petit test au péage, mec ? Histoire de voir ce que ce vieux tacot a dans le ventre.

113

Sollie m'avait donné rendez-vous le lendemain matin. À mon arrivée, je le trouvai devant CNN, dans la véranda bordant la piscine. Il me sembla un peu plus vieux et plus pâle, lui qui était déjà d'une blancheur cadavérique. Malgré tout, ses yeux s'illuminèrent lorsqu'il me vit entrer.

— Neddie ! Ça fait plaisir de te voir, petit.

S'il ne m'avait jamais rendu visite à Coleman, Sollie avait veillé sur moi. C'est lui qui m'avait arrangé un rendez-vous avec le doyen du troisième cycle de l'université de South Florida, m'avait envoyé les livres et l'ordinateur et s'était engagé auprès du comité de probation à me garantir un emploi à ma sortie si je le désirais. Il m'avait également envoyé une belle lettre de condoléances à la mort de mon père.

— Tu as l'air en forme, fiston.

Il me donna une poignée de main, accompagnée de petites tapes dans le dos.

— Les prisons doivent faire concurrence au Ritz, de nos jours.

— Tennis, mah-jong, canasta… J'ai même des écorchures à cause du toboggan de la piscine, ajoutai-je avec un sourire en me tapotant les fesses.

— Joues-tu toujours au gin ?

— Seulement pour des canettes de Coca et des bons de ravitaillement, maintenant.

— Aucun problème, reprit-il en posant sa main sur mon bras. Nous allons reprendre les comptes à zéro. Allez, accompagne-moi jusqu'à la terrasse.

Nous sortîmes de la véranda. Sol portait une chemise blanche à col boutonné élégamment rentrée dans un pantalon de golf bleu clair. Nous nous installâmes à l'une des tables à jouer disposées autour du bassin. Il sortit un jeu et commença à battre les cartes.

— Je suis désolé pour ton père, Ned. Tu as bien fait d'aller le voir avant sa mort.

— Merci, Sol. C'était un bon conseil.

— Je te donne toujours de bons conseils, fiston, reprit-il en coupant le jeu. Et tu les suis toujours. Hormis cette petite escapade sur le toit du Breakers. Heureusement, tout s'est bien terminé. Tout le monde a obtenu ce qu'il voulait, au final.

Je plantai mes yeux dans les siens.

— Et toi, que voulais-tu, Sol ?

— La justice, fiston. Comme toi.

Il commença à distribuer les cartes avec lenteur.

Ignorant les miennes, je restais immobile, le regard fixé sur lui. Alors qu'il s'apprêtait à retourner la première carte, je posai mes mains sur les siennes.

— Je veux que tu saches que je n'ai rien dit à personne, Sol. Pas même à Ellie.

Il se figea, puis replia son jeu et le serra dans ses mains, face cachée.

— Tu veux parler du Gaume ? Des informations que je t'ai données sur les inscriptions au dos du cadre ? C'est bien, Ned. Comme ça, nous sommes quittes.

J'approchai mon visage du sien.

— Non, Sol. Loin de là.

Je pensais à Dave, Mickey, Barn, Bobby et Dee, qui avaient perdu la vie pour une toile.

— C'est *toi* Gachet, n'est-ce pas ? C'est *toi* qui as volé le Gaume ?

Sol posa sur moi ses yeux gris aux paupières tombantes. Ses épaules se courbèrent, comme celles d'un enfant pris de remords.

— J'imagine que je te dois quelques explications, fiston.

Je réalisai soudain combien j'avais sous-estimé Sollie. L'une de ses réflexions au sujet de Stratton me revint à l'esprit, une remarque sur l'erreur que commettait le financier en se croyant le plus gros poisson de la mare.

— Je vais te montrer quelque chose, Ned, continua-t-il en abandonnant ses cartes sur la table. Ensuite, j'achèterai ton silence avec une grosse somme d'argent. Tout ce que je te dois, ce que tu pensais gagner le jour où tu as retrouvé tes amis à Lake Worth.

Je m'efforçai de garder mon calme.

— Un million de dollars, si mes souvenirs sont exacts. Et tant que nous y sommes, que penses-tu d'en prendre un autre pour tes amis et un pour Dave. Trois millions au total. Je ne peux pas les faire revenir, effacer le passé. Je suis vieux et l'argent est tout ce qui me reste maintenant. Enfin, presque.

Une étincelle s'alluma dans ses yeux.

— Viens voir, m'invita-t-il en se levant.

Je quittai ma chaise pour accompagner Sol jusqu'à une pièce de la maison dans laquelle je n'avais jamais mis les pieds, un bureau situé dans l'aile qui abritait sa suite. Il ouvrit un placard en bois et dévoila une porte, dont l’ouverture était contrôlée par un clavier fixé au mur.

Il y composa un code de ses doigts émaciés et la porte glissa. C’était un ascenseur. Le vieil homme me fit signe d’y prendre place avant d’entrer un nouveau code. La porte se referma et la machine entama sa descente.

L’ascenseur s’immobilisa, quelques secondes plus tard, puis s’ouvrit automatiquement. Je me retrouvai sur un palier orné de miroirs, devant une porte en acier massif. Sol appuya sur un bouton et un panneau de protection métallique se rétracta, révélant un petit écran. Il plaça sa main sur l’appareil, qui diffusa un éclair de lumière verte. La porte d’acier bourdonna.

Sol m’attrapa le bras.

— Retiens ton souffle, Neddie. Tu es sur le point de découvrir l’une des dernières grandes merveilles du monde.

114

Nous pénétrâmes dans une vaste pièce jouissant d'un splendide éclairage. Un luxueux tapis recouvrait le sol et le plafond était décoré de moulures autour d'un dôme inversé. La pièce était vide, hormis les quatre confortables fauteuils en cuir qui en occupaient le centre, chacun disposé face à un mur.

Je n'en croyais pas mes yeux. Des tableaux décoraient la salle. Huit au total, et tous des chefs-d'œuvre. Il n'était nul besoin d'être expert en art pour reconnaître ces toiles. Sans même consulter de livre, je pouvais affirmer avoir devant les yeux un Rembrandt, un Monet et un Michel-Ange.

Je garderai ces images à jamais gravées dans mon esprit. Il n'y avait que des toiles d'une valeur inestimable. Quelques-unes des dernières grandes merveilles du monde.

— Eh bien, Sol ! m'exclamai-je, les yeux écarquillés. Tu n'as pas chômé !

— Viens là, m'indiqua-t-il en me tirant par le bras.

Sur un chevalet en bois disposé au milieu de la pièce, je découvris une toile que je n'avais pu qu'imaginer grâce aux descriptions qu'on m'en avait faites. Dans un cadre doré, une lavandière vêtue d'une robe grise et penchée au-dessus d'un évier me tournait le dos, caressée par un doux rayon de lumière. Je posai mes yeux sur la signature en bas du tableau.

Henri Gaume.

Cette toile détonnait au milieu de tous ces chefs-d'œuvre, entourée d'un autre Rembrandt et d'un Chagall.

— Pourquoi celui-ci ? demandai-je à Sol avec un haussement d'épaules.

Il s'approcha du tableau et souleva doucement la toile. Une autre œuvre apparut alors sous mon regard stupéfait. Je reconnus aussitôt l'homme assis à une table de jardin, dont les cheveux roux s'échappaient d'une casquette blanche, au-dessus d'un regard bleu perçant. De ses traits fins émanait une grande sagesse, qu'assombrissait son regard mélancolique accentué par un froncement de sourcils.

— Ned, déclara Sol en reculant d'un pas, je te présente le Dr Gachet.

115

Je ne pouvais pas détacher mes yeux de cet homme courbé au regard triste. Si je remarquai quelques différences avec la représentation du livre que Dave m'avait laissé, aucun doute ne subsistait dans mon esprit : il s'agissait bien du Van Gogh. Pendant tout ce temps, il avait été dissimulé derrière le Gaume.

— Le Dr Gachet *porté disparu*, annonça avec fierté Sol. Van Gogh a peint *deux* portraits de Gachet au cours des derniers mois de sa vie. Celui-ci, qu'il a donné à son propriétaire, a passé les cent dernières années dans un grenier d'Auvers avant d'attirer l'attention de Stratton.

— J'avais raison, constatai-je entre mes dents.

Je sentais un cri de colère naître dans ma cage thoracique. Mon frère et mes amis étaient morts pour cette œuvre, que Sollie gardait dans ce repaire secret depuis le début.

— Non, répondit Sol en secouant la tête. C'est Liz qui a volé le tableau, Ned. Elle a découvert que Stratton préparait un faux cambriolage et est venue me voir. Je connais sa famille depuis des années, tu le sais. Elle voulait le faire chanter. Je ne suis même pas sûr qu'elle connaissait l'existence du Van Gogh. La seule chose qu'elle savait, c'est que Stratton tenait à ce tableau comme à la prunelle de ses yeux et que sa perte lui infligerait une immense souffrance.

— Mais comment… ?

— Lawson l'y a aidée, lorsque la police est intervenue sur les lieux.

Je n'y comprenais plus rien. Dans mon esprit s'imprima l'image du grand détective de Palm Beach qu'Ellie croyait à la solde de Stratton.

— Lawson ? Lawson travaille pour toi ?

— Le détective Vern Lawson travaille pour la ville de Palm Beach, Ned, corrigea Sollie avant de hausser les épaules. Disons qu'il lui arrive parfois de me donner un petit coup de main.

Je portais désormais sur Sollie un nouveau regard. Moi qui pensais le connaître par cœur…

— Regarde autour de toi, Ned. Tu vois ce Vermeer, *Les Tisserands*. Tout le monde le croit disparu depuis le XVIIIe siècle. Mais il n'a jamais disparu, il était juste chez des particuliers. Et *Le Sacrifice d'Isaac*… Rembrandt ne l'a jamais mentionné que dans ses lettres, personne ne peut garantir son existence. Il a été abandonné à son triste sort dans une chapelle d'Anvers pendant trois cents ans. C'est là toute la beauté de ces trésors : personne ne se doute qu'ils se trouvent ici. Quant au Michel-Ange… continua Sol avec un hochement de tête approbatif. Celui-là, il m'a donné du mal.

Un pan de mur vide séparait le Rembrandt du Vermeer. Sol souleva le Van Gogh.

— Aide-moi, va !

Je le lui ôtai des mains et le pendis sur le mur entre les deux autres chefs-d'œuvre. Puis nous reculâmes de quelques pas.

— Je sais que tu ne peux pas comprendre, fiston. Mais ça, tu vois, c'est l'œuvre de ma vie. Maintenant, je pourrais te proposer de reprendre ton ancien poste mais, avec l'argent que tu vas avoir, j'imagine que tu voudras faire autre chose. Puis-je me permettre de te donner un petit conseil ?

— Pourquoi pas ? répondis-je avec un haussement d'épaules.

— Si j'étais toi, j'irais à Camille Bay, dans les îles Caïmans. Ton premier million de dollars t'attend là-bas. Tant que cela reste notre petit secret, tu recevras un virement chaque mois : trente-cinq mille dollars, pendant les cinq prochaines années. Il y en a sans doute pour plus longtemps qu'il ne me reste à vivre. Bien sûr, si tu changeais d'avis et si la police venait à fourrer son nez ici, je devrais mettre un terme à notre petit accord.

Nous restâmes silencieux pendant un moment, les yeux rivés sur le Dr Gachet, ses volutes de peinture et son regard bleu pénétrant. Soudain, je crus y déceler une lueur moqueuse, comme si le vieux médecin se riait de moi.

— Alors, Neddie, qu'en penses-tu ?

Sol contemplait toujours le Van Gogh, les mains croisées dans le dos.

— Je ne sais pas, répondis-je en penchant la tête. C'est tout de même un peu bancal. Vers la gauche.

— C'est exactement ce que je pensais, fiston, sourit Sol Roth.

116

Le jour suivant, je pris l'avion pour George Town, sur l'île de Grand Cayman. À mon arrivée, un taxi me conduisit le long des plages jusqu'à la station balnéaire de Camille Bay.

Comme me l'avait indiqué Sollie, une chambre était réservée à mon nom. Il s'agissait en fait d'un magnifique bungalow situé sur la plage, ombragé par de longs palmiers dont les branches flottaient dans la brise et flanqué d'une petite piscine privée.

Dès que j'eus posé mon sac de voyage, je me plongeai dans la contemplation de la mer, d'un turquoise d'une pureté absolue.

Deux enveloppes scellées à mon nom attendaient sur le bureau, posées contre le téléphone.

La première contenait un mot de bienvenue de George McWilliams, le directeur de l'hôtel, qui m'offrait un magnifique panier de fruits. Il me précisait en outre que, en tant qu'ami personnel de M. Sol Roth, je ne devais pas hésiter à faire appel à lui au moindre besoin.

La seconde enveloppe contenait un bordereau de virement attestant le transfert d'un million de dollars sur un compte de la Royal Cayman Bank.

Un million de dollars.

Je m'assis, le document serré dans la main, et vérifiai de nouveau le nom qui y figurait, juste pour m'assurer que tout cela n'était pas un rêve. Ned Kelly. Un compte bancaire à mon nom. Et tous ces beaux zéros couchés sur le papier. J'étais riche !

Je promenai le regard autour de moi, sur la vue imprenable et la chambre, le panier de bananes, de mangues et de raisins, le carrelage hors de prix. Une pensée me frappa : je pouvais désormais m'offrir cette vie de luxe. Je n'étais pas là pour nettoyer la piscine. Je ne rêvais pas.

Je me revis deux ans plus tôt, rêvassant dans ma vieille Bonneville après avoir déclenché les alarmes des demeures les plus cossues de Palm Beach. N'étais-je pas, alors, censé remporter le jackpot ? Je m'imaginais en train de siroter un Martini orange sur un superbe yacht, au côté de Tess, comblé de me savoir millionnaire.

Aujourd'hui, le rêve était devenu réalité. Je possédais un million de dollars, même plus. Bien assez pour me la couler douce dans une petite crique bordée de palmiers jusqu'à la fin de mes jours. Je pouvais également m'offrir un yacht, ou du moins en louer un. Par une étrange ironie du sort, tout s'était réalisé. Je pouvais faire de ma vie tout ce dont j'avais envie. Mais je n'avais envie de rien.

J'étais assis au bureau lorsque mes yeux s'arrêtèrent sur un objet placé juste devant moi.

Mon regard était braqué dessus mais, perdu dans mes pensées, je ne l'avais même pas remarqué lorsque j'avais déposé les enveloppes déchirées sur le meuble. Je marquai une hésitation avant de le saisir.

Il s'agissait d'une voiture miniature, mais pas une voiture de sport.

C'était un monospace.

117

— Sais-tu combien il est difficile de trouver un de ces engins grandeur nature sur cette île ?

Je me retournai dans un sursaut. Ellie se tenait devant moi, la peau dorée, en jupe en jean et débardeur rose. Elle plissait les yeux pour se protéger de l'éblouissante lumière du soleil couchant qui soulignait ses taches de rousseur.

Mon cœur s'emballa comme un moteur sur le point d'exploser.

— La dernière fois que je me suis senti comme ça, remarquai-je, ma vie entière a basculé en soixante minutes.

— Moi aussi.

— Tu n'étais pas au rendez-vous, lui reprochai-je d'un ton faussement blessé.

— Je t'ai dit que j'étais en mission spéciale à l'étranger, répondit-elle. Ici.

Elle avança d'un pas.

— J'ai dû me farcir le trajet jusqu'à Palm Beach avec Champion. Deux heures de route dans une Cadillac vieille de vingt ans, c'est pire que la prison.

Elle esquissa un autre pas vers moi.

— Pauvre petit.

Je baissai les yeux sur le monospace miniature niché dans ma paume de main.

— Belle intention. Le seul problème, c'est qu'il ne va nulle part.

— Bien sûr que si.

Fixant sur moi de grands yeux embués de larmes, elle posa les mains sur son cœur.

— Il va droit ici.

— Oh, Ellie !

N'y tenant plus, je me levai et l'embrassai, la serrant dans mes bras aussi fort que possible, pour sentir son cœur battre la chamade contre ma poitrine.

— Ça risque de ne pas beaucoup plaire au Bureau, remarquai-je lorsque nos lèvres se séparèrent.

— Oublie le Bureau, décréta-t-elle. J'ai démissionné.

Je trouvai de nouveau ses lèvres, puis glissai ma main dans ses cheveux en pressant sa tête contre mon torse. Je voulais lui parler de Sol, de ce que j'avais vu chez lui, ses chefs-d'œuvre et le portrait de Gachet. Je mourais d'envie de tout partager avec cette femme, qui méritait plus que quiconque ma confiance.

Mais je suivais toujours les conseils de Sol.

— Alors, quel est le plan maintenant ? lui demandai-je. Tout miser sur mon master ?

— Maintenant ? Nous allons nous promener sur la plage et j'espère que tu vas te comporter en grand romantique, en me demandant de t'épouser, par exemple.

— Pas de problème. Veux-tu m'épouser, Ellie ?

— Pas ici, sur la plage. Ensuite, nous pourrons parler de la manière dont nous voulons passer le restant de nos jours. Une discussion franche, Ned. Plus d'entourloupe.

Nous flânâmes donc au bord de l'eau et je la demandai en mariage. Après son oui, nous restâmes silencieux pendant un long moment, marchant dans l'écume devant un coucher de soleil paradisiaque.

Une pensée m'effleura alors l'esprit : être l'époux d'un agent spécial du FBI serait plutôt chouette pour un type comme moi.

Peut-être Ellie se faisait-elle la même réflexion au sujet de Ned Kelly… *Le hors-la-loi.*

118

Deux ans plus tard…

La sonnerie du téléphone me surprit en train de franchir la porte avec Davey, mon petit monstre de dix mois. Je m'apprêtais à le déposer, lui et ses dix kilos, dans les bras de Beth, sa nounou.

Ellie avait déjà quitté la maison pour la galerie d'art qu'elle tenait à Delray, où nous nous étions installés dans un pittoresque bungalow proche de la plage. Spécialiste des œuvres françaises du XIXe siècle, elle vendait des toiles sur toute la côte Est, de New York à Palm Beach. Un Henri Gaume trônait même au-dessus de la cheminée de notre salon.

— Ned Kelly, déclarai-je en calant le combiné dans le creux de mon cou.

J'allais être en retard. Je m'occupais toujours de piscines, à la différence près que je dirigeais maintenant Tropic Pools, la plus grande entreprise de la région sur le marché. De Boca à Palm Beach, tous les riches propriétaires faisaient appel à mes services.

— Monsieur Kelly, répondit une voix inconnue. David Rubin, de Rust, Simons et Rubin, cabinet notarial de Palm Beach.

Je remuai les lèvres en silence en direction de Beth pour lui indiquer qu'Ellie rentrerait aux alentours de 16 h 30.

— Hum, marmonnai-je dans le combiné.

— M. Sol Roth est bien l'un de vos proches, n'est-ce pas ? demanda mon interlocuteur.

— Hum, répétai-je.

— J'ai le regret de vous annoncer sa disparition.

Mon estomac se noua et un violent afflux sanguin m'étourdit, me forçant à m'asseoir. Je savais que Sol était malade, mais il minimisait toujours ses problèmes de santé. Lors de ma dernière visite, moins d'un mois auparavant, il m'avait annoncé entre deux éclats de rire que Champion et lui projetaient de participer à un rassemblement de Harley au Grand Canyon. Je fus aussi secoué par son décès que par celui de mon père.

— Quand est-ce arrivé ?

— Il y a environ une semaine. Le cancer le rongeait depuis longtemps. Il nous a quittés dans son sommeil, d'une mort paisible. Conformément à ses souhaits, nous n'avons prévenu que ses proches.

— Merci de m'avoir informé, bredouillai-je.

Un vide profond m'envahit. Je nous revis tous les deux dans sa pièce secrète, à contempler ses chefs-d'œuvre. Il allait me manquer.

— En réalité, monsieur Kelly, ce n'est pas la seule raison de mon appel. M. Roth nous a chargés de veiller à l'exécution de ses dernières volontés pour la répartition de ses biens. Il voulait éviter que certaines affaires ne soient rendues publiques. D'après lui, vous devez savoir de quoi il s'agit.

— Vous voulez sans doute parler de ses versements sur un compte des îles Caïmans.

Le désir de Sol de garder cette affaire privée ne m'étonnait pas. Maintenant qu'il n'était plus de ce monde, le solde me serait probablement crédité dans sa totalité.

— Je vous fais confiance, monsieur Rubin, poursuivis-je. Je serai éternellement reconnaissant à Sol de ce qu'il a fait pour moi.

— En fait, je crois que nous devrions prendre rendez-vous, monsieur Kelly.

— Rendez-vous ? répétai-je en m'adossant au mur. Pourquoi ?

— Il me semble que vous avez mal compris, monsieur. Il ne s'agit pas d'argent, mais des biens de la propriété de Palm Beach de M. Roth. Vous êtes l'un de ses héritiers.

119

Jackpot ! N'était-ce pas le mot que j'avais employé quelques années auparavant ?

Mais il s'agissait désormais de bien plus que le jackpot « Le gros lot, mec », se serait exclamé Champion. Ou encore le botté qui permet de remporter le Super Bowl à la dernière minute. Les tentatives infructueuses se succèdent, jusqu'à ce que le ballon finisse par passer entre les poteaux. Et là, c'est gagné !

Quelle est la réaction d'un ancien sauveteur lorsqu'il hérite du plus grand chef-d'œuvre de l'histoire de l'art ? Eh bien, il commence par admirer, peut-être un million de fois, cet homme coiffé d'une casquette blanche qui pose d'un air mélancolique, la joue appuyée sur son poing.

Il l'admire jusqu'à connaître chaque nuance de couleur, chaque coup de pinceau qui compose son expression lasse, en se demandant comment la magie peut naître d'un plaisir aussi simple et pourquoi ce bonheur lui est accordé, à lui.

A-t-il d'ailleurs jamais désiré ce trésor, estimé à près de cent millions de dollars par le notaire ?

Puis il se confie à son épouse. Il lui révèle tout, tout ce qu'il avait juré de taire à jamais, conscient que le secret de son vieil ami ne risque plus rien.

Après qu'elle a épuisé cris et insultes et menacé de le rouer de coups, il la conduit jusqu'au tableau pour qu'elle pose pour la première fois les yeux sur cette œuvre hors du commun. Le visage de sa femme, troublé par la surprise et un respect mêlé de crainte, s'illumine alors d'un nouvel éclat.

— Oh, mon Dieu, Neddie.

Il a l'impression de voir un aveugle découvrir les couleurs. Le souffle coupé, il observe la caresse magique de ses yeux, la révérence de son regard.

Puis vient le tour de son fils de dix mois de partager cet instant merveilleux, perché dans ses bras.

— Désolé, mais il va falloir faire une croix sur cent millions de dollars, fiston.

Enfin, il se pose inlassablement la même question : que faire de cette toile, volée, qui plus est !

L'exposer au tout Palm Beach lors d'une grande réception pour graver son nom dans le *Who's Who* de la ville, être invité dans l'émission *Today* et gagner ses lettres de noblesse dans le prestigieux magazine *ARTnews* ?

Il fixe le Dr Gachet et finit par déceler la réponse à son interrogation dans l'inclinaison de son visage et ses yeux mélancoliques remplis de sagesse.

Ce ne sont pas les yeux du médecin, assis à une table dans la chaleur du soleil de juin, mais les yeux de l'artiste.

Et il se demande : à qui appartient-il ?

À Stratton ? À sa femme ? À Sollie ? À moi ?

Non, pas à moi. Certainement pas.

Après tout, je ne suis qu'un sauveteur, non ?

120

Un an plus tard…

— Prêt ?

Ellie et moi descendions jusqu'au rivage avec Davey, trottinant entre nous deux.

Ce jour-là presque déserte, la plage baignait dans un calme inouï, seulement troublé par le murmure des vagues. Un couple de vacanciers se promenait les pieds dans l'eau et une vieille femme tout de blanc vêtue ramassait des coquillages, coiffée d'un chapeau de paille. Ellie et moi prîmes Davey par la main pour l'aider à dévaler la dune jusqu'à la mer.

— Prêt, répondit d'un ton déterminé mon fils, dont la tignasse blonde captait les rayons du soleil.

— Alors regarde bien ce que nous allons faire.

Je roulai un morceau de papier pour l'enfiler dans une bouteille de bière Coors Light, la préférée de mon petit frère, puis serrai la capsule autour du goulot et l'enfonçai en me servant de ma paume de main comme d'un marteau.

— Ça devrait tenir, remarquai-je avec un sourire à l'adresse d'Ellie.

— Je ne l'ai pas connu, Ned, mais je crois que Dave aurait apprécié cette attention, commenta-t-elle.

Je lui répondis par un clin d'œil avant de tendre la bouteille à Davey.

— À toi maintenant !

Nous nous approchâmes de la surface ondulante de l'eau.

— Attends que le courant se retire, lui expliquai-je en lui montrant l'onde écumeuse. Tu vois, comme ça.

Davey acquiesça de la tête. Je le poussai doucement vers la mer.

— Maintenant, vas-y !

Du haut de ses vingt mois, mon fils trotta cahin-caha dans les vaguelettes et jeta la bouteille de toutes ses forces. Elle atterrit à peine un mètre plus loin mais fut emportée vers le large par le ressac.

Frappée par une vague, elle se redressa sans interrompre sa course, déterminée à atteindre sa destination. Puis elle se coucha sur une crête. Du bord de l'eau, nous suivions tous les trois son parcours avec ravissement. Quelques secondes plus tard, elle s'était stabilisée. Comme une petite embarcation ayant trouvé son rythme de croisière, elle chevauchait chaque vague avec succès en direction du large.

— Elle va où, papa ? demanda Davey, protégeant de la main ses yeux fouettés par l'air vivifiant de l'océan.

— Peut-être au paradis, répliqua Ellie, les yeux rivés sur la bouteille.

— Qu'est-ce qu'il y a dedans ?

Lorsque je voulus répondre, ma voix se brisa. Je plissai les yeux pour contenir l'émotion qui me submergeait.

— C'est un cadeau, expliqua Ellie en prenant ma main. Pour ton oncle Dave.

La bouteille contenait un article du *New York Times*, également publié dans les plus grands journaux du monde entier au cours des derniers jours.

« Le monde artistique sous le choc.

« Mardi après-midi, la reproduction d'un Van Gogh offerte pour une vente aux enchères organisée par une œuvre de bienfaisance de Palm Beach, en Floride, a été identifiée comme l'original, disparu depuis des années.

« Au terme de plusieurs jours d'étude, une équipe d'experts, composée d'historiens de l'art et de conservateurs des plus prestigieuses maisons d'enchères, a authentifié la toile. Il s'agit bien du second portrait du Dr Gachet, réalisé par Van Gogh quelques semaines avant sa mort et introuvable pendant plusieurs années. Selon le directeur des recherches, le Dr Ronald Suckling, de l'université de Columbia, l'authenticité du tableau est « irréfutable » et sa soudaine apparition est considérée comme « un véritable miracle pour la sphère artistique et le monde entier ». L'expert a ajouté que personne n'avait la moindre idée des tribulations de l'œuvre au cours des cent vingt dernières années.

« Cette découverte est d'autant plus déroutante que la toile a fait l'objet d'une donation anonyme à la Fondation Liz Stratton, une organisation caritative de Palm Beach fondée par feu la femme du financier pour lutter contre la maltraitance des enfants. Liz Stratton a perdu la vie dans la tragique série de meurtres qui a frappé la ville côtière il y a plus de quatre ans.

« Le tableau a été donné à l'occasion de la vente aux enchères inaugurale de l'œuvre de bienfaisance. Selon son porte-parole, Page Lee Hufty, le donateur est resté anonyme. "Le propriétaire ne s'est pas manifesté. Jamais nous n'avons imaginé qu'il pouvait s'agir de l'original."

« Évalué à plus de cent millions de dollars, le Van Gogh a fait l'objet de l'une des plus grosses donations à une organisation caritative de l'histoire.

« "Le plus incroyable, poursuit Page Lee Hufty, c'est le mystérieux message qui accompagnait le don : 'Pour Liz, afin qu'il serve enfin une bonne cause'. C'était signé Ned Kelly." Sans doute une référence au hors-la-loi australien du XIXe siècle, entré dans la légende comme symbole de la lutte contre l'injustice.

« "C'est incompréhensible, conclut le porte-parole. Mais, quelle qu'en soit l'origine, ce don va contribuer au bonheur de nombreux enfants." »

— C'est là, le paradis ? demanda Davey, le doigt pointé sur l'horizon.

— Je ne sais pas, répondis-je en regardant la bouteille miroiter une dernière fois dans le soleil avant de se fondre dans les teintes bleutées de la mer. Mais je crois que ce n'est pas loin.

James Patterson dans Le Livre de Poche

Lune de miel n° 37185

Les maris de Nora, aussi fortunés que séduisants, connaissent tous une fin précoce, au profit de leur veuve… éplorée ! John O'Hara, un inspecteur du FBI qui se fait passer pour un agent d'assurances, parviendra-t-il à confondre la mante religieuse sans succomber à son charme vénéneux ?

La Maison au bord du lac n° 31171

Afin que le projet le plus diabolique jamais conçu par la science demeure secret, le Dr Kane doit faire disparaître six enfants qui ont été le jouet de ses expériences de laboratoire. Ceux-ci se sont retranchés dans une maison au bord d'un lac, où ils se croient en sécurité.

LES ENQUÊTES D'ALEX CROSS

Le Masque de l'araignée n° 7650

À Washington D.C., Alex Cross, un détective noir, enquête sur deux kidnappings. Cross n'est pas un détective comme les autres : il est docteur en psychologie, et sa femme a été assassinée par un des tueurs anonymes qui hantent le ghetto.

Grand méchant loup n° 37290

Quand Alex Cross débarque au FBI, il ne sait pas que l'affaire qu'on va lui confier risque d'être l'une des plus scabreuses de sa carrière. En face de lui, un tueur que l'on surnomme Le Loup. Des hommes et des femmes sont enlevés. Le Loup n'exige pas des rançons, il revend ses victimes comme esclaves.

LE WOMEN'S MURDER CLUB

2e chance n° 37234

Leur extrême brutalité mise à part, rien ne semble relier les meurtres qui secouent San Francisco. Mais l'inspecteur Lindsay Boxer subodore qu'il y a anguille sous roche… Appelant à la rescousse ses amies du « Women's Murder Club », elle décide d'y voir clair dans cet imbroglio.

4 fers au feu n° 31097

Une arrestation de routine tourne mal et une jeune femme est tuée par une balle perdue. Tout accuse le lieutenant Lindsay Boxer. Alors qu'elle attend d'être jugée dans le village de Half Moon Bay, une série de meurtres traumatise la population.

Terreur au 3e degré n° 37267

À San Francisco, la demeure d'un millionnaire explose. Dans les décombres, trois corps et un message : « Que la voix du peuple se fasse entendre. » Lindsay Boxer va demander à ses amies – Jill, substitut du procureur, Claire, médecin légiste, et Cindy, journaliste au *Chronicle* – de l'aider dans son enquête, les crimes se succédant avec une effrayante régularité.

En 2009, dans Le Livre de Poche, paraîtra la suite des aventures du « Women's Murder Club » : *Le 5e Ange de la mort.*

Du même auteur :

CHEZ LE MÊME ÉDITEUR

Une nuit de trop, 2009.
Crise d'otages, 2008.
Promesse de sang, 2008.
Lune de miel, 2006.
L'amour ne meurt jamais, 2006.
La Maison au bord du lac, 2005.
Pour toi, Nicolas, 2004.
La Dernière Prophétie, 2001.

AUX ÉDITIONS LATTÈS

La 6e Cible, 2008.
Des nouvelles de Mary, 2008.
Le 5e Ange de la mort, 2007.
Sur le pont du Loup, 2007.
Quatre fers au feu, 2006.
Grand méchant loup, 2006.
Quatre souris vertes, 2005.
Terreur au troisième degré, 2005.
Deuxième chance, 2004.
Noires sont les violettes, 2004.

Beach House, 2003.
Premier à mourir, 2003.
Rouges sont les roses, 2002.
Le Jeu du furet, 2001.
Souffle le vent, 2000.
Au chat et à la souris, 1999.
La Diabolique, 1998.
Jack et Jill, 1997.
Et tombent les filles, 1995.
Le Masque de l'araignée, 1993.

Au Fleuve noir

L'Été des machettes, 2004.
Vendredi noir, 2003.
Celui qui dansait sur les tombes, 2002.

- le **catalogue** en ligne et les dernières parutions
- des **suggestions de lecture** par des libraires
- une **actualité éditoriale permanente** : interviews d'auteurs, extraits audio et vidéo, dépêches…
- **votre carnet de lecture** personnalisable
- des **espaces professionnels** dédiés aux journalistes, aux enseignants et aux documentalistes

Composition réalisée par Chesteroc Ltd.

Achevé d'imprimer en décembre 2008 en Espagne par
LITOGRAFIA ROSÉS
08850 Gava
Dépôt légal 1re publication : janvier 2009
LIBRAIRIE GÉNÉRALE FRANÇAISE – 31, rue de Fleurus – 75278 Paris Cedex 06

31/2328/8